读是一种幸福

梁晓声谈读书与人生

梁晓声 著

商务印书馆

图书在版编目（CIP）数据

读是一种幸福：梁晓声谈读书与人生 / 梁晓声著．—北京：商务印书馆，2023（2024.8 重印）
ISBN 978-7-100-22224-2

Ⅰ.①读… Ⅱ.①梁… Ⅲ.①散文集—中国—当代 Ⅳ.① I267

中国国家版本馆 CIP 数据核字（2023）第 052061 号

权利保留，侵权必究。

读是一种幸福
——梁晓声谈读书与人生
梁晓声 著

商 务 印 书 馆 出 版
（北京王府井大街36号　邮政编码100710）
商 务 印 书 馆 发 行
北京通州皇家印刷厂印刷
ISBN 978 - 7 - 100 - 22224 - 2

2023年4月第1版　　　　开本 880×1230 1/32
2024年8月北京第3次印刷　　印张 11¼
定价：58.00 元

目 录

辑一 书中日月长

读书是最对得起付出的一件事 …… 3

读书会让寂寞变成享受 …… 7

读是一种幸福 …… 11

爱读的人们 …… 14

读书与人生 …… 20

和好书成为"亲人" …… 24

写作与语文 …… 27

把观察这种享受还给孩子 …… 34

作文的"窍门" …… 44

琥珀是美丽的 …… 54

小说是平凡的 …… 61

复黄益庸——生活、知识、责任 …… 76

论"苦行文化"之流弊 …… 82

关于爱情文学的"规律" …… 86

藏书的断想 …… 91

关于读书那些事 …… 95

辑二 安顿好内心

飘扬起你青春的旗 …… 109

人生的意义在于承担 …… 113

我如何面对困境 …… 116

为什么我们对"平凡的人生"深怀恐惧？…… 121

何妨减之 …… 130

让我迟钝 …… 137

做竹须空　做人须直 …… 141

让我们爱憎分明 …… 147

走出高等幼稚园 …… 152

给自己的头脑几分尊重 …… 155

时间即"上帝" …… 159

论大学精神 …… 162

心灵的花园 …… 167

我心灵的诗韵 …… 173

种子的力量 …… *203*

最合适的，便是最美的 …… *210*

辑三　情深人世间

我的父母·我的小学·我的中学 …… *219*

复旦与我 …… *250*

父母是最朴素的人文 …… *255*

普通人 …… *261*

给哥哥的信 …… *270*

姻缘备忘录 …… *276*

当爸的感觉 …… *286*

中年感怀 …… *293*

本命年杂感 …… *297*

也谈"四十不惑" …… *304*

人生真相 …… *309*

几个春节一段人生 …… *322*

小街啊小街 …… *329*

辑一

书中日月长

读书是最对得起付出的一件事

我很幸运,我的外祖父喜欢读书,为母亲读过很多戏剧唱本,所以,虽然母亲是文盲,但能给我讲故事。上小学后,我认识了一些字,看小人书、连环画。那个年代,小人书铺的主人会把每本小人书的书皮扯下来,像穿糖葫芦一样穿成串儿,编上号,挂墙上,供孩子们选择。由于囊中羞涩,你要培养起一种能力——看书皮儿,了解这本书讲的故事是中国的还是外国的,是古代的还是当代的,从而做出判断,决定究竟要不要花两分钱来读它。

小学四五年级,我开始看文学类书籍。从1949年到1966年我初中毕业,当年全国出版的比较著名的长篇小说也就二十几部,另外还有一些翻译的外国名著,加在一起不会超过五六十部。我差不多在中小学把那一时期的名著都读完了,下乡之后就成了一个心中有故事的人。

从听故事、看小人书到读名著,可以说这是一脉相承的——没有听过故事的人很难对小人书发生兴趣,长大以后自然也不会爱读书。可见,家庭环境对培养子女阅读习惯有多重要!

好人是个什么概念？好人是天生的吗？我想，有一部分是跟基因有关的，就像我们常说的"善根"。但是，大多数人后天是要变化的，正如《三字经》所讲的"人之初，性本善。性相近，习相远"。当年，我们拿起的任何一本书，有个最基本的命题，就是善，或者说人道主义。我们读书时，会对书中的正面人物产生敬意，继而以其为榜样，他们怎么做，我们也会学着做。好人其实是学做的过程，相反，在民间叫"学坏"。可以得出一个结论：一个人读了很多好书，他极可能是个好人。我实实在在地感受到了书籍对自己的改变，在"底色"的层面影响了我。因此，我对书籍的感激超越常人。

在互联网时代，我们看到很多暴力、色情等不良内容。这是网络文化产生以后，全世界所面临的共同问题。但是，我们也必须看到一点，外国人很快就从这个泡沫中摆脱出来了——他们过了一把瘾，明白电脑和手机只不过是工具，没营养的内容很浪费时间；而且，不良内容就像无形的绳子，套住你的品位使劲往下拽，往往还是"下无止境"的。如果我们的亲人和朋友们也成了那种低俗文化娱乐的爱好者，我们会感到悲哀。

咱们的电视节目跟五六年前相比已经发生了变化——不仅仅以"逗乐"为唯一目的了，加进了友情、亲情的温暖和对是非对错的判断。这些正面的社会价值观开始不断进入我们的视野。当然，节目本身的品质也是重点。要相信，我们的大多数创作者会逐渐体会到：不应该只停留在"逗乐"的层次上。至于网络上的不良内容和受众人群，我感到遗憾——有那么多好的书、好的文章给读者带来各种美好欣赏的可能性，为什么偏要往那么低下的方向滑呢？娱乐也是需要体面的。看一本《金瓶梅》说明不了什么，但如果只找这类书和片段来看就有问题了。这样做人不就毁了吗？在当代社会，这样的人已经和那些文字垃圾变成同一堆了。现在，有些青年就愿意沉浸在那样的泡沫里，那就不要抱怨你的人生没有希望。

个人有没有文化自信？当然有。在日常生活中，我们经常看到某些人处于自卑的状态，哪怕他们成了有钱人，当了官，一谈到文化，他们就不自信了。而我也接触过一些普通人，他们在文化上是较自信的，可以和任何人平等地谈某一段历史、某一个话题。书和人的关系就在这儿——在教育资源、社会资源等方面，你无法跟那些出身于富贵家庭的孩子相比；但在读书这件事上，可以是平等的。无论你端盘子，开饭馆，或是工厂里的普通工人，那么多的好书就摆在那儿供你选择。与其怨天尤人——我没有一个好爸爸、好家庭，连朋友都在同样层面，不如看看眼前这条路，路上铺满了书。

读书是最对得起付出的一件事，多读一本好书，会对人产生良好影响。实际上，除了书籍，没有其他的方式能够使普通青年朝向学者、作家这条路走过去。只要你曾经花过十年或更多的时间去读好书，无论做什么，都有自信。

我们年轻时手头很紧，花八角钱买一本书也会犹豫。现在的经济条件好了太多，一本书即使几十元，也不过就是一张电影票的钱，年轻人却不愿意读书了。现在，中国人口已经超过十四亿,而我们的读书人口比例的世界排名是靠后的,和发达国家的差距很大。在地铁上,满眼望去,成百上千人里可能都挑不到一个有读书习惯的人。在现实生活中,从一个人的言行中就能看到他们的父母与家庭,以及更深层次的文化背景。那些只顾着"追星"的"追星族"还能活到什么高度?其实,我这么说的时候,包含着一种心疼。

读书会让寂寞变成享受

都认为,寂寞是由于想做事而无事可做,想说话而无人与说,想改变自身所处的这一种境况而又改变不了。是的,以上基本就是寂寞的定义了。

寂寞是对人性的缓慢破坏。

寂寞相对于人的心灵,好比锈相对于某些极容易生锈的金属。

但不是所有的金属都那么容易生锈。金子就根本不生锈。不锈钢的拒腐蚀性也很强。而铁和铜,我们都知道的,它们之极容易生锈像体质弱的人极容易伤风感冒。

某次和大学生们对话时,被问:阅读的习惯对人究竟有什么好处?我回答了几条,最后一条是——可以使人具有特别长期的抵抗寂寞的能力。他们笑。我看出他们皆不以为然。他们的表情告诉了我他们的想法——但我们需要具备这一种能力干什么呢?是啊,他们都那么年轻,大学又是成千上万的青年学子云集的地方,一间寝室住六名同学,寂寞沾不上他们的边啊!但我也同时看出,其实他们中某些人内心深处别提有多寂寞了。而大学给我的印象正是一个寂寞的地方。大学的寂寞包藏在许多学子追逐时尚和娱乐的现象之下。所以他们渴望听老师以外的人和他们说话，不管那样的一个人是干什么的，哪怕是一名犯人在当众忏悔。似乎，越是和他们的专业无关的话题，他们参与的热忱越活跃。因为正是在那样的时候，他们内心深处的寂寞获得了适量的释放一下的机会。

故我以为，寂寞还有更深层的定义，那就是——从早到晚所做之事，并非自己最有兴趣的事；从早到晚总在说些什么，但没几句是自己最想说的话；即使改变了这一种境况，另一种新的境况也还是如此，自己又比任何别人更清楚这一点。这是人在人群中的一种寂寞。这是人置身于种种热闹中的一种寂寞。这是另类的寂寞，现代的寂寞。如果这样的一个人，心头中再连值得回忆一下的往事都没有，头脑中再连值得梳理一下的思想都没有，那么他或她的人性，很快就会从外表锈到中间的。无论是表层的寂寞，还是深层的寂寞，要抵抗住它对人心的伤害，那都是需要一种人性的大能力的。

我的父亲虽然只不过是一名普普通通的建筑工人，但在"文革"中，也遭到了流放式的对待。仅仅因为他这个十四岁闯关东的人，在哈尔滨学会了几句日语和俄语，便被怀疑是日俄双料潜伏特务。差不多有七八年的时间，他独自一人被发配到四川的深山里为工人食堂种菜。他一人开了一大片荒地，一年到头不停地种，不停地收。隔两三个月有车开入深山给他送一次粮食和盐，并拉走菜。他靠什么排遣寂寞呢？近五十岁的男人了，我的父亲，他学起了织毛衣。没有第二个人，没有电，连猫狗也没有。

更没有任何可读物。有对于他也是白有,因为他是文盲。他劈竹子自己磨制了几根织针。七八年里,将他带上山的新的旧的劳保手套一双双拆绕成线团,为我们几个儿女织袜子,织线背心。这一种从前的女人才有的技能,他一直保持到逝世那一年。织成了他的习惯。那一年他七十七岁。

劳动者为了不使自己的心灵变成容易生锈的铁,或铜,也只有被逼出了那么一种能力。而知识者,我以为,正因为所感受到的寂寞往往是更深层的,所以需要有更强的抵抗寂寞的能力。这一种能力,除了靠阅读来培养,目前我还贡献不出别种办法。

胡风先生在所有当年的"右派"中被囚禁的时间最长——三十余年。

他的心经受过双重的寂寞的伤害。胡风先生逝世后,我曾见过他的夫人一面,惴惴地问:"先生靠什么抵抗住了那么漫长的与世隔绝的寂寞?"她说:"还能靠什么呢?靠回忆,靠思想。否则他的精神早崩溃了,他毕竟不是什么特殊材料的人啊!"但我心中暗想,胡风先生其实太够得上是特殊材料的人了啊!幸亏他是大知识分子,故有值得一再回忆之事,故有值得一再梳理之思想。若换了我的父亲,仅仅靠拆了劳保手套织东西,肯定是要在漫长的寂寞伤害之下疯了的吧?

知识给予知识分子之最宝贵的能力是思想的能力。因为靠了思想的能力,无论被置于何种孤单的境地,人都不会丧失最后一个交谈伙伴,而那正是他自己。自己与自己交谈,哪怕仅仅做这一件在别人看来什么也没做的事,也足以抵抗很漫长很漫长的寂寞。如果居然还侥幸有笔有足够的纸，孤独和可怕的寂寞也许还会开出意外的花朵。《绞刑架下的报告》《可爱的中国》《堂吉诃德》的某些章节，欧·亨利的某些经典短篇，便是在牢房里开出的思想的或文学的花朵。

知识分子靠了思想善于激活自己的回忆。所以回忆之于知识分子，并不仅仅是一些过去的没有什么意义的日子和经历。哪怕它们真的是苍白的，思想也能从那苍白中挤压出最后的意义——它们所以苍白的原因。思想使回忆成为知识分子的驼峰。而最强大的寂寞，还不是想做什么事而无事可做，想说话而无人可说；是想回忆而没有什么值得回忆的，是想思想而早已丧失了思想的习惯。这时人就自己赶走了最后一个陪伴他的人，他一生最忠诚的朋友——他自己。

谁都不要错误地认为孤独和寂寞这两件事永远不会找到自己头上。现在社会的真相告诉我们，那两件事迟早会袭击我们。

人啊，为了使自己具有抵抗寂寞的能力，读书吧！

人啊，一旦具备了这一种能力，某些正常情况下，孤独和寂寞还会由自己调节为享受着的时光呢！

信不信，随你……

读是一种幸福

读书——不,更准确地说,"读"这一种习惯,对我已不啻是一种幸福。这幸福就在日子里,在每一天的宁静时光里。不消说,人拥有宁静的时光,这本身便是幸福,而宁静的时光因阅读会显得尤其美好。

我的宁静之享受,常在临睡前,或在旅途中。每天上床后,枕旁无书,便睡不着,肯定失眠。外出远足,什么都可能忘带,但书是不会忘带的。书是一个囊括一切的大概念。我最经常看的是人物传记、散文、随笔、杂文、文言小说之类。《读书》《随笔》《读者》《人物》《世界博览》《奥秘》都是我喜欢的刊物,是我的人生之友。前不久,友人开始寄我《现代世界警察》,看了几期,也喜爱起来。还有就是目前各大报的"星期刊""周末版"或副刊。

要了解我所生活的城市,大而至于我们这个国家,我们这个地球,每天正发生着什么事,将要发生什么事,仅凭晚上看电视里的"新闻",自然是远远不够的。"秀才不出门,便知天下事",是"秀才"聊以自慰自夸的话。或者是别人对"秀才"们的揶揄。不过在现代社会里，传播媒介如此之丰富，手段如此之发达，对于当代人来说，不出门而大致地知道一些"天下事"，也是做得到的。

知道了又怎样？

知道了会丰富我对世界的认识。而这种认识，于我——一个以写作为职业的人来说，是相当重要的。妄谈对世界的认识，似乎口气太大了，那么就说对周遭生活的认识吧。正是通过阅读，我感觉到周遭生活之波有时汹涌澎湃，有时潜流涡旋，有时微波荡漾……

当然，这只是阅读带给我的一方面的兴致。另一方面，通过阅读，我认识了许许多多的人。仿佛每天都有新朋友。我敬爱他们，甘愿以他们为人生的榜样。同时也仿佛看清了许多"敌人"，人类的一切公敌——人类自身派生出来的到自然环境中对人类起恶劣影响的事物，我都视为"敌人"。这一点使我经常感到，爱憎兼有于人是多么重要的品质。

创作之余，笔滞之时，我会认真地读一会儿文学期刊。若读的是篇佳作，会一口气读完。不管作者认识与否，都会产生读了一篇佳作的满足感。倘是作家朋友们写的，是生活在同一座城市的人，又常忍不住拨电话，将自己读后的满足，传达给对方。这与其说是分享对方的喜悦，莫如说是希望对方分享我的喜悦。倘作者是外地的，还常会忍不住给人家写一封信去。

读，实在是一种幸福。

最后我想说，与我的中学时代相比，现在的中学生，似乎太被学业所压迫了。我的中学时代,是苦于无书可读。买书是买不起的,尽管那时书价比现在便宜得多。几个同学凑了七八分钱,到小人书铺去看小人书,是永远值得回忆的往事。现在的中学生们,可看的太多了,却又陷入选择的迷惘,并且失去了本该拥有的时间。

生活也真是太苛刻了!

爱读的人们

我曾以这样一句话为题写过一篇小文——"读，是一种幸福。"我曾为作家这一种职业做出过我自己所理想的定义——"为我们人类古老而良好的阅读习惯服务的人"。我也曾私下里对一位著名的小说评论家这样说过——"小说是培养人类阅读习惯的初级读本"。我还公开这样说过——"小说是平凡的"。现在，我仍觉得——读，对于我这样一个具体的、已养成了阅读习惯的人，确乎是一种幸福。而且，将是我一生的幸福。对于我，电视不能代替书，报刊不能代替书，上网不能代替阅读，所以我至今没有接触过电脑。

站在我们所处的当代，向历史转过身去，我们定会发现——读这一种古老而良好的习惯，百千年来，曾给万亿之人带来过幸福的时光。万亿之人从阅读的习惯中受益匪浅。历史告诉我们，阅读这一件事，对于许许多多的人曾是一种很高级的幸福，是精神的奢侈。书架和书橱，非是一般人家所有的家具。书房，无论在西方还是东方，乃富有家庭的标志，尤其是西方贵族家庭的标志。

而读，无论对于男人或女人，无论对于从前的、现在的，抑或将来的人们,都是一种优雅的姿势,是地球上只有人类才有的姿势。一名在专心致志地读着的少女,无论她是坐着读还是站着读,无论她漂亮还是不漂亮,她那一时刻都会使别人感到美。保尔去冬妮娅家里看她,最羡慕的是她家的书房和她个人的藏书。保尔第一次见到冬妮娅的母亲,那林务官的夫人便正在读书。而苏联拍摄的电影《保尔·柯察金》中有一个镜头——黄昏时分的阳光下,冬妮娅静静地坐在后花园的秋千上读着书……那样子的冬妮娅迷倒了当年中国的几乎所有青年。

因为那是冬妮娅在全片中最动人的形象。

读有益于健康,这是不消说的。

一个读着的人,头脑中那时别无他念,心跳和血流是极其平缓的,这特别有助于脏器的休息,脑神经那一时刻处于愉悦状态。

一教室或一阅览室的人都在静静地读着,情形是肃穆的。

有一种气质是人类最特殊的气质,所谓"书卷气"。这一种气质区别于出身、金钱和权力带给人的那些气质,但它是连阔佬和达官显贵们也暗有妒心的气质。它体现于女人的脸上,体现于男人的举止,法律都无法剥夺。

但是如果我们背向历史面向当今,又不得不承认,仍然视读为一种幸福的男人和女人,在全世界都大大地减少了。印刷业发达了,书刊业成为"无烟工业"。保持着阅读习惯的人也许并没减少,然而闲适之时,他们手中往往只不过是一份报了。

我不认为读报比读书是一种幸福。

或者,一位老人饭后读着一份报,也沉浸在愉悦时光里。但印在报上的文字和印在书上的文字是不一样的。对于前者，文字只不过是报道的工具；对于后者，文字本身即有魅力。

世界丰富多彩了，生活节奏快了，人性要求从每天里分割出更多种多样的愉悦时光。而这是人性合理的要求。

读，是一种幸福——这一人性感觉，分明地正在成为人类的一种从前感觉。

我言小说是培养人类阅读习惯的初级读本，并非自己写着小说而又非装模作样地贬低小说。我的意思是，一个人的阅读习惯往往是从读小说开始的。其后，他才去读史，读哲，读提供另外多种知识的书。

我言小说是平凡的，这句话欠客观。因为世界上有些小说无疑是不平凡的，伟大的。有些作家倾其毕生心血，留给后人一部《红楼梦》式的经典，或《人间喜剧》那样的皇皇巨著，这无论如何不应视为一件平凡的事情。这些丰腴的文学现象，也可以说是人类经典的文学现象。经典就经典在同时产生从前那样一些经典作家。但是站在当今看以后，世界上不太容易再产生那样一些经典作家了。诺贝尔文学奖的质量和获奖作家的分量每况愈下，间接地证明着此点。然而能写小说能出版自己的书的人空前地多了。也许从严格的意义上讲这些人不能算作家，只不过是写过小说的人。但写小说这件事，却由此而摆脱神秘性，以俗常的现象走向了民间，走向了大众。于是小说的经典时代宣告瓦解，小说的平凡时代渐渐开始……

我这篇文字更想谈的，却并非以上内容。其实我最想谈的是——在当今,仍保持着阅读的习惯并喜欢阅读的人群有哪些?在哪里?这谁都能扳着手指说出一二三四来,但有一个地方,有那么一种人群,也许是除了我以外的别人很难知道的。那就是——精神病院。那就是——精神病患者人群。当然,我指的是较稳定的那一种。

是的,在精神病院,在较稳定的精神病患者人群中,阅读的习惯不但被保持着,而且被痴迷着。是的,在那里,在那一人群中,阅读竟成为如饥似渴的事情,带给他们接近幸福的时光和感觉。这一发现使我大为惊异,继而大为感慨,又继而大为感动。相比于当今精神正常的人们对阅读这一件事的不以为意、不屑一顾,我内心顿生困惑——为什么偏偏是在精神病院里?为什么偏偏是在精神病患者人群中?我百思不得其解。

家兄患精神病三十余年。父母先后去世后,我将他接到北京,先雇人照顾了一年多,后住进了北京某区一家精神病托管医院。医护们对家兄很好,他的病友们对他也很好。我心怀感激,总想做些什么表达心情。

于是想到了书刊。我第一次带书刊到医院,引起一片惊呼。当时护士们正陪着患者在院子里"自由活动"。

"书!书!"

"还有刊物!还有刊物!"

……

顷刻,我拎去的三大塑料袋书刊,被一抢而空。

患者如获至宝,护士们也当仁不让。医院有电视,有报。看来，对于那些精神病患者，日常仅仅有电视有报反而不够了。他们见了书见了刊眼睛都闪亮起来了。而在医院的外面，在我们许多正常人的生活中，恰恰地，似乎仅仅有电视有报就足矣了。而且，我们许多正常人的文化程度，普遍是比他们高的。他们中仅有一名硕士生。还有一名进了大学校门没一年就病了的，我的哥哥。

我当时呆愣在那儿了。因为决定带书刊去之前，我是犹豫再三的，怕怎么带去怎么带回来。精神病人还有阅读的愿望吗？事实证明他们不但有，竟那么强烈！后来我每次去探望哥哥，总要拎上些书刊。后来我每次离开时，哥哥总要叮嘱："下次再多带些来！"我问："不够传阅吗？"哥哥说："那哪够！一拿在自己手里，都舍不得再给别人看了。下次你一定要多带些来！"患者往往也会聚在窗口门口朝我喊："谢谢你！""下次多带些来！"那时我的眼眶总是会有些湿，因他们的阅读愿望，因书和刊在精神病院这一种地方的意义。

我带去的书刊，预先又是经过我反复筛选的。因为他们是精神病患者。内容往往会引起许多正常人兴趣的书刊，如渲染性的、色情的、暴力的、展览人性丑恶及扭曲程度的、误导人偏激看待人生和社会的，我绝不带去。

我带给那些精神病患者的，皆是连家长们都可以百分百放心地给少男少女们看的书和刊。而且，据我想来，连少男少女们也许都不太会有兴趣看。

正是那样的一些经过我这个正常的人严格筛选的书和刊，对于那些精神病患者，成为高级的精神食粮。而这样的一切书和杂志，尤其杂志，一过期，送谁谁也不要。所以我从前都是打了捆，送给传达室朱师傅去卖。

我这个正常之人在我们正常人们的正常社会，曾因那些书和刊的下场多么地惋惜啊！现在，我终于为它们在精神病院这一种地方，安排了一种备受欢迎的好归宿。我又是多么地高兴啊！由精神病院，我进而联想到了监狱。或者在监狱，对于囚犯们，它们也会备受欢迎吧！书和刊以及其中的作品文章，在被阅读之时，也会带给囚犯们平静的时光，也会抚慰一下他们的心灵，陶冶一下他们的性情吧？

谁能向我解释一下，精神病患者竟比我们精神病院外的精神正常的人们，更加喜欢阅读这一件事情——因而证明他们当然是精神病患者，抑或证明他们的精神在这一点上与我们精神正常的人们差不多一样正常！

阿门，喜欢阅读的精神病患者啊，我是多么喜欢你们！也许，因为我反而与你们在精神上更其相似着……

读书与人生

谈到读书,我希望孩子们从小多读一些娱乐性的、快乐的、好玩的、富有想象力的书,不应该让孩子们看卡通时仅仅觉着好玩。儿童卡通书一定要有想象力。西方儿童读物最具有想象的魅力,但是这种想象的魅力并不是孩子们在阅读时自然而然地就会感觉到的,一定要有成年人在和他们共同讨论中来点拨一下。

未来中国人和西方人的一个区别恐怕就在想象力上,科技的成果就和想象力有关。我们孩子的想象力是低于西方某些发达国家的,而且不只是孩子们的想象力,我们文艺创作者的想象力也是低于西方人的。这是由于整个科技的成果影响了想象力。

我希望青年们读一点儿历史书籍,不一定从源头开始读起,但至少要把近现代史读一读,至少要"了解"一些。这个"了解"非常重要!我刚调到大学时曾经想在第一学期不给学生讲中文课,也不讲创作和欣赏,只讲从20世纪50年代到90年代中国人的生活状况,怎样过日子,怎样生活。当年一个学徒工中专毕业之后分到工厂里,一个月十八元的工资仅相当于今天的两美元多一点儿,三年之后才涨到二十四元。结婚时,他们的房子怎么样,当年的幸福概念是什么。

我在那个年代非常盼望长大,我的幸福概念说来极为可笑。当时我们家住的房子本来已经非常破旧,是哈尔滨市大杂院里边窗子已经沉下去的那种旧式苏联房,屋顶也是沉下去的。但是一对年轻人就在那个院子里结婚了,他们接着我家的山墙边上盖起了只有十几平方米的小房子,北方叫作"偏厦子",就是一面坡的房顶,自己脱坯做点儿砖,抹一点儿黄泥。那个年代还找不到水泥,水泥是紧缺物资,想看都看不到。用黄泥抹一抹窗台,找一点儿石灰来刷白四壁就可以了。然后男人要用攒了很长时间的木板自己动手打一张小双人床和一张桌子。没有电视,也买不起收音机。那时的男人们都是能工巧匠,自己居然能组装出一台收音机,而且自己做收音机壳子。我们家里没有收音机,我就跑到他们家里,坐在门槛上听那个自己组装、自己做壳子的收音机里播放的歌曲和相声。丈夫一边听着一边吸着卷烟,妻子靠在丈夫的怀里织着毛活儿,那个年代要搞到一点儿毛线也是不容易的。

那就给我造成一种幸福的感觉,我想自己什么时候长到和这个男人一样的年龄,然后娶一个媳妇,有这样一个小屋子,等等。今天对年轻人讲这些,不是说我们的幸福就应该是那样的,而是希望他们知道这个国家是从什么样的起点上发展起来的,至少要了解自己的父兄辈是怎样过来的。应该让他们知道能够走进大学的校门,父母付出了很多。现在年轻人所谓的人生意义,就是怎么使自己活得更快乐,很少有孩子想过,爸妈的人生意义是什么。如果许多父母都仅仅考虑自己人生的意义、人生的得失,那么可能就没有今天许多坐在大学里的孩子，或者这些孩子根本就不可能坐在大学里。我们的孩子如果连这一点也不懂的话，那是令人遗憾的，所以要读一点儿历史。

中年人要读一点儿诗呀，散文呀，因为我们要理解这样的事情，就是孩子们今天活得也不容易，竞争如此激烈。我们总让他们读一些课本以外的书，但如果一个孩子在上学的过程中读了太多课外书，他可能就在求学这条路上失策了，能进入大学校门绝对证明你没读什么课本以外的书。孩子们的全部头脑现在仅仅启动了一点儿，就是记忆的头脑、应试的头脑，对此，要理解他们，不能求全责备，他们现在是以极为功利的方式来读书，因为只能那样。但对于中年人，从前"四十而不惑"，我已到"知天命"之年，应该读一点儿性情读物。我不喜欢看所谓王朝影视，因为有太多的权谋，我从来不看权谋类的书。

我建议，首先女人们不看这类书，男人们也可以不看。我们的人生真的时时刻刻与权谋有那么紧密的关系吗？到六十岁的时候，哪怕你就是权谋场上的人，也可以不看了吧！可以看一些性情读物，想读什么就读什么，而且要看那种淡泊名利的。你能留给自己的人生还有多少时光呢？建议老年人要看一些青少年的读物，了解青少年在看什么书，用他们的书来跟他们交谈。老同志不妨读一点儿儿童读物，也要看一点儿卡通，同时要回忆自己孩提时读过哪些书。格林兄弟、安徒生的童话中是不是还有值得讲给今天孩子们听听的。我感觉下一代在成长过程中是特别孤独的，他们很寂寞。

父母在很大程度上不可能成为儿童成长过程中的玩伴，他们工作非常紧张。孩子到了幼儿园，老师和阿姨们如何管理呢？第一听话，第二老实。然后呢，最多讲讲有礼貌、讲卫生、唱点儿儿歌，如此而已。所以孩子们在幼儿园这个学龄前阶段是拘谨的，孩子们在一起玩儿也是不放松的。在孩子们成长过程中，如果家庭环境是上有哥姐下有弟妹，并能够和街坊四邻的孩子一起任性地玩耍，那是最符合孩子天性的。

现在的孩子非常孤单，非常寂寞。孩子身上有总体的幽闭和内向的倾向。爷爷、奶奶读书之后和他们做隔代的交流、做隔代的朋友，而孩子读书时不和他们交流，书就会白读。有些书的内容、书的智慧一定是在交流过程中才产生出来的。

和好书成为"亲人"

亲爱的同学呀——我指的是仅仅读了两三本课外书（也许还不是书，只不过是短文），便觉得"完全浪费时间，以后再也不想读了"的同学，我劝你以后不要动辄就说这种话。

我认为你应该像吸铁石一样，不，像万能吸引器那样，只要有所读，就能将一概读物中好的字、词、句，丁零当啷地"吸"到自己头脑中去。你的眼睛应该像长了钩子似的，对一概读物中的好字、好词、好句都不放过。是的，一个都不放过。先是本能地往头脑里"吸"好的字、词、句，渐渐还要善于往心灵里"吸"好的情愫。当你越"吸"越多，它们就会在你的头脑和心灵里发酵、结晶，生成语言的琥珀、玛瑙，甚至语言的钻石。

我想，你认为"完全浪费时间"，也许出于以下两种原因：

要么是选择读物时违心服从了爸爸妈妈的意愿，结果一读，与自己的兴趣不符，于是由失望而排斥。

要么是受某种炒作的蛊惑，觉得别的小学生都在谈论的某种读物，自己一无所知的话，未免太"跟不上趟"了。而小学生又往往是不甘在某方面落后于人的，便也赶紧买来读。读后，觉得不读其实也并非多大的遗憾，于是同样由失望而排斥。

我的建议是，如果遇到这两种情况，暂且什么也不要读了。小学生一个学期一本课外读物也没读，不是什么大不了的事。一时什么都不想读了，干吗非读不可呢？你又不是运动员，课外阅读又不是赛前训练，能不能写好作文，并不取决于某个学期读没读课外读物。

但是我反对你"以后再也不想读了"的片面决定。有一个词是怎么形容那种想法的？叫"因噎废食"对吧？因噎废食有多么愚蠢，我这里就不多说了，点到为止。

我建议你隔一个学期再翻翻那些使你失望并排斥的读物，也许你的看法又改变了。如果真的改变了，那么验证了这么一种现象——因情境和心境的不同，人们对某些图书所形成的看法有可能截然相反。你之前觉得书上的内容枯燥无味，重读可能会兴趣盎然。自己推翻自己原有看法的过程，往往是人对书的认识逐渐成熟的过程。

如果还是没有改变，那么意味着小小年纪的你很可能已经对书籍形成了选择倾向。这种倾向在有的人那儿是由亲近某类书开始的；在另外一些人那儿，恰恰反过来，是由排斥某些书开始的。如果一个人在小学时所亲近的是好书，所排斥的是不好的书，那么他与书籍的关系是良好的。这种良好的关系也可以用"人与书的亲情"来形容。

人与好书形成"亲情"，好书对这个人一生的回报将是丰厚的。他一生所读的书，基本都会在好书的范围内。品质不好的书，对于他基本上如同不存在。他不会浪费时间去读那样一些确实不值得一读的书，更不会明明浪费时间于确实不值得一读的书，而自己却还不觉得是在浪费时间。

但如果一名小学生对某些书形成了排斥心理，我便挺为他或她以后与书籍的长久关系担忧的。因为目前图书市场上，为小学生出版的书，几乎没有坏书，顶多有一些思想和文学含量不太高的读物。

如果一个人在小学时就早早地对某些书形成了排斥心理，这种心理会随着年龄的长大而渐渐强化，这就好像从小对某类食物忌口，成年后始终排斥。但那所忌口的食物，并不一定是垃圾食物，甚至还可能含有他或她的身体所缺少的营养。

亲爱的同学，我希望你对自己所排斥的书这么想：我不喜欢读它，它不合我现在的阅读兴趣，但这并不意味着它就是一本坏书。也许以后我再读它时，会对它有另一种看法呢！它究竟是一本怎样的书，留待以后再评价吧！

这么想，在人和书的关系中，你就会养成较"兼容并包"的态度。

写作与语文

每自思忖,我之沉湎于读和写,并且渐成常习,经年又年,进而茧缚于在别人们看来单调又呆板的生活方式,主观的客观的原因自然是多方面的。

世上有懒得改变生活方式的人。

我即此族同类。

但,我更想说的是,按下原因种种不提——我之所以爱读爱写,实在的,也是由于爱语文啊!

我是从小学三年级开始偏科于语文的。在算术和语文之间,我认为,对于普通的小学三年级生,本是不太会有截然相反的态度的。普通的小学三年级生更爱上语文课,也许只不过因为算术课堂上没有集体朗读的机会。而无论男孩儿女孩儿,聚精会神背手端坐一上午或一下午,心理上是很巴望可以大声地集体朗读的机会的。那无疑是对精神疲惫的缓解。倘还有原因,那么大约便是——算术仅以对错为标准,语文的标准还联系着初级美学。每一个汉字的书写过程,其实都是一次结构美学的经验过程。而好的造句则尤其如此了……

记得非常清楚，小学二年级语文课本中，有一篇《小山羊看家》：山羊妈妈出门打草，临行前叮嘱三只小山羊，千万提防着，别被大灰狼骗开了门，妈妈敲门时会唱如下一支歌——

　　小山羊儿乖乖，
　　把门儿开开，
　　妈妈回来了，
　　妈妈来喂奶。

那是我上学后将要学的第一篇有一个完整故事的课文。它是那么地吸引我，以至于我手捧新课本，蹲在教室门外看得入神。语文老师经过，她好奇地问我看的什么书，见是语文课本，眯起眼注视了我几秒，问我能讲吗，我说能。然后她什么也没再说，若有所思地走了……

几天后她讲那一篇课文。"我们先请一名同学将新课文的内容叙述给大家听！"——接着她把我叫了起来。教室里一片肃静。同学们皆困惑，不知所以然。我毫无心理准备，一时懵懂，但很快就镇定了下来。普通的孩子对吸引过自己的事物，无论那是什么，都会显示出令大人们惊讶的记忆力。我几乎将课文一字不差地背了下来……同学们对我刮目相看了。那一堂语文课对我意义重大。以后我的语文成绩一直不错，我也更爱上语文课了。

我认为，大人们——家长也罢，托儿所的阿姨也罢，小学或中学教师也罢，在孩子们成长的过程中，若善于发现其爱好，并以适当的方式提供良好的机会，使之得以较充分地表现，乃是必要的。一幅画，一次手工，一条好的造句，一篇作文，头脑中产生的一种想象，一经受到勉励，很可能促使人与文学、与艺术、与科学系成终生之结。

我对语文的偏好一直保持到初中毕业。当年我的人生理想是考哈尔滨师范学校，将来当一名小学语文老师。我的中学老师们和同学们几乎都知道我当年这一理想。但"文革"斩断了我对语文的偏爱。于是习写成了我爱语文的继续。在成为获全国小说奖的作家以后，我曾不无得意地作如是想——那么现在，就语文而言，我再也不必因自己实际上只读到初中三年级而自叹浅薄了！在我写作的前十余年始终有这一种得意心理。直至近年才意识到我想错了。语文学识的有限，每每直接影响我写作的质量。

运交华盖欲何求，未敢翻身已碰头。

我初三的语文课本中没有鲁迅那一首诗。当然也没谁向我讲解过，"华盖运"是噩运而非幸运。二十余年间我一直望文生义地这么以为——"罩在华丽帷盖下的命运"。也曾疑惑，运既达，"未敢翻身已碰头"句，又该作何解呢？却并不要求自己认认真真查资料，或向人请教，讨个明白。不明白也就罢了，还要写入书中，以己昏昏，使人昏昏。此浅薄已有刘迅同志在报上指出，此不啰唣。

读《雪桥诗话》，有"历下人家十万户，秋来都在雁声中"

句,便又想当然地望文生义,自以为是凭高远眺,十万人家历历在目之境。但心中委实地常犯嘀咕,总觉得历历在目是不可以缩写为"历下"二字的。所幸同事中有毕业于北师大者,某日乘兴,朗朗而诵,其后将心中困惑托出,虔诚求教。答曰:"历下"乃指山东济南。幸而未引入写作中,令读者大跌眼镜……

儿子高二语文期中考试前,曾问我"身无彩凤双飞翼,心有灵犀一点通"句,出自何代诗人诗中?我肯定地回答——宋代翰林学士宋子京的《鹧鸪天》。儿子半信半疑:"爸,你可别搞错了误导我呀!"我受辱似的说:"呔,什么话!就将你爸看得那么学识浅薄?"于是卖弄地向儿子讲"蓬山不远"的文人情爱逸事:子京某日经繁台街,忽然迎面来了几辆宫中车子,闻一香车内有女子娇呼:"小宋!"——归后心怅怅然,作《鹧鸪天》云:画毂雕鞍狭路逢,一声肠断绣帘中。身无彩凤双飞翼,心有灵犀一点通……

儿子始深信不疑。语文卷上果有此题,结果儿子丢了五分。我不禁嘿嘿然双手出汗。若是高考,五分之差,有可能改写了儿子的人生啊!众所周知,那当然是李商隐的诗句。子京《鹧鸪天》,不过引前人诗句耳。某日我在办公室中,有同事笑问近来心情,戏言曰:"悲欣交集。"两位同事,一毕业于师大;一先毕业于师大,后为电影学院研究生。听后连呼:"高深了!高深了……"我一时不禁疑惑,料想其中必有我不明所以的知识,遂究根问底。他们反问:"真不知道?"我说:"真的啊!别忘了我委实是不能和你们相比的呀,我只有初三的语文程度啊!"于是告我——乃弘一法师圆寂前的一句话。

我至今也不知"华盖运"何以是噩运。

至今也不知"历下"何以是济南。

所谓知其一不知其二。虽也遍查书典,却终无所获。某日在北京电视台前遇老歌词作家,忍不住虚心求教,竟将前辈也问住了……

几年前,我还将"莘莘学子"望文生义地读作"辛辛学子"。

有次在大学里座谈,有"辛辛"之学子递上条子来纠正我。条子上还这么写着——正确的发音是 shēn,请当众读三遍。

我当众读了六遍。自觉自愿地多用拼音法读了三遍,从此不复再读错。

在相当长的时期,我仅知"耄耋"二字何意,却怎么也记不住发音。有时就这么想——唉,汉字也太多了,眼熟,不影响用就行了吧!

某次在中国妇女出版社一位编辑的陪同之下出差,机上忍不住请教之。但毕竟记忆力不像小学三年级时了,过耳即忘。空中两小时,所问四五次。发音是记住了,然不明白为什么汉字非用这一词形容八九十岁的老人,是源于汉字的象形呢,还是成词于汉字结构的组意?

三十五六岁后才从诗词中读到"稼穑"一词。

我爱读诗词,除了觉得比自言自语让人看着好些,还有一非常功利之目的——多识生字。没人教我这个只有初三语文程度的作家再学语文了,只有自勉自学了。

一个只有初三语文程度的人，能识多少汉字？不过三千多吧？从前以为，凭了所识三千多汉字，当作家已绰绰有余了吧。不是已当了不少年作家，写了几百万字的小说了嘛！

如今则再也不敢这么以为了。三千多汉字，比经过扫盲的人识的字多不到哪儿去呀。所读书渐多，生词陌字也便时时入眼，简直就不敢不自知浅薄。

望文生义，最是小学生学语文的毛病。因为小学生尚识字不多，见了一半认得一半不认得的字，每每蒙着读，猜着理解。这在小学生不失为可爱，毕竟体现着一种学的主动。大抵地，那些字老师以后还会教到，便几乎肯定有纠正错谬的机会。但到了中学高中，倘还有此毛病，则也许渐成习惯。一旦成为习惯，克服起来就不怎么容易了。并且，会有一种特别不正常的自信，仿佛老师竟那么教过，自己也曾那么学过，遂将错谬在头脑之中误认为正确。倘周围有认真之人，自也有机会被纠正；倘并非如此幸运，那么则也许将错谬当正确，错上几年，十几年，乃至二十几年矣……

"悖论"的"悖"字，我读为"勃"音，大约有三年之久。我中学时当然没学过这个字。而且，我觉得，"悖论"一词，似乎是在"文革"结束以后，80年代初，才在中国的报刊和中国人的话语中渐被频繁"启用"。也许是因为，中国人终于敢公开地论说悖谬现象了。我是偶尔从北京教育电视台的高中语文辅导节目中知道了"悖"字的正确发音的。

某日，我问一位在大学做中文系教授的朋友："我常将'悖论'说成'勃论',你是否听到过?"他回答:"在几次座谈会上听到你发言时那么说。"又问:"何以不纠正?"回答:"认为你在冷幽默,故意那么说的。"再问:"别人也像你这么认为的?"回答:"想必是的吧?要不怎么别人也没纠正过你呢?你一向板着脸发言,谁知你是真错还是假错……"我也不仅在语文基础知识方面浅薄到这种程度,在历史常识方面同样浅薄。记不得在我自己的哪一篇文章中了,我谈到哥白尼坚持"日心说"被宗教势力处以火刑……有读者来信纠正我——被处以火刑的非哥白尼,而是布鲁诺……我不信自己在这一点上居然会错,偷偷翻儿子的历史课本。我对中国历史上王朝更替,皇室权谋,今天你篡位、明天我登基的事件,一点儿也不能产生中国许多男人产生的那种大兴趣。一个时期电视里的清代影视多得使我厌烦,屏幕上一出现黄袍马褂我就脑仁儿疼。但是为了搞清那些令我腻歪的皇老子皇儿皇孙们的关系,我每不惜时间陪母亲看几集,并向母亲请教。老人家倒是能如数家珍一一道来。中国的王朝历史真真可恨之极,它使那么多那么多一代又一代的中国人,包括我母亲这样的"职业家庭妇女",直接地将"历史"二字就简单地理解为皇族家史了……

一个实际上只有初中三年级文化程度的男人成了作家,就一个男人的人生而言,算是幸事;就作家的职业素质而言,则是不幸吧?起码,是遗憾吧……写作的过程迫使我不能离开书,要求我不断地读、读、读……读的过程使我得以延续初中三年级以后的语文学习……我是一个大龄语文自修生。

把观察这种享受还给孩子

经常有很多中学生的家长,还有小学五六年级学生的家长——有的是我的朋友——给我打电话,给我写信,甚至专门到单位找我,苦恼于孩子的作文成绩。他们提出这个问题的时候,想法是特别单纯的,也是特别功利的,希望有一种快速的方法让孩子的作文成绩提高一些,因为如果不提高的话,就影响语文成绩,语文成绩不好,就影响成绩总分。这样就促使我想到了一些关于小学四五年级以及初中、高中包括大学同学写作文的问题。

观察、分析和感受是写作的前提

小学一二年级是不必写作文的,他们主要是积累字词、训练造句,到三年级以上才开始接触作文,那都是一些短小的作文。但是到了中学,作文开始成为语文课中比较主要的一个方面了。一般中学和大学的作文还是不同的,但是也有共性的东西,就是无论是作家写好一篇散文或者写好一篇小说,还是中学生写好一篇作文,恐怕都有一些前提:第一就是观察的能力,第二就是对于人情事理的一种分析能力,第三就是他的情怀感受。这三方面我个人认为无论是对文学写作还是对于学生写作文,都是最主要的元素。在这个前提之下,才是操作汉语言,把这三方面中的某一种表达出来的能力。

但是我们的思维上常常有一种本末倒置,认为作文写得好或者不好,纯粹是语言的事情。事实上,比起初中生也罢,高中生也罢,尤其是女生,大家在语言能力方面基本上都是相差无几的,如果我们发现自己不如一名同学作文写得好,差就差在我刚才说的那前三方面。

观察是写作者的本能

在这里可以举一个例子,我还在北京电影制片厂的时候,我的一个朋友把他马上就要参加高考的儿子带到我家里来。我这个朋友非常犯愁,说他儿子的作文到现在还写不好,高考的时候不知怎么办,让梁叔叔临阵磨枪吧,总会有所提高。

但是我也没有其他的办法。有一天,我就带他到电影厂对面的北太平庄商场,我说,你陪我到商场去买东西吧。转了一圈大约半个小时,回到我家里的时候,我问他:刚才在商场里,有什么样的事情或者什么样的人使你留意过?这个孩子什么都说不出来。我说,你仔细想一下。他想了半天也说不出来。我说,第一,至少你会看到在进入商场门口的时候有人在用机器算命,这在当时至少是能引起我们视觉兴趣的一点。第二,你还会看到有一位老同志,老知识分子——事实上我认识,那是我们电影厂的一位老导演——在那里买蒜,非常认真地比较两头蒜,比哪头蒜瓣数多一些,然后砍价半天,卖蒜的小伙子也认识他,就说这么大的导演也跟我们计较这么一瓣蒜?我说,这也是观察。第三,就是当时柜台里面还卖鸽子,是幼鸽,幼鸽要宰杀,看到鸽子在商场里被宰杀的情形是令人心里非常难过的。第四,也是最主要的一点,那天我替别人捎什么鱼呢?捎黄鳝。我那时候住筒子楼,人家说,你给我捎一斤黄鳝。买黄鳝人家也给你杀好,那天估计主人不在那儿,是一个女孩儿看摊,女孩儿可能也逢高考了,默默地接好钱,杀黄鳝。杀黄鳝的案板上有一个竖的钉尖。女孩儿做这些事的时候,就像做她的工作一样仔细,关键是她做完这些事之后,马上洗干净手,坐回自己的板凳上,拿出一本英语书在背。我说,她跟你一样也是一个考生,你有条件,你的爸爸妈妈把你带到我家里来,让我给你指导作文,女孩儿却还需要边干活边准备。女孩儿背英语和她杀黄鳝这两件事情,转换就好像电视换了一个频道一样快,不仔细观察,根本不会记住。我说,这都在我们的观察之中。一个平时没有观察训练的学生,面对许多作文题,他可能都会觉得茫然。是不是由于我要给他讲作文了,所以进入商场,我刻意地去观察?不是,观察已经成为写作者的一个本能习惯。写好一篇作文,需要有这样的能力。

问题在于,谁想过我们的小学生、初中生和高中生写好一篇作文的前提是应该培养起他们的观察能力呢?

家长想好这点了吗?我想,大多数家长没有。大多数家长基本上是到书店,到文具店,把孩子需要的考作文的辅导材料、书籍,一股脑儿买齐。一般家长都有这种心理,别的孩子学习上有的，我的孩子也要有。但买完后，就堆在孩子那里，自己可能回身就打麻将去了，看电视去了，或者遛弯儿去了，甚至自己上网聊天去了。这时候，孩子是孤独的，尤其是独生子女，上无哥哥姐姐，下无弟弟妹妹，他没有诉说的对象，孩子的情感体验、认识事理的能力，都需要在成长过程中有人不断地跟他交流。我个人觉得，在许多家庭里，孩子可能内心里是孤独的，家长忽略了和他们交流。

在学校里，是不是老师就和他们交流呢？我觉得也未必。我觉得可能有很多老师认为语文课就是字词句的辨识、主谓宾的辨识。老师可能讲一篇好作文的时候，也主要是在字词句方面，或者在提升主题方面。老师恐怕也不提醒孩子们，说要写好一篇作文，平时要训练自己的观察力。这是我们的薄弱之处。

把观察这种享受还给孩子

观察力的缺失使我对我们的孩子心生出一种怜悯，因为我想，大多数成年人其实已经丧失了观察的心思，我们工作、生活的压力很大。有一天，我跟朋友诉苦，说我家窗对面就是元大都土城墙，春天又来了，这么多年，我面对着那棵大树，没有看到它的叶子在春天是怎么样逐渐变绿的，秋天是怎么样开始纷落的。然后我的朋友注视我半天，说："你太矫情了吧？"

我们大多数人都没有心思看到这一点，没有看到花是怎样开的，甚至家里养的花也没有精力去观察是什么时候开的，恐怕只有养花的老人才注意到这点。我们也没有看到春季小草发芽究竟是鹅黄色的还是嫩绿色的，大多数人丧失了这种细细地体验观察生活的心思和情绪。

但从唐诗宋词中，我们会看到，那些美好的关于季节的诗词都是观察的结果。比如说"林花扫更落，径草踏还生"，"芳树无人花自落，春山一路鸟空啼"，"繁枝容易纷纷落，嫩蕊商量细细开"，还有"野渡花争发，春塘水乱流"，等等。我们今天的生活形态比之于古人，在从容性方面要丧失了很多很多，可能只有老人才相对从容一些，这时他们开始捡拾观察生活的习惯。但是，我们的孩子应该享受到这一点。能够细细地观察生活，这实在是人生中的一种享受，而不要刻意把它变成为了写作文我才这样，不写作文能观察也是很美好的事情，我们要把这点享受还给孩子。

不能只有阅读而没有思考

很多家长可能更强调阅读的作用，觉得读更多的书就能把作文写得特别好。这个观点肯定是错误的，至少是不全面的。许多孩子对读书可能心生逆反，这个逆反就是由于我们现在的学业对于孩子的压力还是很大，当让他放下课本又转向另一种阅读，并且你还暗示他这个阅读依然和考试有关系，可能他一听到阅读和考试的这种关系，就不会喜欢阅读了。还有，我发现很多孩子，不管在阅读的时候，还是在做作业的时候，会戴着耳塞听音乐，我们从生理学上都要考虑到这一点，就是说，视觉的那一根神经比之于听觉的那一根神经更容易疲劳，因此不断地读是一件疲劳的事情。

为什么有的人会养成一生阅读的习惯呢？那是因为在我们所经历的那个时代，读书本身对于内容趣味的那种要求压过了视神经所感到的疲劳。现在有更多的兴趣，我们可以看一张碟，可以听听音乐，可以看电视，在这种情况下，说句实在话，视神经是容易懒惰的。上学的时候，从星期一到星期五，我们都聚精会神调动视神经，也就是眼睛的功能，所以很疲惫，这个时候再阅读，说句实在话，需要陪伴。尤其是对小学生，要引导入门，或者是家长读给孩子听，或者是家长听孩子读，甚至和孩子进行讨论。这个讨论非常重要。

我听一位美国的小学老师说，他们十分重视和学生一起讨论一些问题，比如他们讨论过卖火柴的小女孩儿是写给谁看的，还讨论过灰姑娘的水晶鞋。老师讲完课，问：这灰姑娘一旦进入这个王宫，被选为白马王子的心上人，她的梦想已经实现了，一切幸福都归属于她之后，这时她应该怎样对待她的继母，应该怎样对待她的两个姐姐？

为什么要讨论这个问题？这是情感交换，最后得出的结论就是说，一个已经拥有巨大幸福的人，对于那些伤害过自己的人应该报以宽恕，应该理解他们。另外，还要承认人性一些先天的弱点，就是说，一个母亲在亲生女儿和不是亲生的灰姑娘之间，可能更偏爱亲生女儿，这可能有自然倾向的原因。

你看，讲童话的时候已经在有意识地把这种情感影响，甚至把人性的价值判断都注给了孩子。我觉得我们缺少这样活的教育，我对我们时下的教育方法是心存质疑的，尤其是语文的教学，我觉得很多语文老师非常辛苦。我接触的语文老师非常辛苦，假如我把这些话跟他们说，他们是同意的，并且愿意这样教，但他们又不能这样做，因为他们头脑中必须时时绷紧一根弦，就是应试。既然如此，家长应该做到这点，这些不会影响语文的成绩，而是会润物细无声，会在潜移默化中提升孩子写作文的能力。

关于思考能力，我一直反对大学课程上的灌输。知识两个字我历来认为是要分开来谈的，知就是知感，识就是认识。所谓知感，就是别人呈现给你，展现给你，说给你听，要求你记住的那一部分。但光有这一部分是不可以的，还要有认识、思考。最初我在大学上课，当你一说话的时候，可能是一些用功的学生会本能地、习惯地拿出小本来了，就要记。但是在一堂课四十五分钟里面，有些话语是不值得你去记的，因此我马上告诉他们，我说，现在都抬起头，放下笔听我说话，如果我的哪一段话是应该记的，并且值得你们记的话，我会告诉你们下一段话你们可以记下来，更多的时候我所说的话只不过是引导你们来思考的一些话。

从背景解读高考作文题

经过阅读、观察和思考的训练之后，接下来才是运用汉语言表现的能力。我这里还可以举一个例子，比如说，2007年北京高考作文题目是"细雨湿衣看不见，闲花落地听无声"。作者刘长卿是唐开元年间的进士，他当过监察御史，应该是比较高的官职了。这首诗是他赠给友人严士元的。在读刘长卿的诗时，你会发现经常出现答严员外或者谢严员外，我估计都是给这位严士元的。刘长卿写了很多很多诗，《全唐诗》九百多卷，他单独恐怕有四五卷之多，他的诗最多的是五言，称为"五言长城"。现在考的是七言。

写这首诗赠给严士元的时候，刘长卿在官场上已经失意、受贬，并且有一些看淡了、看破了，刚才那两句诗再接下来是"东道若逢相识问，青袍今已误儒生"。东道是指主人，就是说主人你如果遇到认识我们两个的人问起我，那么我目前的感受就是青袍今已误儒生，因为他是儒生，靠应试上来的，他感觉到他的人生在官场上有一种淡泊，这时他内心是寂寥的，也是失意的，因此是闲花落地听无声。

唐诗中有野花，有繁花，但闲花这个词用得不是很多，我也是第一次在诗中看到闲花，这是寂寥的心境。假如我们知道一些背景知识，对于写好这篇作文至少多了一个选择，就是 N 种选择，N 种开篇中，我多了一种。即使没有，如果我们对那些唐诗宋词中写春天描述景色的诗句知道得多一些，也可以串联起来加以互补，这时候纯粹展示一篇写景的美文，也是 N 种选择方面的一种。当然我们还可以写情绪，写情绪的话，就是那样一种寂寥感，可能要跟诗人当时的心情联系起来。

当然，你还可以从这个角度去想，听不到也罢，看不见也罢，那都还是诗人本身的一种状态，他其实也在听，他其实也在看。什么人能听到花落地的声音？什么人能看到雨湿衣的情形？这时候人的那种轻松状态是令我们羡慕的。我们当代人把自己搞得匆匆忙忙，然后总结出时间就是金钱，在这样的一种状态下，我们肯定不会有那种"细雨湿衣看不见，闲花落地听无声"的情怀。这时候如果我们的孩子读这样的诗，也可以由他们来告诉大人，包括父母，放松一下，这也是一篇作文。

情怀的培养是打动人的基础

我教大三的学生，我给他们的考题就是《雨和雪》，可以单纯写景，单纯的写景我不是看他们的文字能力，就是想看他们平时留意观察过生活没有。当然可以写事，也可以写人。大多数同学都是抱怨的，他们说，老师，写什么雨，写什么雪？第一，这非常像高中的作文题；第二，他们早已经不关心雨和雪了，自从他们上高二的时候就已经不关心了。在这个状态下，你让他回忆下雨下雪的那个感觉，他确实没有观察到。

一个女生写了这样一篇作文。她说，她跟大家一样，自从高二以后什么下雨、下雪、天晴、天阴对她似乎都没有什么关系，她一门心思就是一定要考上大学，因为爸爸妈妈寄希望于此。因此，这个题目不是她喜欢的，但是她想起一件和下雨有关的事。她讲什么呢？就是说天旱，家里边的那一片菜地盼望着雨水，可是天总也不下雨，爸爸焦急，没有办法，最后就忍痛掏出一百元钱请人抽水浇园。后来，当水抽出来了，钱已经交了，这时候天上下起了倾盆大雨。这时，她透过窗子，看着身材瘦小的父亲低着头看着自己刚挖开的水渠里边抽出来的水,然后又抬头任凭瓢泼大雨浇着自己的脸。她感受到了那种沮丧、那种无以言表的感觉。她甚至突然知道了父亲跟她说,别考虑学费,家里一定让你上学的那种心情。然后她跑出去,依偎在爸爸的怀里,说:"爸爸我爱你,你是我最好的爸爸。"她说,她那天突然明白了,一百元钱对父亲意味着要摘满一手推车的豆角,要推到二十里地以外的集市上全部卖完,我的学费和我的生活费都是父亲这样积累下来的。

这样的作文多好啊。

所以,当你培养了观察的能力、思考的习惯,当你心中有了一种情愫的形成,在这个前提下,你驾驭文字的能力又不比别人弱的话,对于任何一道作文题,你的思维可能都比别人要开阔一些。

作文的"窍门"

大家期待着我赶快讲出一套"窍门",孩子们便茅塞顿开,从此作文成绩产生飞跃。坦率说,我要讲的,也只不过老生常谈而已。

观察的习惯

孩子出生以后,最初是靠肢体来感觉周围世界的。皮肤知冷暖,双耳听声音,手足觉软硬。再以后,孩子的视力发育完成了,这时他们便开始观察,于是世界在他们眼中有了远近、大小、形状和色彩。

观察是人来到世界上的最初的本能之一,同时,伴随着的是强烈的好奇心,这是连小动物都能体现得格外生动的本能之一。

"出门……"

"上街……"

"看车车……"

以上话语,是孩子要求满足其观察欲时常说的话语。

为什么要"出门"呢,因为家里的环境已经不能满足他们的观察欲了,而街上有更多使他们的眼睛感到新奇的事物,比如南来北往各式各样的汽车。带孩子去过一次动物园的父母想必应该记得，后来孩子会一再地要求去动物园，因为那些动物对于他们的观察欲，非是一次就足以满足的。

孩子就要上小学了，这时他们的观察欲反而不那么强烈了。因为他们自觉已经见过了很多，日复一日所见的事物和现象，使他们的观察欲餍足了，于是反应钝怠起来。

所以要知道，观察欲不是与日俱增的。在人的成长过程中，它是会中断的，好奇心也往往随之中断。

孩子们上了学以后，观察欲是不是又会强烈起来呢？自然会的。学校的环境，老师和同学，都会给他们的眼以新的印象。大多数刚上小学的孩子为什么是快乐的呢？也是新印象、新感觉使然。新印象、新感觉是新的观察结果，人眼获得新的日常观察结果，会带给人性愉悦，这乃是人性的真相之一。

但是渐渐地，孩子的观察欲又会钝怠起来。因为一切对于他们又是日复一日、习以为常的了，他们的好奇心便也又钝怠了。

钝怠的观察力，钝怠的好奇心，是感性思维的克星，而钝怠的感性思维是写好作文的克星。

我有两个建议。一是父母或爷爷奶奶姥爷姥姥接送孩子上学时，不妨也培养培养自己的观察习惯。事实上，许多大人的日常观察欲也早已退化，几近为零。比如可以和孩子比一下，看谁一路所见的事物和现象更多一些，观察更细一些。孩子都是好胜的，在这一点上，大人利用一下他们的好胜心理，绝不是罪过的事。二是我要推荐一本书，是河北大学出版社出版的。在这一本

作文的"窍门" 45

书中，汇编了许许多多句诗词，都是关于花的。有些花也都是很常见的。由于常见，无论对于家长还是孩子，都引发不起观察欲了。但那样一些优美的诗句，真的会使大人和孩子以一种新的眼光来看待那些花。因为写下那些诗句的诗人、词人，看待那些花的眼光，远比我们一般的大人、孩子观察得细致。人眼习以为常、终日所见的事物和现象，是自有其细节的。不见细节，只能叫作看到，只要看到细节，才称得上是观察。人长着一双眼，对事物和现象只看到，从不观察，太对不起眼睛了。有优美的诗句引导，何不大人与孩子一块儿观察观察呢？这样的方法可以推及开来，由观察花而观察草树、观察雨雪冰霜、观察四季变化，既能培养观察的习惯，也能往大脑里储存许许多多美妙的诗词名句，一举两得。

观察是完全可以由习惯而成本能的。

既能成本能，自己的一双眼在功能方面就高于别人的一双眼了。于是同一事物、同一现象、同一景致，由自己的笔下写来，便会比别人写来传神得多。

当然，家长工作都很忙，有的工作压力还很大，家庭也难免有这样那样的烦愁之事，像以上那么建议家长，实在是很抱歉的事。可既然希望自己的孩子写出比别人的孩子成绩高些的作文，那么自己便得多付出精力和心思。

想象的乐趣

想象力乃是人之天赋。动物虽也有观察力，却断无想象力。

所以地球上除了人类，再无其他生命能体会到什么是想象的乐趣。想象力可分为两类：一类是将现实虚构了，属于现实想象力；一类是完全脱离现实的，可称为超现实想象力。比如关于富有的想象，便是现实想象。而关于长生不老的想象，是超现实想象。卓别林的电影中有一片段，他想象自己有一天富有了，过上了令人羡慕的生活——想喝牛奶时，一摇铃，便有仆人将一头奶牛牵过来，立刻为他现挤一杯牛奶。此种想象谓之现实想象。而《哈利·波特》中那些具有超人能力的孩子，都属于超现实想象力的产物。对于小学生，两种想象天赋的表现，都是宝贵的。无论老师还是家长，断不该遏制。

目前中国，小学四年级已开始写作文。而作文要求，一般又限定是现实内容的。这是语文教学中的条条框框，一般老师不愿突破。所以孩子们的超现实想象力，几乎少有获得释放的平台，更不要说获得称赞了。而另一种情况是，大人为孩子提供的现成的想象成果铺天盖地，太丰富了，这使孩子沉迷于那成果中，只需享受而已。由自己的头脑来产生想象的乐趣，反而少有体会了。

在以上两种情况下，家长不妨找些话题来激活孩子的想象力，使他们明白一个道理，某些大人所提供的，使他们备觉享受的想象的成果，从他们自己的头脑之中其实也可以产生出来。比如我认识的一位家长，在孩子看《哈利·波特》一书时，曾对孩子说："至少还有十种超能力，是英国女作家那一本书中没想象到的。"孩子立刻来了兴趣，问家长那是十种什么样的超能力。

家长说，使一个坏人因为自己是坏人而备感痛苦的能力，《哈利·波特》一书中哪一个超能力学校的孩子都没有。让坏人饱受那一种痛苦的折磨，不是很有意思吗？孩子问家长还有什么超能力。于是家长便也饶有兴趣地陪孩子一块儿想象，其乐无穷，而且大大增进了和孩子的亲情。最后孩子说，我要是也成为那样一位作家，写出一本那样的书，挣一大笔稿费多好。家长问：如果你挣了那么一大笔稿费，打算怎么花呢？孩子脱口而出，说买大房子，买车，让爸妈过上幸福生活，经常出国旅游，给我自己买一台电脑，接着写第二本书，挣第二笔稿费——于是孩子的想象力又转向了现实。也许诸位会说，你不是反对向孩子灌输当不普通的人的思想吗？是的。家长灌输给孩子的那一种思想，会成为孩子成长中的压力。而家长在和孩子共同享受想象力乐趣的时候，那一种思想并不会成为孩子的心理压力，反而是一次心理"桑拿"。

孩子上了中学，家长就应该明白这样一个道理了——赋予想象力一种积极的、良好的意义，会使想象力的价值提升得更高。

也就是说，对于极富想象力的孩子，如果他或她是小学生时，完全可以任由他们充分发挥自己的想象力，大人不必迫不及待地和他们讨论想象力的意义。但是，对已经是中学生的孩子，就应该赋予他们宝贵的想象力同样宝贵的意义。因为在中学里，语文教学对于作文是要求正面意义的，而这一点往往决定一篇作文是否真的算得上是优等作文。一个孩子成长的真相是——他们成为中学生以后，对自己头脑的思想力的自信与否，不但影响他们写出何等水平的作文,也直接影响他们成为怎样的中学生……

思想的魅力

学校教育的普遍规律告诉我们,已经是中学生的孩子们,此时正是他们的头脑开始形成思想的时期。小学的他们曾多么赞赏想象力,中学的他们便多么赞赏思想力。不但赞赏别人的思想力,也更希望自己成为有思想的人。但另一个事实是,现在的中学生受分数的压迫,不得不用大部分头脑来记忆知识,用小部分头脑去吸收娱乐信息,以缓解分数对于头脑的压迫。渐渐地,记忆力倒是增强了,思想力却并没有得到很好的开发。而且,似乎只有和分数有关的知识才算是有用的知识,"没用"的知识他们一点儿也不想往头脑里装,倒宁可往头脑里装些娱乐的信息。

思想和思想力是完全不同的概念。

对一切事物和现象的看法,都可曰之为思想,但并非是思想力。

思想力是指最接近事物和现象本质的思想,同时体现出很强的说服力的思想。

我曾在一名中学生的作文中读到过这样一句话——"人人都有心脏,但不是每一个人都有心灵。"

我问他:"是抄来的格言吗?"

他说:"不,我的看法。"

我不由得由衷地表扬他:"孩子,你很有思想力。"

他自然是很高兴的。

我接着问:"心脏是人之实际存在的器官,但何谓心灵呢?"

他反问:"心灵一词不是许多人都经常在用吗?还用得着解释呀?"

我说:"你认为明白之事,不见得别人也同样明白。你姑且认为我不明白,请解释给我听听。"他便嗫嚅起来。我又说:"如果你自己确实明白,那么你就应该可以向我解释得清楚。"他只好说容他认真想想。两天后,他又来见我,真是有备而来——把"心灵"一词的来龙去脉向我侃侃陈述。

我坦率地告诉他,他不讲,我也不怎么清楚。对于我,他所讲的,是知识。

最后我说:"孩子,你的头脑中,现在有了两种储备,都是有价值的。一种是关于'心灵'一词的较全面的知识,一种是关于'心灵'一词的较深刻的思想。你将二者整合在一起,便是一种思想力。你如果写一篇阐述这种思想力的作文,我觉得将会是一篇优等作文。"他又高兴起来。我说:"孩子,不要高兴得太早。我虽然已经称赞了你有一定的思想力,但是还没有称赞你的思想力是无懈可击的。比如你认为'人人都有心脏,但不是每一个人都有心灵',就不能完全自圆其说。而我认为每一个人也都是有心灵的,只不过好人有好的心灵,坏人有坏的心灵而已,是不是呢?"

他默默地点头,承认反驳不了我。

我鼓励道:"思想力要体现出严谨的说服力。你用你最高的文字水平把你的思想力表达出来,再来和叔叔讨论'心灵'问题。"

后来他写成了一篇文章——《叩问心灵》。"人人都有心脏，但不是每个人都有心灵"一句话，在他的文章中改成了："人人都特别在乎自己的心脏健康与否，但究竟有多少人同样在乎自己的心灵生没生病？"

我说："老实讲，现在这一句话，不如原先那一句话朗朗上口了。但我认为，对于体现思想力的文章，一个没有破绽的句子，肯定比一个难以说服人的句子好。鱼与熊掌，得兼而兼。否则宁肯牺牲一下语感，而取严谨的说服力。对于用文字表达思想力的人，这常是没法子的事。"

后来，他的文章在一份青少年杂志上发表了。

我举这个例子想说的是，思想和思想交流、碰撞，才更容易产生思想力的火花。大家都是有思想的成人，但经常和自己的孩子交流思想吗？通常的情况更是，我们总企图让孩子对我们的思想感兴趣，何曾也对孩子的思想感兴趣过？我们每每抱怨孩子不愿和我们交流思想，是不是也因为我们很少认真地尊重过孩子们的思想呢？何况，还有很多很多时候，能让我们的孩子一眼看出来，其实我们自己早已是不爱思想的人了，便也没了什么思想魅力可言。

在孩子该有一定的思想力而居然没有的情况下，他们的作文只能依然停留在小学生的幼稚水平！

比喻的妙趣

我们的汉语有一大特色，那就是形容词多多。那些形容词，尤其典故词，最初并非形容，而是精妙的比喻。正由于其精妙，于是被一代又一代人信手拈来，反复应用，于是丧失了原本的精妙和生动，成了公用的形容词。比喻当然也是种形容，间接而已。正由于间接，所以能唤起联想，故而生动。

一名高中生曾如此比喻他们校长说起话来是多么呆板——"他一开口说话，我就仿佛看到一些穿同样颜色工作服的人一字排开，在不紧不慢地铺同样颜色的人行道方砖。"多好的比喻啊！这个比喻，打上了他个人语言的印记，胜过许多形容词。这个比喻，是非公用的。别人用在自己的作文或文章里了，倘不注明，是谓抄袭。

我给大家最后的建议是——如果从孩子的作文中发现了好的比喻，千万要予以欣赏和称赞。精妙的比喻体现着联想的智慧。

"梨花千树雪，杨叶万条烟。"

"白鹭下秋水，孤飞如坠霜。"

"行傍柳阴闻好语。莺儿穿过黄金缕。"

在唐诗宋词中，好比喻俯拾皆是，不胜枚举。

联想的智慧，在当代社会的功用空间极为广阔。今天善于用在作文中的孩子，明天未必会成为作家。但这并不意味他们的智慧就无用武之地，说不定在某种机会来临时，他们中有人"一不留神"成了一流的广告设计师，或服装设计师，或建筑设计师……

不错，为了提高孩子的英语成绩或数学成绩，有"疯狂英语"班或"神速数学"班之类，引得家长、孩子趋之若鹜，如过江之鲫。但我似乎还没听说过有谁办过什么"疯狂作文""神速作文"之类的提高班。

我疯狂不来,也无神速之法。我所啰唆,出发点也不仅是分数,更是针对孩子本身的。最后我还是要再次强调,写出好作文的孩子,大抵总接近着是好孩子,而且,日后会接近着是好儿女、好父母、好同事、好朋友、好人。因为在我这儿,作文毕竟也是"作"人的文。那么完全脱离了"人文",便不是人"作"的文了……

琥珀是美丽的

文学创作,应该是一种精神生产的"流水作业"。不断地"蓄"入,才能不断地"付"出。这是"源"和"流"的辩证关系。每一个文学创作者,每一个文学青年,都不能忽略这种"蓄"入与"付"出的问题。

什么叫"蓄"入?"蓄"入就是积累。积累什么?积累可以在创作过程中当作"生产原料"的素材。素材从哪里来?我认为只能从生活中来。

"素材",往往是零碎的,是"单幅照片"式的,而且往往是不连贯的。这样的某些生活中的人和事,在一般人们看来,也许是毫无意义的,并不去思索,也不会使一般人们产生种种联想。但对于文学创作者来说,却很可能是非常有用处的,甚至可能是非常宝贵的。

我的父亲有一个习惯,走路时,常会忽然弯下腰去,从地上捡起一根铁钉、一枚螺丝钉、一截废电线、一段铁丝,或者其他的什么不起眼的小东西。我和他一起上街,常常会被他这一举动搞得怪不好意思。父亲捡起来还不算,回到家里还要存放到一个小木箱里。我有几次差点就把小木箱给扔掉，也几次差点卖给收破铜烂铁的，惹父亲生过气，说我："不知道东西中用。"存放在小木箱里的东西确实起到过作用，不知在什么时候要干什么事，那一根铁钉、一截电线、一段铁丝，往往就派上用场了。我想我也应该养成这种"路上拾遗"的习惯。我想我也应该有一个"小木箱"。

创作素材的积累，不一定当时就会用得上，更不要因为当时用不上，就以为是"废物"，以为没有价值。恰恰相反，这种积累，往往会很久以后才会用上。这有点像醇酒，放置的时间愈长，酒味愈浓；也有点像到银行储蓄，储蓄的时间越长，数目越大，利息越高。一个人银行里储蓄了一万元，就会生活得很自信。搞创作的人，也应当成为精神储蓄的巨富。作家"生活底子"雄厚，创作才能从容。

比如我写《西郊一条街》，那最初的念头还是在我上大学时，一九七四年至一九七九年之间。那时常和同学们到复旦大学校园后去散步，那里就有一条街，很窄，隔街可以聊天。但街这边是城市户口，街那边是农村户口，几乎老死不相往来。如果是在上海市区内，街两边有那么多男女青年，岁数相仿，一定会结成几对"金玉良缘"的。但在该条街上不会发生这样的爱情。在我们这儿，连爱神阿佛洛狄忒，也很重视户口问题……当时我就想，这不是一篇小说的素材吗？但写成小说，是在去年。

比如我有一篇小说《苦艾》，这篇小说是怎样产生的呢？还得说到我在大学期间，有个藏族同学，比我高一届，叫索玛尼，是西藏歌舞团的，两次进民族学院学音乐，擅长中西乐器的演奏。他给同学们带来很多快乐。他有一种独特的演奏方式，我们叫作"口奏"。一次在我们专业开的联欢会上，他表演了芭蕾舞剧《沂蒙颂》的"捉鸡"片段。小提琴、大提琴、钢琴、黑管、小号、钢鼓……整整一个交响乐队，全在他舌头上！不但口中"演奏"，还有模仿动作，把老师和同学都给镇住了。"捉鸡"从教室里捉到走廊，再从走廊捉到教室，三出三入。老师和同学们，也一会儿呼啦一下跟在他身后涌到走廊，一会儿呼啦一下从走廊跟进教室。他演奏得很严肃，可以说一丝不苟，大家欣赏得也很认真。这情形当时给我留下的印象很深。我再也忘不掉这个索玛尼。这应该是一篇小说中的多么好的情节啊！我当时这么想过，但并没有写。因为要把这样的生活素材运用到作品中去，总得有一种契机。这样的契机一出现，这样的素材和其他的素材碰撞出火花来了，就可以组合在一起了。

这素材究竟和另外什么素材碰撞在一起，使我终于写出了《苦艾》这篇小说呢？

我在北大荒当过小学教师。我所在的那个连队是一个很偏远的连队。那里很落后，在我去之前，没有学校。那里的大人们和他们的孩子，几乎不知道要学习文化。我的学生中，有个十七岁的少女。这山村少女长得很美。我看电影《叶塞尼亚》，常常会想到她。她不但美，而且天生对美的事物有一种渴望。学校里买了台收音机，我每天晚上在教室备课，她就默默地来听音乐。

她性格很野,野中有种粗俗,但听音乐时,又是那么娴静,像大家闺秀。我当时就想,她如果能受到必要的文化教育和艺术训练,也许会成为一名出色的歌唱演员、舞蹈演员或者戏剧演员、电影演员呢!可是她没有这样的机会,她像一株山野中的小草,自生自灭。男人们只会对她的美产生欲念,女人们则是嫉妒。我曾经为我这个学生到黑河歌舞团去推荐过,可是没有成功。两年后,她做了男人的老婆,男人比她大十二岁。我调到团宣传股时,在送我的人群中,我发现了她,躲得远远的,呆滞地望着我。我那时突然感到生活对人的不公正、不公平,感到文明、文化,对任何一片土地上的人们,都是那么重要。我几乎哭出来,为我的这个学生。也是去年,我忽然收到一封信,在《这是一片神奇的土地》发表之后,是我的学生写来的。信中她几乎没有谈她自己,只谈我的学生中谁谁也出嫁了,大家都很想念我,常提起,还在收音机中听到我的作品被改编为广播剧,等等。而她的生活,那是她不必告诉我,我也完全想象得到的。

于是我写了《苦艾》,一个晚上就写出来了,万余字,写得的确很畅快。其中大段的主要的细致描写,就是写我的这个学生。我在小说中叫她春梅子,写了她当众表演"口奏",显示出她身上的原始的艺术素质和带有野性的、粗俗的美……

再比如,我住在丁山宾馆。忙于写作,头发胡子都很长,有一天在宾馆理发,刚坐下,有个姑娘走了进来。这也是位很美丽的姑娘,刚洗过头。她一进理发馆,就对两个小伙子理发员说:

"你们给我头发拉一拉直。"她刚烫过，显然对样式不满意，要把鬈发拉直，成披肩发。她说话的那种语调、眼神、脸上表现的傲气，都告诉我，她知道自己是很美的，而且知道"美"的价值是昂贵的。我想那两个小伙一定会大献殷勤的。但他们并没有献半点殷勤，互相看了一眼，笑笑，洗了手，看也不看那姑娘一眼，扬长而去，表现出小伙子在姑娘面前的傲气。你有你的美，我有我的傲。不是有许多小伙子都善于在漂亮的姑娘们面前大献殷勤么？但这两个小伙子理发员偏不。如果当时不是两个小伙子同时在场，而是只有其中的一个在场呢？会不会也如我所看到的一样高傲？小伙子们对姑娘们的殷勤，常会因为有第三者在场受到限制和制约。这也是生活中的一种常见的现象。我听宾馆的服务员说，在那里工作的姑娘们有一些人最大的愿望是当"陪同"。自以为具有了这种条件的姑娘们，学外语更加努力。那么小伙子理发员的傲气又含有另一层意味了。

　　回到房间，我就不能不去想，这姑娘是谁？她从哪儿来？生活在什么样的家庭？她已经当上"陪同"了吗？她正在向往着当一名"陪同"么？如果她的向往迟迟不能实现，她会沮丧吗？如果她的愿望实现了，她就会觉得对生活心满意足了吗？她对生活可能有一种怎样的理解？她已经谈恋爱了吗？爱着一个什么样的小伙子？她的恋爱观又是怎样的？等等，等等。我什么都不知道，对这姑娘一无所知，但我又什么都想知道。我也并不想去接近这姑娘，搭讪着说几句话，套出一点什么"素材"来。不。我觉得如果她什么都对我讲了，我对她彻底弄明白了，那反而未必有意义，就现在这样好。她是个"谜"，"一个未知数"，因而给我想象的空间，联想的"余地"。我心中可能会渐渐活跃起一个"她"来。是"她"又不是"她"。

"她"可能会成为我某一篇小说中的人物吗？我现在还不好说。但我先把"她"蓄入我的记忆仓库。让"她"在里面慢慢成熟吧！说不定哪一天，在哪一种契机下，她会从我的头脑中"蹦"出来，"复活"在我的笔下。

讲了以上这些，无非想说明一点：一个搞创作的人，要善于观察生活。那些偶尔吸引了你的人和事，纵然不一定马上会写成一篇小说，但也不要轻易放过，储存到记忆中去。

琥珀是很美丽的。琥珀是怎样形成的？一只小蜘蛛、小甲虫，被松树上偶尔滴落的松脂粘住了。它挣扎，但终于被裹住了。经过几百年，一颗奇异的琥珀形成了。

珍珠也是如此偶然地形成的。

我们的记忆，就像一棵大松树。要使创作的源泉不竭，也就必须使记忆的松树常青。电影《尼罗河上的惨案》中，不是有个大侦探叫波洛的吗？什么人，什么事，他都感兴趣。他当然不是一个专门窥测别人的坏家伙。因为他是侦探，所以他才对什么都感兴趣，一种人的职业特质。搞创作的人，也要有一种特质。当然不能像这位大侦探一样，那样作家就太使人讨厌了。我所说的特质，是讲作家的眼睛，他要善于在生活中搜寻可以成为"琥珀"或"珍珠"的元素。发现了，就从自己记忆的大松树上，滴落一滴"松脂"来。

我想，大家一定不会将我这番话理解为——小说的素材原来都是这么得来的呀！这不过是一种方式，可以叫作"零存整取"。还有更重要的一方面，那就是扎扎实实地生活。不过，这是另一个课题了。

小说是平凡的

××同志:

您促我写创作体会,令我大犯其难。虽中断笔耕,连日怔思,头脑中仍一片空洞,无法谋文成篇。屈指算来,终日孜孜不倦地写着,已二十余个年头了。初期体会多多,至今,几种体会都自行地淡化了。唯剩一个体会,越来越明确。说出写出,也不过就一句话——小说是平凡的。

诚然,小说曾很"高级"过。因而作家也极风光过。但都是过去时代乃至过去的事儿了。站在二十一世纪的门槛前瞻后望,小说的平凡本质显而易见。小说是为读小说的人们而写的。读小说的人,是为了从小说中了解自己不熟悉的人和事才读小说的;也是为了从小说中发现,自己以及自己所属的社会阶层的生活形态,在不同的作家看来是怎样的。这便是当代中国现实主义小说和读者之间的主要联系了吧?至于其他当代现实主义以外的小说,自然另当别论。但我坚持的是小说的现实主义和当代性,也就没有关于其他小说的任何创作体会。据我想来,伟大的现实主义的小说,恰恰伟大在它和读者之间的联系的平凡品质这一点上。平凡的事乃是许多人都能做一做的，所以每一个时代都不乏一批又一批写小说的人。但写作又是寂寞的往往需要呕心沥血的事，所以又绝非是谁都宁愿终生而为的事。所以今后一辈子孜孜不倦写小说的人将会渐少。一辈子做一件需要呕心沥血，意义说透了又很平凡的事，不厌倦，不后悔，被时代和社会漠视的情况下不灰心，不沮丧，不愤懑，不怨天尤人；被时代和社会宠幸的情况下不得意，不狂妄，不想象自己是天才，不夸张小说存在的价值和意义，这就很不平凡了。小说家这一种职业的难度和可敬之处，也正在于此。伟大的小说是不多的。优秀的小说是不少的。伟大也罢，优秀也罢，皆是在小说与读者之间平凡又平易近人的联系中产生的……

作家各自经历不同，所属阶层不同，瞩注时代世事的方面不同，接受和遵循的文学观念不同，创作的宗旨和追求也便不同。以上皆不同，体会你纵我横，你南我北，相背相左，既背既左，还非写出来供人们看，徒惹歧议，倒莫如经常自我梳理，自我消化，自悟方圆的好……

然不交一稿，太负您之诚意，我心不安。权以此信，啰唆三四吧！

我以为一切作家的"创作体会"之类，其实都是极个人化的。共识和共性当然是存在的。但因为是"共"的"同"的，尤其没有了非写出来的必要和意义。恰恰是那极"个人化"的部分，极可能不同人有不同的体会，对于张作家或李作家自己，是很重要的，很难被同行理解的，同时也是区别于同行的根本。它甚至可能是偏颇执拗的……

我写我认为的小说

文学是一个大概念，我似乎越来越谈不大清。我以写小说为主。我一向写我认为的小说。从不睬视别人在写怎样的小说。文坛上任何一个时期流行甚至盛行的任何一阵小说"季风"，都永远不至于眯了我的眼。我将之作为文坛的一番番景象欣赏，也从中窃获适合于我的营养。但欣赏过后，埋下头去，还是照写自己认为的那一种小说。

我认为的那一种小说，是很普通的，很寻常的，很容易被大多数人读明白的东西。很高深的，很艰涩的，很需要读者耗费脑细胞去"解析"的小说，我想我这辈子是没有水平去"创作"的。

我从小学五六年级起就开始读小说。古今中外，凡借得到的，便手不释卷地读，甚至读《聊斋》。读《聊斋》不认识的字太多，就翻字典。凭了字典，也只不过能懂个大概意思。到了中学，读外国小说多了。所幸当年的中学生，不像现在的中学生学业这么重，又所幸我的哥哥和他高中的同学们，都是小说迷，使我不乏小说可读。说真话，中学三年包括"文革"中，我所读的小说，绝不比我成为作家以后读的少。这当然是非常羞愧的事。成了作家似乎理应读更多的小说才对。但不知怎么，竟没了许多少年时读小说那种享受般的感受。从去年起，我又重读少年时期读过的那些世界名著。当年读，觉得没什么读不懂。觉得内中所写人和事，一般而言，是我这个少年的心灵也大体上可以随之忧喜的。如今重读，更加感到那些名著品质上的平易近人。我所以重读，就是要验证名著何以是名著。于是我想——大师们写得多么好啊！只要谁认识了足够读小说的字，谁就能读得懂。如此平易近人的小说，乃是由大师们来写的，是否说明了小说的品质在本质上是寻常的呢？若将寻常的东西，当成不寻常的东西去"炮制"，是否有点儿可笑呢？

我曾给我的近八十岁的老母亲读屠格涅夫的《木木》，读普希金的《驿站长》，读梅里美的《卡门》……

老母亲听《木木》时流泪了……

听《驿站长》时也流泪了……

听《卡门》没流泪。虽没流泪，却说出了这样的话——"这个女子太任性了。男人女人，活在世上，太任性了就不好！常言道，进一步山穷水尽，退一步海阔天空，干吗就不能稍退一步呢？……"

这当然与《卡门》的美学内涵相距较大，但起码证明她明白了大概……

是的，我认为的好小说是平易近人的。能写得平易近人并非低标准，而是较高的标准。大师们是不同的，乔伊斯也是大师，他的《尤利西斯》绝非大多数人都能读得懂的。乔伊斯可能是别人膜拜的大师，但他和他的《尤利西斯》都不是我所喜欢的。他这一类的大师，永远不会对我的创作发生影响。

我写字桌的玻璃板下，压着朋友用正楷为我抄写的李白的《将进酒》。那是我十分喜欢的。句句平实得几近于白话！最伟大最有才情的诗人,写出了最平易近人最豪情恣肆的诗,个中三昧,够我领悟一生。

我不能说明白小说是什么。但我知道小说不该是什么。小说不该是其实对哲学所知并不比别人多一点儿的人图解自以为"深刻"的哲学"思想"的文体。人类已进入二十一世纪,连哲学都变得朴素了。连有的哲学家都提出了要使哲学尽量通俗易懂的学科要求,小说家的小说若反而变得一副"艰深"模样的话,我是更不读的。小说,尤其长篇小说,不该是其实成不了一位好诗人的人借以炫耀文采的文体。既曰小说,我首先还要看那小说写了什么内容,以及怎样写的。若内容苍白,文字的雕琢无论多么用心都是功亏一篑的。除了悬案小说这一特殊题材而外,我不喜欢那类将情节故布成"文字方程"似的玩意儿让人一"解析"再"解析"的小说。今天,真的头脑深刻的人,有谁还从小说中去捕捉"深刻"的沟通?

我喜欢寻常的,品质朴素的,平易近人的小说。我喜欢写这样的小说给人看。

或许有人也能够靠了写小说登入什么所谓"象牙之塔"。但我是断不会去登的,甚至并不望一眼。哪怕它果然堂皇地存在着,并且许多人都先后登了进去。

我写我认为的小说,写我喜欢写的小说,写较广泛的人爱读而不是某些专门研究小说的人爱读的小说,这便是我的寻常的追求。即使为这么寻常的追求,我也衣带渐宽终不觉,并且终不悔……

睐注平民生活形态

我既为较广泛的人们写小说,既希望写出他们爱读的小说,就不能不睐注平民生活形态。因为平民构成我们这个社会的大多数,还因为我出身于这一个阶层。我和这一个阶层有亲情之缘。

我认为,事实上每一个人都有他或她的"阶层"亲情。这一点体现在作家们身上更是明显得不能再明显。商品时代,使阶层迅速分化出来,使人迅速地被某一阶层吸纳,或被某一阶层排斥。

作家是很容易在心态上和精神上被新生的中产阶层所吸纳的。一旦被吸纳了,作品便往往会很中产阶层气味儿起来。这是一种必然而又自然的文学现象。这一现象没什么不好。一个新的阶层一旦形成了,一旦在经济基础上成熟了,接下来便有了它的文化要求,包括文学要求。于是便有服务于它的文化和文学的实践者。文化和文学理应满足各个阶层的需要。

从"经济基础"方面而言,我承认我其实已属于中国新生的中产阶层。我是这个阶层的"中下层"。作家在"经济基础"方面,怕是较难成为这个新生阶层的"中上层"的。但是作家在精神方面,极易寻找到在这个新生阶层中的"中上层"的良好感觉。

我时刻提醒和告诫我自己万勿在内心里滋生出这一种良好感觉。我不喜欢这个新生的阶层。这个新生的阶层,氤氲成一片甜的、软的、喜滋滋的、乐融融的,介于满足与不满足,自信与不自信，有抱负与没有抱负之间的氛围。这个氛围不是我喜欢的氛围。我从这个阶层中发现不到什么太令我怦然心动的人和事。

所以我身在这个阶层，却一向是转身背对这个阶层的。瞵注的始终是我出身的平民阶层。一切与我有亲密关系乃至亲爱关系的人们，几乎无一例外地仍生活在平民阶层：同学，知青伙伴，有恩于我的，有义于我的。比起新生的中产阶层，他们的人生更沉重些，他们的命运更无奈些，他们中的人和事，更易深深地感动我这个写小说的人。

但是我十分清醒，他们中的大多数，其实是无心思读小说的。我写他们，他们中的大多数也不知道。我将发生在他们中的人和事，写出来给看小说的人们看。

我又十分清醒，我其实是很尴尬——我一脚迈入在新生的中产阶层里，另一只脚的鞋底儿上仿佛抹了万能胶，牢牢地粘在平民阶层里，想拔都拔不动。我的一些小说里，自然而然地流露出了我的尴尬。

这一份儿尴尬，有时成为我写作的独特视角。

于是我近期的小说中多了无奈。我对我出身的阶层中许多人的同情和体恤再真诚也不免有"抛过去"的意味。我对我目前被时代划归入的阶层再厌烦也不免有"造作"之嫌。

但是我不很在乎，常想，也罢。在一个时期内，就这么尴尬地写着，也许正应了那句话——前不着村，后不着店，所以才继续地脚不停步地在稿纸上"赶路"。完完全全彻彻底底变成了中国新生的中产阶层的一员，即使仅仅是"中下层"中的一员，我也许就什么都写不出来了……

我是个"社会关系"芜杂的人

中国的作家，目前仍分为两大类——有单位的，或没有单位的。有单位的比如我，从前是北影厂的编辑，如今是童影厂的员工。没单位的，称"专职"作家，统统归在各级作家协会。作家协会当然也是单位，但人员构成未免太单一。想想吧，左邻是作家，右舍也是作家。每个星期到单位去，打招呼的是张作家，不打招呼的是李作家。电话响了，抓起来一听，不是编辑约稿、记者采访，往往可能便是作家同行了。所谈，又往往离不开文坛那点子事儿。

写小说的人常年生活在写小说的人之中，在我想来，真是很可悲呢。

我庆幸我是有单位的。单位使我接触到实实在在的，根本不写小说，不与我谈文学的人。一个写小说的人，听一个写小说的人谈他的喜怒哀乐，与听一个不写小说的谈他的喜怒哀乐，听的情绪是很不一样的。

我接触的人真的很芜杂。三十六行七十二业，都不拒之门外。我的家永远不可能是"沙龙"。我讨厌的地方，一是不干净的厕所，二是太精英荟萃的"沙龙"。倘我在悠闲着，我不愿与小说家交流创作心得，更不愿听小说评论家一览文坛小的"纵横谈"。我愿意的事是与不至于反感我的人聊家常。楼下卖包子的，街口修自行车的，本单位的门卫，在对面公园里放风筝的老人。他们都不反感我,都爱跟我聊,甚至我儿子的同学到家里来,我也搭讪着跟他们聊。我并非贼似的,专门从别人嘴里不花钱就"窃取"了小说的素材。我不那么下作,也不那么精明。我只是觉得,还能有时间和一些头脑里完全没有小说这一根筋,根本不知道还有"文坛"这码子事儿的人聊聊家常,真不失一种幸福啊!多美妙的时光呢!连在早市上给我理过几次头的老理发师傅,也数次到我家串门,向我讲他女儿下岗的烦愁,希望我帮着拿个主意。但凡有精力,我都真诚地分担某些信赖我的人们的烦愁。真诚地参与到他们所面临的困境中去,起码帮他们拿拿主意。其实,我是一个顶没能力帮助别人的人。经常的做法是,为这些人的烦愁之事,转而去求助另外的一些人。而求人对我又是极令自己状窘之事,十之七八是白费了口舌,白搭了面子;偶能间接地帮助了别人,如同自己的困难获得了解决一样高兴。这种生活形态,牵扯了我不少时间和精力。但也使我了解到中下层人们的非常具体、非常实际的烦愁。他们的烦愁、他们的命运的无奈,都曾作为情节和细节被我写入到我的小说里。比如《表弟》,比如《学者之死》。二十年前哈市老邻的儿子二小在现今走投无路——为了给已三十七岁的二小安排一条人生出路,我求过那么多人!还亲自到京郊的几处农村去"考察",希望能为二小在那些地方找到安身立命之所。为使在我家做了两年保姆的四川女孩儿小芳的命运能有改变,我不惜以我的著作权为砝码——谁能帮助她在四川老家附近的县城解决职业,我愿降低条件同意出版我的文集。我为我的一名中学同学的工作问题向赵忠祥求过字；为我的另一名同学的儿子的上学问题向韩美林求过画；为我的一位触犯了刑法的知青战友做过保释人；我每年要想着给北大荒的一位"嫂子"寄几次钱——我当年在北大荒当小学教师，她的丈夫是校长。他们关心和呵护我，如同对待一个弟弟。她丈夫因患癌症去世了，她的儿子也死于不幸事件……

有朋友曾善意地嘲笑我，说——晓声，你呀你呀，我将你好有一比。

我问他比作什么。

他说——旧中国的某些私塾先生，较为善良的那一类。明明没什么能力，又偏偏缺少自知之明，一厢情愿地想象自己是观世音，仿佛能普度众生似的……

我只有窘笑的份儿，承认他的比喻恰当。

我的生活形态，使我心中"囤积"了许许多多中国中下层人们的"故事"。一个个将他们写来，都是充满了惆怅、无奈和忧伤的小说。我只觉时间不够，精力不够，从没产生过没什么可写的那一种困乏。这在我的创作中带来的一个弊端乃是——惜时如金而又笔耕太匆的情况下，某些小说写得毛糙、遣词不斟、行文粗陋。

我意识到的，我就能改正。

以"冷眼向洋看世界"的目光观望别人的烦愁、别人的困境、别人的无奈以及命运，无疑是一种独特的写作视角，无疑能写出独特的好小说，无疑能自成风格，自标一派。

如我似的，常常身不由己地，直接地掺和到别人的烦愁、别人的困境、别人的无奈及命运中去了,便写出了我的某些苦涩的、忧郁的,有时甚至流露出悲哀的小说。这也就是为什么,我近期的小说,以第一人称"我"的叙述方式铺展开来的多了的原因。写那样的小说,在我简直只能以第一人称叙述,而不愿以第三人称叙述。因为我希望读者从中看到较为真切的人和事。一九九七年第一期《十月》发表的中篇《义兄》,也是这一创作心态下的产物。

但——我绝不将我的生活形态作为"经验"向别人兜售。事实上这一种生活形态利弊各一半,甚至可以说弊大于利。好在我已习惯了、接受了这一无奈的现实。谁若也不慎堕入了此种生活形态,并且没有习惯过,他的情绪恐怕会极其躁乱,一个时期内什么也写不下去。

真的,千万别变成我,变成我那是很糟的。感受生活的方式很多,直接地掺和到别人们的烦愁、困境、无奈与命运中去,并非什么好方式。在我,是一种搞糟了的活法罢了。所谓还有"利"可言,实乃是"搞糟了的活法"中的"因势利导"。我还有许多学者朋友——经济学家、伦理学家、心理学家、法学博士……

我还认得一些企业界人士……

一旦有机会和他们在一起,我便接二连三地向他们讨教问题。有时也争论,甚至争论得面红耳赤。讨教和争论的问题,都是所谓"国家大事"——腐败问题、官僚体制问题、贫富悬殊问题、失业问题、法治问题、安定问题,等等。

在向他们讨教、和他们争论的过程中，我对国情的了解更多了一些、更宏观了一些、更全面了一些。他们一次次打消掉我的思想方法的种种片面和偏激，我一次次向他们提供具体的生活事例，丰富他们理性思维的根据。不是所有的作家都能和经济学家辩论经济问题。我和他们辩论时，也能如他们一样，扳着手指头例举出这方面那方面接近准确的数字。

这常令他们"友邦惊诧"，愕问我——晓声你是写小说的，怎么了解这么多？

我便颇得意地回答——我关注我所处的时代。

是的，我不讳言，我极其关注我所处的时代。关注它现存的种种矛盾的性质，关注它的危机的深化和转机的步骤，关注它的走向和自我调节的措施……

我认为——既为作家，既为中国的当代作家，对自己所处的当代，渐渐形成较全面的、较多方面的、较有根据的了解，不但是必要的，而且是重要的。因为，对时代大背景的认识较为清楚，才有一种写作的自信。起码自己能赞同自己——我为什么写这个而不写那个，为什么这样写而不那样写。

经常的情况之下，我凭作家的"良知"写作。

有人会反问——"良知"是什么？

我也不能给它下一个定义。

但我坚信它的的确确是有的。对于作家，有一点儿，比一点儿都没有好……

我不走"为文学而文学"的路。

这一条路，据言是最本分的，也是最有出息的，最能造就伟大小说家的文学之路。

在当今之中国，我始终搞不大明白——"为文学而文学"，究竟是一条怎样的文学的路。

何况，我也从不想伟大起来。

我愿我的笔，在坚与柔之间不停转变着。也就是说——我愿以我的小说，慰藉中国中下层人们的心。此时它应多些柔情，多些同情，多些心心相印的感情。另一方面，我愿我的小说，或其他文学形式，真的能如矛，能如箭，刺穿射破腐败与邪恶的画皮，使之丑陋原形毕露。

我不知这一条路，该算一条怎样的文学的路。

而有一点我是知道的——我的绝大多数的同行，其实在走着和我一致的路。只不过他们不像我似的，常常自我标榜。我也并非喜欢自我标榜。没人非逼着我写什么说什么，我是从不愿对自己的创作喋喋不休的。被逼着说被逼着写，也就只有一而再，再而三地重复，重复的次数一多，当然也就成了自我标榜。好在和我走着一致的路的作家为数不少，那么我也就不仅仅是在为自己标榜了，也根本不会因伟大不起来而沮丧，反正又不止我自己伟大不起来。何况"为文学而文学"者，也未必就能真的伟大起来。或曰他们的伟大不起来，意味着"为文学而文学"的悲壮的自殉。那么我也想说，我辈的不为"文学"而文学，未尝不是为文学的极平易近人的生命力之体现而自耗。下场并不相差太大，就都由着性子写下去的好。

我不认为商业时代文学就彻底完蛋了。

商业时代使一切都打上了商业的烙印。文学没有任何理由要求幸免。应该看到,商业时代使出版业空前繁荣了。这繁荣的前提之下,文学有相当一部分变质了。但总量上比较,变质的仅仅是一小部分。归根结底,商业时代不太可能毁灭一位有实力的作家,作家的创作往往终结于自身生活源泉的枯竭,创作激情的下降,才能的力有不逮,以及身体、精力、心理等各方面的"资本"的空虚。

我不惧怕商业时代。但我也尽量要求自己,别过分地去迎合它一个时期的好恶。

小说家没法儿和一个已然商业化了的时代"老死不相往来"。归根结底,时代是强大的,小说家本人的意志是脆弱的。比如我不喜欢诸如签名售书、包装、自我推销、"炒作"等创作以外之事,但我时常妥协,违心地去顺从。以前很为此恼火,现在依然不习惯。一旦被要求这样那样配合自己某一本书的发行,内心里的别扭简直没法儿说。但我已开始尽量满足出版社的要求。不过分,我就照办。这没什么可感到羞耻的。

最后,我想说——我认为,归根结底,小说是为世俗大众的心灵需求而存在的。它的生命力延续至今,正是由于这一点。绝大多数名著的生命力延续至今,也正是由于这一点。这是我对小说的最基本的看法。如果有什么所谓"文学殿堂"的话,或者竟有两个——一个是为所谓"精神贵族"而建,一个是为精神上几乎永远也"贵族"不起来的世俗大众而建,那么我将毫不犹豫地走入后者，对前者断然扭转头无视而过。

我常寻思，配在前者中备受尊崇的小说家，理应都是精神上相当高贵的人吧？

我扫视文坛，我的任何一位同行，骨子里其实都不那么高贵，有些模样分明是矫揉造作的。

我更愿自己这一个小说家，在不那么美妙的人间烟火中，从心态上精神上感情上，最大程度地贴近世俗大众，并为他们写他们爱看的小说……

××同志，啰里啰唆，就写到这儿。你要求我可以写15000字，我只能写够你要求的字数之一半。对我自己的创作，我实在没那么多可说的。以上文字，算是些大白话、大实话吧！

再三请谅！

复黄益庸
——生活、知识、责任

黄益庸老师：

读到了您写给我的信。衷心感谢您对我的创作表达出真诚的关心。我并不仅仅把您的信看成是写给我个人的。这封信那么诚挚地体现了文学界一代人对另一代人的勉励、期望和告诫。我们的文学事业是多么需要这种关心！但愿我们的文学事业能够一代接替一代，一代超过一代！

我在创作心理上至今不能克服一种自卑感。我的许多平庸之作都是在对自己的平庸要求下"生产"的。现在标尺提高了，创作对我来说，比以前难得多了。因此我才感到"底气不足，文学基本功不足"。我要开始"积蓄实力"。

"好高骛远"的同时也要有点"自知之明"。《这是一片神奇的土地》虽有激情，但不够成熟。《西郊一条街》似乎老练，但有很明显的模仿痕迹。两篇作品虽然受到您和某些读者的好评，其实不能说明我的整个创作水平。我的三十几个短篇用您的话说，"在质量上颇见悬殊"；用我自己的话说，"贫瘠的土地上偶然生长出一两株有点价值的植物"。和许多青年作家相比,我绝不是一个有创作才能的人。唯一自慰的是,我还算刻苦,还算认真。我要以我的刻苦和认真,突破我自己现有的创作水平,或曰"超过自己"。

王蒙同志提出作家学者化的问题,我是很看重他提出的这个问题的。车尔尼雪夫斯基说:"要使人成为真正有教养的人,必须具备三个品质:渊博的知识、思维的习惯和高尚的情操。"我们的古人朱熹也推崇"博学之,审问之,慎思之,明辨之,笃行之"。两位学者兼思想家,诞生在不同的国度,历史年代相距远矣,却说着那么贴近的话!这是发人深思的。

我认为,作家的学者化,这是当代和今后我们的文学事业对作家的并不算苛刻的要求。我们的许多作家和作者,是开始意识到了学者化的问题的。您在信中提到:"杰出的作家对社会问题的敏感,往往不下于政治家和社会学家。"缺少广博的社会知识及生活知识,就不会有对社会问题及生活问题的敏感,也就难以产生创作欲望和冲动。

我是一个知识浅薄的人,在生活中我是个乏味的人。爱好极少,一切体育运动从小概少参加,只在大学里打过羽毛球。音乐知识几乎等于零,至今不识简谱。唯独对美术较为喜爱,但也仅仅是一般的喜爱,谈不到鉴赏。偶尔也翻翻医书,和我身体不好有关。对美术的欣赏爱好使我在创作中比较注意情境。医学常识曾为我提供过创作中的细节。作家大可不必附庸风雅,但多才多艺必对创作有益。尤其美术和音乐,与文学是有相通之处的。我是个"科盲",科学知识也许才能达到小学六年级水平。我想我必须由一个知识偏狭而浅薄的人变成一个知识丰富些的人。凡有所学,皆成性格,皆成文章。

我同样看重深入生活的问题。诚然,每一个人都在生活之中,但每一个人的生活都有局限。作家反映生活的能力有很大的可塑性。只要有条件,有机会,深入生活是好事。对深入生活问题采取不屑一顾的态度,我以为起码是不明智的。当然,作家对哪一方面的社会生活发生兴趣,毫无疑问应当有自由抉择的权利。我们的时代,需要有反映各方面生活的文学和作家。

我目前很有点"作茧自缚"的味道。家、办公室,都在北影院内。两点成一线,规范了我的日常活动。我不熟悉当代农民,不熟悉当代工人,不熟悉当代知识分子,不熟悉当代一般市民,甚至也不熟悉当代二十至二十五岁之间的青年,更不熟悉当代干部阶层的生活。我只熟悉和我有过共同经历的当代"老青年"。而且熟悉的是他们——其实也是我自己的过去,对于他们的现在同样所知有限。

每个作家和作者都应有自己的创作"园林"。我的创作"园林"小得有点可怜。何况我对自己拥有的这片"园林"并不善"经营",不是"厚积薄发",而是"坐吃山空""乱砍滥伐"……因此深入生活的问题对我来说是重要的,也是迫切的。

文学家应当是热爱生活的人,如海洋学家热爱海洋。文学不是排遣或平衡自我心灵世界的游戏。也许有人是这样开始创作的,但我相信,当其成为严肃的作家之后,必会对自己的创作初衷加以否定。不但文学如此,科学亦然。据我所知,几何学在西方始于宫廷中的智力游戏,但真正的几何学家并非那些始终视几何学为"智力游戏"的人们。文学反映时代,这提法永不会错,也永不会过时。关键在于,作家要对时代做出真正文学性的反映。能否正确认识和解释时代是一回事,能否真正用文学反映时代是另一回事。这也就是作家与政治家、社会学家们的区别。

我不会去走"背对生活,面向内心"的创作道路。我深知自己的内心并不那么丰富,那里面空旷得很。我想,知识丰富、生活积累丰富的作家,其内心世界也必然丰富。丰富的内心世界,其实是包容着丰富的生活"元素"的,作家借此才可以产生丰富的艺术想象。内心世界宏大而丰富的作家,是绝不可能"背对生活"的。

大雕塑家罗丹认为,艺术的创作和欣赏首先是一种"精神的愉快"。他同时认为:"但这不仅仅是精神愉快的问题,还有比这个更重要的。艺术向人们揭示人类之所以存在的问题:它指出人生的意义,使他们明白自己的命运和应走的方向。""艺术家给予人的教诲,内容是非常丰富的。""艺术所包含的思想,总还是要渗入到广大群众中去。"罗丹的这些艺术思想,表达了一个伟大资产阶级艺术家对社会的起码的责任感。我们对艺术的认识,当不应在罗丹之下。

对于这个问题,作家韩少功有些话说得极好。他说:"有些文学朋友,以为'自我'是与生俱来的,对客观和现实毫无兴趣,似乎学习理论和了解实际都是庸人勾当,唯闭门玄思和静心得悟才能找到'自我',才能体会到一种神秘而神圣的'天赋'存在……满足于在作品中痛苦地哀婉地抒发自己之私情,那么我们可以借用莱蒙托夫的诗回答:'你痛苦不痛苦,与我们有什么关系?'"

我是赞同少功的,他的话代表着我在这个问题上的观点,虽然觉得借用莱蒙托夫的诗,未免有点尖刻。

以为只有从"自我"中才能寻找到文学的"永恒价值",这种观点貌似高深,实为浅薄。我认为,用"永恒"这个词谈论一部文学作品的价值并不恰当。也许"长久"两个字更为科学、更为准确。既曰"长久",就意味着总会消衰。作品无论怎样辉煌、怎样伟大,也绝不可能与历史进程同终。只有文学本身才可能永恒地伴随着人类的历史。试问,中外哪一部伟大古典作品的艺术力量,不在历史的发展中削弱着时代的意义?时代意义的削弱,意味着一部作品的影响将在现实生活中淡薄,最终"归隐"到文学史上,载入史册,可谓"永恒"。但史毕竟是供人研究的,不是供人欣赏的。作品固然可以"传世",可也别忘了,我们后人在阅读、评价这些"传世"之作时,不是从来都要高度赞誉它们在当时的影响么?只要我们能够用一点历史学家的眼光和头脑去看待、去思考诱惑人的"永恒"问题,就不会那么偏执、那么盲目地去追求所谓文学的"永恒价值"了。"传世之作"从来就不是那些漠视他所处的时代,而一心要写出"传世之作"的作家们写出来的。身在当代,而企图超然于当代,向往着在遥远的未来获得"永恒",那不有点显得可笑么?对专执此念的文学朋友，我借贝尔纳的一句话说："过于相信自己的理论或设想的人，不仅不适于作出新发现，而且会做很坏的观察。"

导致某些作者走"背对生活，面向内心"的消极创作道路的原因究竟在哪里？我想，其一，是否因为"左"的文学思潮还没有彻底肃清，仍限制着某些作者的创作，因而使他们对文学的时代任务丧失信心，转而"背对生活，面向内心"？其二，是否也由于一些作者盲目接受了西方资产阶级文学思潮的影响呢？这一问题，我还想得不太清楚，得便幸望有以教之。

回信够长的了，就此打住吧！

祝您身体好！再次对您的关心表示感谢！

梁晓声

论"苦行文化"之流弊

不知从什么时候开始,从报刊上繁衍着一种荒唐又荒谬的文化意识,我把它叫作"苦行文化"的意识。

其特征是——宣扬文化人及一切文艺家人生苦难的价值,并装出很虔诚很动情的样子,推行对那一种苦难的崇拜与顶礼。

曹雪芹一生只写了一部《红楼梦》,而且后来几乎是在贫病交加,终日以冻高粱米饭团充饥的情况之下完成传世名作的。

在我看来,这是很值得同情的。我一向确信,倘曹雪芹的命运好一些,比如有条件讲究一点饮食营养的话,那么他也许会多活十年。那么也许除了《红楼梦》,他还将为后世再多留下些文化遗产……

有些人可不是这么看问题。他们似乎认为——贫病交加和冻高粱米饭团构成的人生,肯定与世界名著之间有着某种意义重大的、必然的联系。似乎,非此等人生,便断难有经典之作……

仿佛,曹雪芹的命,既祭了文学,那苦难就不但不必同情,简直还神圣得很了。

对于凡·高,他们也是这么看的。

还有八大山人……

还有失明的阿炳……

还有古今中外许许多多命运悲惨凄苦的文化人和文艺家……

仿佛,中国文化和文艺的遗憾,甚至唯一的遗憾仅仅在于——中国再也不产生以自己的命祭文化和艺术,并且虽苦难犹觉荣幸之至犹觉神圣之至的人物了!

这真是一种冷酷得近乎可怕的理念。也无疑是一种病态的逻辑意识。好比这样的情形——风雪之日一名工匠缩在别人的洞里一边咯血一边创作,足旁行乞的破碗且是空的,而他们看见了却眉飞色舞地赞曰:"好动人哟!好伟大哟!伟大的艺术从来都是这么产生的!"要是有谁生了恻隐之心欲开门纳之,暖以衣袍,待以茶饭,我想象,他们可能还会赶紧地大加阻止,斥曰:"这是干什么?尔等打算破坏真艺术的产生吗?!"

如果谁周围有这样的人士,那么请观察他们吧!于是将会发现,其实他们的言论和他们自己的人生哲学是根本相反的——他们不但绝不肯为了什么文化和文艺去蹈任何的小苦难,而且,连一丁点儿小委屈、小丧失都是不肯承受的。

但他们却总是企图不遗余力地向世人证明他们的文化理念的纯洁和至高无上。证明的方式几乎永远是礼赞别的文化人和艺术家的苦难。似乎通过这一种礼赞,宣言了他们自己正实践着的一种文化和艺术的境界。而我们当然已经看透,这是他们赖以存在,并且力争存在得很滋润很优越的招数。我想,文化人和艺术家自身命运的苦难,与成就伟大的文化和伟大的艺术之间的关系,虽然有时是直接的,但并非逻辑上必然的。鲁迅先生曾说过——"文章憎命达"。当然这话不是始于鲁迅之口,而是引用了杜甫的话。

这是有一定道理的。如果一个人生来有福过着王公般的生活,那么创作的冲动和刻苦,就将被富贵的日子溶解了。例外是有的,但是大抵如此。

鲁迅先生在一篇小品文中也传达过这样的观点——倘人生过于不济,天才便会被苦难毁灭。不要说什么大苦大难了,就是要写好一篇短文,一般人毕竟尚需一两个小时的安静。倘谁一边在写着,一边耳闻床上的孩子饥啼,老婆一边不停地让他抬脚,并一棵接一棵往他的写字桌下码白菜,那么他的短文是什么货色可想而知……

全世界一切与苦难有关的优秀的文学和艺术,优秀之点首先不在产生于苦难,而在忠实地记录了时代的苦难。纳粹集中营里根本不会产生任何文学和艺术,尽管那苦难是登峰造极的。记录只能是后来的事。"文化大革命"十年,中国之文学和艺术几乎一片空白,不是由于当年的文学家和艺术家都幸福得不愿创作了,而是恰恰相反。

这么一想,真是心疼曹雪芹,心疼凡·高,心疼八大山人和阿炳们啊……

在他们所处的时代,倘有文化人和艺术家的人生救济基金会存在着的话,那多好啊!

还有伟大的贝多芬,我们人类真是对不起这位千古不朽的大师啊！他晚年的命运竟那么凄惨，我们今人在富丽堂皇的场所无偿地演奏大师的乐章，无偿地将他的命运搬上银幕，无偿地将他的乐章制成音带和音碟，并且大赚其钱时，如果我们居然还连他的苦难也一并欣赏，我们当代人多么地不是玩意儿呢！

"苦行文化"的意识，是企图将文化和艺术用某种崇敬意识加以异化的意识。而这其实是比文化和艺术的商业化更有害的意识。

因为，后者只不过使文化和艺术泡沫化。成堆成堆的泡沫热热闹闹地涌现又破灭之后，总会多少留下些"实在之物"；而前者，却企图规定文化人和艺术家的人生应该是怎样的，不应该是怎样的。并且误导世人，文化人和艺术家的苦难，似乎比他们留给世人的文化遗产和艺术经典更美！起码，同样美……

不，不是这样的。文化人和艺术家的苦难，从来不是文化和艺术必须要求他们的，也和一切世人的苦难一样，首先是人类不幸的一部分。

我这么认为……

关于爱情文学的"规律"

这个问题，可以肯定地告诉大家——不是我写作的长项。我也以小说、散文或杂感的文字形式对"爱情"说三道四过，但是从未认真思考爱情文学竟有哪些"规律"。

依我想来，倘爱情在现实生活之中是有"规律"的，那么将肯定反映于文学中。

爱情在现实生活之中究竟有无"规律"呢？我认为是有的。是什么呢？

我想，首先是爱上了一个人；其次是也争取被那个人所爱；最好是两件事同时发生。我只有这么可怜的一点儿常识。

同时发生的情况，通常叫双方"一见倾心"，甚而"相见恨晚"。

倘一方已"名花有主"，而另一方已为人夫，那么爱情对于双方，无疑地有点儿成为"事件"的意味了。这种"事件"，如果成为文学、戏剧或影视的"中心事件"，那么它们当然就是"言情"的了。言就是说，就是讲，就是写出来。这会儿我用这个词，毫无对爱情文学的轻慢企图。尽管非我长项。

比如《安娜·卡列尼娜》——在两句关于幸福的家庭和不幸的家庭的名言之后，托翁紧接着另起一行写道："奥布隆斯基家里一切都混乱了。"为什么呢？因为妻子发觉了丈夫和他们家从前的一个法国女家庭教师有暧昧关系，她向丈夫声明她不能再和丈夫在一个屋子里住下去了。这样的状态已经继续了三天……妻子没离开自己的房间一步，丈夫三天不在家了。小孩子们像失了管教一样在家里到处乱跑……

安娜是赶往哥哥家平息风波的，结果她在火车上遭遇了渥伦斯基，也与她命运的悲惨结局打了个照面儿……

托尔斯泰为什么不从火车站直接写起？奥布隆斯基与渥伦斯基在站台偶见，他向后者讲起了他那社交界人人皆知的妹妹，以及他那在全世界都很有名望的妹夫……

又为什么不干脆从火车上写起？坐在同一包厢里的渥伦斯基的母亲——同样也是贵妇的女人，正向安娜讲她那风流无羁的儿子……

不是因为别的，正是因为，托翁他有意一开始就将某一类爱情的发生当成一类"事件"来展现……

我不太了解女人对男人有多少种爱的方式。对于爱情在男人这儿的方式，我也仅能说出如下，并且是小说告知我的几种：

第一，情欲占有式——比如《卡门》，比如《白痴》。书中的男人因长期占有不成，杀死了女人。无论在生活中，还是在文学中，我认为都是男人可耻的行径。当然，两部作品的意图并不在于道德谴责。前者的创作显然更是由于塑造典型人物卡门而激发的；后者在于揭示出男人病态的强占欲……

第二，情愫怜惜式——比如《红楼梦》。黛玉不是大观园里唯一美的少女，也非最美的。宝玉对她的爱，有"人生观"比较一致的原因，但另一个原因也许还因为，黛玉是在大观园里错综复杂的人际关系中，最容易陷入孤单无依之境的一个"妹妹"。除了是姥姥的贾母，谁还会真的替她的人生着想呢？所以宝玉一定要对她负起怜花惜玉的责任。生活之中许多男人对女人的爱，往往萌生于此点，或大量掺杂有那样的成分。文学作品中自然便不乏例子。宝玉和黛玉之间，甚至有点儿柏拉图式爱情的意味。他梦见秦可卿，与袭人初试云雨情，但与黛玉，虽心心相印，却又并不耳鬓厮磨、眉目传情。即或传，传的也常是各自心思。他们仅在一起偷看过一次《西厢记》罢了。宝玉对黛玉，是较典型的怜惜式的爱。是怜惜，不是怜悯。怜悯往往是同情的另一种说法。而怜惜，我以为，几乎是一个有性别的词，几乎专用以分析男人对女人的爱情才比较恰当。对象或人或物，都属娇弱、精致、易受损伤的一类，故"惜"之。"惜"是珍视之意。"惜"而甚，遂生出"怜"。"怜惜"一词，细咀嚼之，有怕，有唯恐的意味。怕自己"惜"得不周，怕所"惜"之人或物，结果真的被损伤了。因为太过精致，便又是经不大起损伤的，属于需"小心轻放"一类。黛玉各方面都是个太过精致的人儿。故宝玉爱她，每爱得小心翼翼。在宝玉，是心甘情愿；在黛玉，是她最为满足的一种被爱的感觉。太过精致的人儿，所祈之爱，每是那样的……

第三，负罪式——比如《复活》。第四，纨绔式——比如

《悲惨世界》中芳汀的命运，便是由纨绔的大学生造成，他们"只不过是想开心开心"。第五，背信弃义式——如《杜十娘》中的李甲。第六，心胸狭隘的例子，如《奥赛罗》。自尊刚愎的例子，如高尔基的《马卡尔·楚德拉》——女人要向她求婚的男人当众吻她的脚。她并不是不爱他，但她高傲得那样，一种特质的草原游走部落女人的高傲性格；结果他当场杀死了她，随后才跪下吻她的脚。义无反顾，宁要爱情不要王位的例子，那就算温莎公爵做得最干脆了……

女性对男人的爱，以文学作品而言，从前打动我的是《茶花女》和《简·爱》，《乱世佳人》也是不能不提的，那是双方都很执着的一种爱。执着，又企图驾驭对方。双方终于还是谁也没有驾驭得了谁，于是只有爱吧！某种爱有克服一切外在的和内心障碍的能量。

我理解诸位提出你们的问题，其实是在想——如果有些规律，循而写之，不是讨巧吗？那么，在现实生活中，有谁是预先谙熟了爱情的一切规律再开始恋爱的吗？循着所谓创作的规律去写作，那也只能写出似曾相识的作品。当然我也很不赞同"想怎么写就怎么写"的主张。无论在现实生活中，还是文学作品中，爱情发生和进行的过程本质上都是差不多的，甚至可以说是千篇一律，连在神话中都是这样。靠什么区别？——靠情节。靠什么使那情节可信而又有吸引阅读的魅力？——靠细节。诸位若有心表现校园里的爱情"事件"，常觉力有不逮的是什么？我猜首先是情节和细节两方面。情节司空见惯也没什么，爱情本身就是司空见惯的现象。但为一写而储备的细节也司空见惯,那就还不到该落笔的时候。如果根本没有什么细节储备,那就先别急着铺开稿纸。当然,现在诸位都不像我这样用笔写了——那就先别急着开启电脑。开启了,十指频敲,也是敲不出多少意思的。

有一种现象是——企图靠修辞替代细节,而那是替代不了的。一个好的细节,往往胜过几大段文字,反过来并不是那样。以为单靠情节就不必在细节上费心思,那也是徒劳的。谈开去,中国影视,在哪些方面往往功亏一篑?细节呀!人们对《英雄》颇多微词,以我的眼看,几乎没有剧情细节,而只有制作的细腻。

情节是天使,细节是魔鬼。

天使往往不太超出我们的想象,一旦出现,我们接着能预料到怎样;魔鬼却是千般百种的,总是比天使给我们的印象深得多……

我曾鼓励我的选修班的同学写校园爱情。校园里既然广泛发生着爱情,为什么不鼓励写呢?几名女生也写了,写得很认真。但我又不知如何看待,连意见也提不大出。因为我此前没思想准备,不知校园里爱情也进行得如火如荼,不了解当代学子的恋爱观,甚至也不了解诸位都在什么时候什么情况下幽会……

所以在指导校园爱情文本写作方面,我很惭愧,自觉对不起我的学生。但以后我会以旁观的眼注视大学校园里的爱情现象。旁观者清,那时我或会有点儿建议和指导……

藏书的断想

我对书籍的"收藏"是很纯粹意思上的"收藏"——"收"就是从书架上"请"下来,爱惜地放入纸箱;"藏"则是对更爱惜的书的优待,用订书器订在大信封里,大信封再装进塑料袋里……

几天前在整理书籍时,从"藏"的那一类中,发现了一册《连环画报》。一九八六年第十一期……

心里好生纳闷——怎么一册《连环画报》,竟混进了我的"藏"书范畴?于是抽出搁置一边……临睡失眠,想起那册《连环画报》,自己对自己的困惑尚未解释,就躺着翻阅起来。自然先看目录——首篇是《只知道这么多》——土人绘。

《只知道这么多》——这哪像是文学作品呢?搜索遍记忆,更排除在了名著以外。非文学更非名著,怎么就选作首篇了呢?

于是翻到了这一篇,迫切地想知道《只知道这么多》能使我知道些什么……

第二十八页,彩页的最后一页——海蓝色的衬底,上一幅,下一幅,其间两小幅,以最规矩的版式排满了四幅连环画。第一幅上画的是在海啸中倾沉着的一艘客轮。第四幅上画的是一位年轻的欧洲姑娘——她回首凝视，目光沉静又镇定，表情庄重，唯唇角挂着一抹似乎的微笑，传达出心灵里对他人的友爱和仁慈……

我一下子合上了那册《连环画报》……

我不禁坐了起来……

我肃然地看着封面——封面上是放大的第三幅绘画——在一些惊恐的人们之间，站立着一位她……

我蓦地想起来了——那画上画的是"泰坦尼克"号客轮一九一二年的海上遇难事件啊！……

"坐我的位置吧！我没有结婚，也没有孩子。"她说完这句话，就迅速地离开了救生艇，将自己的位置让给了两个儿童……她又从救生艇回到正在沉没着的客轮上去了——回到了许许多多男人们中间。在这生死关头，他们表现了种种将活着的机会让给别人，将死亡坦然地留给自己的高贵品质……

她是女人，她有权留在救生艇上，可她却放弃了这种权利……

她成了一千五百多个不幸遇难者中的一个。

她的名字叫伊文思，伊文思小姐。

她乘船回自己的家。

关于她的情况，活下来的人们——只知道这么多——"只知道这么多"……

《连环画报》中夹着一页白纸。我轻轻抽出——白纸上写着这样几行字：

> 贵族——我以为，更应做这样的解释——人类心灵中很高贵的那一部分人，或曰那一"族"人。他们和她们的心灵之光，普照着我们，使我们在自私、唯利是图、相互嫉妒、相互倾轧、相互坑骗、相互侵犯的时候，还能受着羞耻感的最后约束……

这是我自己写在白纸上的。我竟能把字写得那么工整！甚至使我不免有些怀疑这是否真是自己写的。然而，那的确是我自己写的。因为下方署着"晓声敬题于一九八六年十二月二十一日"一行小字……

于是我明白了，为什么我会将这一册八年前的《连环画报》归入到自己格外爱惜的"藏"书一类……

如今，"贵族"两个字，开始很被一些人津津乐道了。这儿，那儿，也有了中国式的"贵族俱乐部"。更有了许多专供中国式的"贵族"们去享受和逍遥的地方。一旦经常能去那样的地方，似乎就快成"贵族"了。一旦挤进了"贵族俱乐部"，俨然就终于是"贵族"了……

至于"精神"——似乎早已被"气质"这个词取代了，而"气质"又早已和名牌商品的广告联姻了……

伊文思小姐是"贵族"吗？——因为世人"只知道这么多"，也就没有妄下结论的任何根据。

但是，就精神而言，就心灵而言，她乃是一位真真正正的"贵族"女性啊！……

她从最高尚的含义，界定了"贵族"这两个字令人无比崇敬的概念。

不知我们中国的"新贵族"们，在"贵族俱乐部"里，是否也于物质享受的间歇，偶尔谈论到"贵族"的那点儿"精神"？……

第二天，我又将那一册《连环画报》订入了大信封，同时"收藏"起我对不知是不是"贵族"的伊文思小姐的永远的敬意。

八年来，我自己的心灵受着种种的诱惑和侵蚀，它疤疤癞癞的，已越来越不堪自视了。亏我还没彻底泯灭自省的本能，所以才从不屑于去冒充什么"贵族"，更不敢自诩是什么"精神贵族"……

愿别的中国人比我幸运，不但皆渐渐地"贵族"起来，而且也还有那么一点儿"精神"可言……

感谢"土人"先生，正因为他的绘画奉献，那一册《连环画报》才值得我珍藏了八年。我要一直珍藏下去。我会的……

关于读书那些事

依我想来,人和书的关系,大抵可分为如下的四个阶段——童年时听故事的阶段,少年时看连环画的阶段,青年时读小说的阶段,中年时读书范围广泛的阶段。由此,以后成了一个终生具有读书习惯的人。

童年时居然不喜欢听故事的人不是没有,有也极少。不喜欢听故事的儿童基本分为两类——一类不幸是先天的智障儿童;另一类属于天才儿童,自幼表现出对某方面事情异常强烈的兴趣,如音乐、绘画、科学问题,所以连对故事都不感兴趣了。实际上,这样的儿童几乎没有,不喜欢听故事不符合儿童的天性。情况往往是这样——大人们主要是他们的家长们,一经发现他们对某方面的事情表现出异常强烈的兴趣,便着力于对他们进行专门知识和能力的培养,以期使他们在某方面成为日后的佼佼者。

目的能否达到呢?

应该说,能的。

毕加索和莫扎特都是如此培养成功的。

在中国古代,皇族的后裔基本是听不到故事的。一个孩子一旦被确立为第一皇权接班人，那么他就被专门的教育"管道"和方法所框入了。在那种"管道"里没有故事，只有大人们希望他们获得的知识和经验。

但此种示范若成为一个国家学龄前教育的圭臬，对整个国家是不幸的。《红楼梦》中有一个情节是——宝玉因偷看闲书而误了"家学"作业，受到惩罚。可以想见，宝玉的童年是不大听得到什么故事的。他是贵族子弟，对他所进行的教育也是以贵族对后裔的教育为圭臬的。进而言之，一切希望自己的子弟有出息的贵族之家、商贾之家、书香之家乃至平民之家，都是那么对子弟进行教育的。教育目的也只有一个——使子弟们成为"服官政"的人。

这种教育，一方面为朝廷培养了一批批符合皇权要求的"干部"，另一方面使当时产生了一批批能诗善赋、个个堪称语言大师的诗人，于是中国的诗词成果丰富。

而这对中国造成的负面影响也值得深刻反思——自然科学几乎停止了发展，现代哲学毫无建树，工业创造力远远落后于别国，使中国在近代的世界成了一个大而弱的国——人弱了。

所以，我们得到的具有教训性的答案是——对于任何一个国家，不喜欢听故事的儿童多了，肯定的，绝不是好事。值得重视的仅仅是，哪些故事才是大人应该多多讲给孩子们听的好故事。只要是应该讲给孩子们听的好故事，何必分外国的还是中国的？那些在此点上首先强调外国中国之分的文化保守主义者，十之八九是伪人。他们明里鼓噪只有中国文化才适合中国人，暗地里却千方百计地要将儿女送出国去。

不说他们了吧。

接着说人和书的关系——喜欢听故事的学龄前儿童识字以后，会本能地找书来看，于是人类的社会就产生了"小人书"。"小人书"是特中国的说法，外国的说法是童话书，意为用儿童话讲给儿童听的故事书。"小人书"也罢，"童话书"也罢，都是大人们的文化给予现象。大人们的给予，也是社会的给予，这是人类社会的特高级的现象。从本质上看，却并非唯人类才有的代际现象，在具有族群依属本能和社会性的动物之间，类似的代际责任表现得不亚于人类——如在大象、猩猩、狒狒、猴和非洲鬣狗的家族以及大雁、天鹅、企鹅们的"社会"中，代际间的族群规矩和生存经验的"教育"之道，亦每令人类感动和叹服。只不过在人类看来，它们对下一代的"教育"不具有文化性。

但，具有文化性或不具有文化性，是人类的看法。在动物们那里，其实未必不是族群文化。

民国前的中国，有蒙学书，没有以插图为主的"小人书"。《三字经》《千字文》《弟子规》《龙文鞭影》《幼学琼林》一类蒙学书，以文为主，故事基本是典故，侧重知识灌输和品德教化，忽视满足孩子们对童话故事的兴趣。在相当漫长的历史时期内，《夸父逐日》《精卫填海》等神话传说及《山海经》中的某些内容，便是那时孩子们所能听到的故事了。《海的女儿》《丑小鸭》《卖火柴的小女孩》《尼尔斯骑鹅旅行记》《狐狸列那》之类童话，在民国前的中国是不曾产生的。

关于读书那些事

"小人书"并不就是连环画的民间说法。在中国,"小人书"曾专指给小孩子看的书。民国前的中国虽已早有绘本小说,却还根本没有严格意义上的连环画。其1930年前后才在上海逐渐出现。所以,上海,对此后的中国孩子们是有特殊贡献的。连环画产生后,"小人书"和连环画,开始混为一谈了。

　　从内容比例上讲,连环画的大人故事比儿童故事多得多。也可以说,连环画并不是专为儿童出版的书籍,但事实上获得了青少年的欢迎。胡适、陈独秀、钱玄同们,当年都很重视连环画对青少年们的文化影响,曾同心同德地为当地的青少年们选编适合于出版为连环画的中国故事。

　　一个孩子成了小学四五年级学生,其阅读兴趣会大大提升。于是,连环画成为他们与书籍产生亲密关系的媒介。他们会主动寻找连环画看。他们已不再仅仅是喜欢听故事的"小人儿",也是喜欢"看故事"的未来的"读书种子"了。

　　少男少女喜欢看连环画的兴趣,往往会持续到十八岁以后。一过十八岁,便是青年了。青年们的阅读兴趣,会自然而然地发生变化。首先吸引他们的,大抵是文学书籍——诗集、散文集、中短篇小说集、长篇小说,因人而异地受到他们的关注。

　　除了有志于成为童话作家,若一个青年仍迷恋于阅读童话,难免会被视为异常。但,一个青年很可能在喜欢阅读文学书籍的同时,仍对连环画保持不减的喜欢程度。见到文字的文学性较高,绘画又很精美的连环画,每爱不释手。他们是文学书籍的忠实读者的同时,往往也会成为连环画的收藏者。这乃因为,他们对某部文学作品发生兴趣，起初是由于看了与那部文学作品同名的连环画，不但记住了作品之名，还牢牢记住了作家之名——比如我自己，是先看了《拜伦传》《雪莱传》这样的连环画后，才找来他们的诗集看的。也是看了连环画《卡尔·马克思》后，才对海涅的诗产生兴趣的。身为青年而爱好收藏连环画，从文化心理上分析，不无对连环画的感恩情愫。

青年是人生较长的年龄阶段。往长了说，十八岁以后到四十岁以前，都可谓青年。在这二十多年里，不少人会因为当年对文学书籍的情有独钟，而成为作家、散文家、诗人、文学评论家或理论家。如果他们喜欢校园生活，也很可能会成为大学里的中文教授。

若他们在人生最宝贵的二十多年里，阅读兴趣发生了变化，由文学而转向了哲学、史学、政治学或其他人文社会学方面，往往会成为那些方面的学者。即使后来成了政治人士或走上了科研道路、艺术道路，二十多年里对读书这件事的热爱，肯定会使他们的事业和人生受益无穷。即使他或她终生平凡，那也会在做儿女，做丈夫、妻子、父亲、母亲和朋友方面，做得更好一些。起码，一个少年时期看过不少连环画，青年时期读过不少文学作品的父母、祖父母、外祖父母，能讲一些对儿童和少年的心智有益的故事给自己的儿女、孙儿女或外孙儿女听，而那不但会给他们留下美好的记忆，也是自己多么美好的天伦之乐呢！即使一个人四十岁以后，由于各种人生境况的压力，不再有机会读所谓"闲书"了，而他或她终于退休了，晚年生活相对稳定了，读书往往

关于读书那些事 99

仍会成为重新"找回"的爱好之一。养生、健身、唱歌、听音乐、跳广场舞、旅游、练书法、学绘画，自然都是能使晚年生活丰富多彩的事，再加上喜欢读书这件事，晚年生活将会动静结合，更加充实。

在我是中学生的年代，二十世纪六十年代初，全中国出版的著名的长篇小说也就二十几部，著名诗人也就十几位，著名的散文家只不过几位，包括外国文学作品在内，一个爱读书的青年所能看到的书籍，加起来五六十部而已。当年，新华书店里是见不到一本西方哲学类和史类书籍的，中国古代文学类文化类书籍也无踪影，除了一套《十万个为什么》，再就难得一见科普书籍——像我这样的从少年时起就酷爱读书并在"文革"中上过大学的人，直至二十世纪八十年代后期才知道林语堂、张爱玲、徐志摩、沈从文的名字，才开始读他们的书——从前，接受外国记者采访时，因被问到对他们的诗、小说的看法，陷入过尴尬。

当年，有几部中国小说发行量超过百万，而中国当年七亿五千万人口；这意味着——如果一所中学有一千五百名学生，那也只不过仅有十几人可能买了一部发行百万以上的书。读过的人会多些，肯定多不到哪儿去。当年，各省市重点中学的读书氛围相对较浓，一般中学几乎没有读书氛围可言。如我所在的中学，全校也就几名喜欢读书的学生，他们全都认识我，因为我与他们之间每每互相借书看。

在城市，在底层，在我这一代中，小时候听父母讲过故事的人是极少极少的。我们虽出生在城市，但我们的父母都曾是农家儿女。我们的是农家儿女的父母,未见得肚子里没有故事。农村是中国民间故事的集散地,他们肚子里怎么会没有点儿故事呢?但他们一经成了城里人,终日感受着城市生活多于农村生活的压力,哪里还会有给自己的小儿女讲故事的闲心呢?所以,如果一个底层人家没收音机,也没有喜欢读书的大儿大女往家借书,那么不论这一户人家有多少个儿女,几乎全都会与书绝缘。与当年的农村孩子们相比,城市底层人家的孩子们的成长底色,反而更加寡趣。鲁迅小时候看社戏的经历,我们肯定是没有的。"拉锯、扯锯,姥姥门口唱大戏",这种农村童谣,对于城市底层人家的孩子,如同听梦话。我是比较幸运的,小时候听母亲讲过故事;四五年级时,哥哥不断往家中带回小说;即使在"文革"中,我家所住那一片社区,居然仍有几处小人书铺存在着。而我的同学们,却只听过比他们大的孩子所讲的故事,或听我当年讲故事给他们听——这是他们当年喜欢和我在一起的原因之一。

如今,沉思人与读书这件事的关系时,我头脑中每会产生这样一个问题——倘若当年中国喜欢读书的青年较多,比如多至十之五六;并且,所读不仅是"红色书籍",也普遍读过一些西方文学名著,那么,即使"文革"照样发生,暴力的事是否会少一些呢?

如今,对于绝大多数中国青年,花四五十元买一部书看,已经根本不是想买而买不起的事了。中国的读书人口之比例,在世界上却还是排在很后边。

为什么某些国家读书人口多,爱读书的人每年读过的书也多呢?这乃因为,在那些国家,城市人口的比例甚高,农村人口仅占百分之几。即使那百分之几，文化程度也高，大抵都能达到高中水平。还因为，那些国家城市人口的城市化历史悠久。不少城市人家，几可谓"古老"的城市家族，城市居住史每可上溯到十代以前。一般的城市人家，城市居住史也大抵在五六代以前。在没有收音机和电视机的年代，读书看报成为人们打发闲暇时光的主要方式。代代影响之后，书与报既成了城市基因，也成了人的记忆基因，如同小海龟甫一出壳，必然会朝海的方向爬去。

我们中国人对基因现象有一个认识误区，以为主要体现在生理方面。实则不然，人的基因现象也体现于"灵之记忆"。若一个家族的几代人口都是喜欢读书的人，那么下一代在是胎儿的时候，大脑中便开始形成关于书的遗传"信息"了。也就是说，"精神"在生理现象方面也可变为"物质"，家风可以变为后代的遗传基因。胎儿出生后，成长期继续受喜读书之家风影响，日后自然会是一个读书成习的人。先天基因加上后天影响，那是多么"顽固"的作用啊。这样的一个人，除非弄死他（她），否则他（她）对书的好感终生难改，正如除非毒死一只小海龟，否则无法阻止它爬向大海。

收音机出现后，报的销量有所下滑，读书人口反而上升了。因为收音机也使关于书的信息广为传播。电视机、电脑、手机出现后，一些国家人的读书兴趣也会大受影响，但他们很快又会从沉湎中自拔，因为喜读基因在继续发生作用。还有一点也应一提——在他们的国家，孩子们喜闻乐见的童书极为丰富多彩，起码从前是那样。因而一个事实是，不论一个时代怎么变，相对于人的精神的新现象多么地层出不穷，那些国家的读书人口都会保持在一个比较稳定的水平。

中国的情况很不同，中国的城市人口刚刚超过农村人口一点点。在漫长的历史时期，农村的所谓"耕读之家"是稀少人家，大多数农村人口是文盲。1949年后，农村的文盲人口一年比一年少了，至今，可以说到了稀少的程度。但许多农村却又变成了"空心"农村，青年们皆进城打工去了，农村完全没有了读书氛围，"农家书屋"只不过成了一厢情愿的概念性存在。在城市里，我这一代人的父母大抵便是农民，他们的一生，是为家庭终日辛劳的人生，不可能有闲情逸致亲近书籍；何况他们多是文盲。我们的父母既然如此，我们也就不可能从小受到什么读书氛围的影响。而我这一代人本身，大多数是命运跌宕的人——"饥饿年代""文革""上山下乡""返城待业"……有了工作不久又面临"下岗"……凡是对人生构成严重干扰的事，我这一代都"赶上"了——要求这样的一代人是有读书习惯的人，实可谓"站着说话不嫌腰疼"。何况，这一代人还经历过十一二年举国无书可读的时期，那正是人最容易与书发生亲密关系的年龄。

所幸，1980年代开始，中国极快速地扭转了无书之国的局面，遂使我这一代中的极少数幸运者，得以与书建立"晚婚"般的亲密关系。虽晚，毕竟幸运。不但自己幸运，也促进了下一代与书的关系，对下一代便也幸运。而我这一代的大多数，不但错过了与书的"恋爱"年龄，后来也难以与书建立"晚婚"关系，下一代对书的态度便也如父母般淡漠。

我这一代的下一代被统称为"80后"——他们是在电视文化的背景之下成长起来的。不久又置身于电脑文化、手机文化、碎片文化、娱乐文化的泡沫之中。总体而言,他们在声像文化的时代长大成人,大抵一无基因决定,二无家风熏陶,对书籍缺乏兴趣,实属必然。

前边提到,在某些国家,在漫长的时期,读书是人们打发"闲暇"时光的习惯。但如今之"80后",多数也已成了父母,上有老、下有小,生活压力甚大。而且,他们都被迫成了加班一族,多数人每天工作十一二个小时,早出晚归甚而夜归,除了天数不多的节假,平日哪里有什么"闲暇"时光?故他们即使有读书心愿,实际上也难以实现。眼见得,"90后"甫一参加工作,很快也成了像"80后"一样的"辛苦人"。

前几年,《政府工作报告》中,曾号召"构建书香社会"。政府一再鼓励人们读书,足见多么重视。"农家书屋"、"职工书屋"、校园读书月、街头爱心图书亭,愿望都很好,目的只有一个,使读书之事,逐渐成为人的基因、城市的基因、整个国家的文化基因之一,以期使中国在社会肌理方面,能够自然而然地呈现出人人都感受得到的文化气质。

但,读书习惯是有前提的。倘人们一年三百六十几天中闲暇时光甚少,大抵是无法养成读书习惯的——神仙也难做到。而此前提,非个人所能心想事成。今日之中国,是到处加班加点的中国,仿佛不如此,中国之方方面面就会停摆似的,政府短时期内也改变不了此种局面。

我们不妨推演一下——如果，从某年开始，普遍的中国城市人口（强调城市人口，乃因目前农村的实际居住人口，较少可能与书发生多么亲密的关系），也享有相当充分的闲暇时光了，喜欢读书的人是否便会多了起来呢？

答案是肯定的——当然会。

但，不会明显多起来。

中国是一个从物质平均主义演变为贫富悬殊的国家，而曾经的物质平均主义时代，使人们对于贫富差距异乎寻常地敏感，并由此产生了心理贫穷现象，即虽然我的生活条件已大大改善了，可有人却过上了比我好得多的日子！于是愤懑与痛苦无药可医，也不是社会分配措施所能一下子抚平的。又于是，全社会笼罩在物质和金钱崇拜的价值阴霾之下，由而导致几乎与一切生活方面有关的实利主义态度。

"读书对我究竟有什么好处？"

"不读书对我究竟有什么损失？"

这两个正反归一的问题，委实难以极有说服力地回答得明明白白。何况，以上问题中的好处，是指立竿见影的好处；以上问题中的损失，是指傻子都不会怀疑的损失。那么，问题就更难以回答了。

而我想告诉世人的一个真相是——你是普通人吗？如果你是，那么读书一事，恰恰是可以改变普通人命运的事。进言之，书籍是引导普通人不自甘平庸的、成本最低的，也最对得起爱读书的普通人的良师益友。普通人，特别是底层的普通青年，除了

关于读书那些事

此一良师益友，还能结识另外的哪类良师益友呢？即使你头悬梁锥刺股地考上了名牌大学，甚至是国外的名牌大学，一踏入社会成为职场人，不久你便会发现，其实社会不仅认学历、能力，更认关系、家庭背景以及由此构成的小圈子，而那正是你没有的，所以你很可能照样成为那一层级上的失意人。

君不见，在这个世界上，某些人不读所谓"闲书"根本不对其人生构成任何损失。特朗普的女儿和女婿便是那样的"某些人"，全世界各个国家都有那样的"某些人"。即使他们，如果同时还是喜欢读书的人，也会进而成为"某些人"中显然的优秀者。

君不见，在这个世界上，另外的"某些人"起初只不过是普普通通的记者、科研人员、园艺师、教师，但后来，忽然成了社会学学者、科普作家、专写植物或动物趣事的儿童文学作家、史学家或哲学家——而此种变化，不仅提升了个人的人生价值，对社会也做出了超职业的贡献。

他们的变皆与爱读闲书有关。

说到底，爱读所谓闲书，表明一个人保持着对职业关系以外的多种知识不泯的获得欲望和探究热忱。否则，其变不可能也。

另一个真相乃是——人类的社会中从没有过这样的事——某人从少年时便喜欢读书，二十几年中爱好未变，但书籍对他的心智和人生却丝毫也没发生正面影响。

是的——古今中外，无人能举出这样的例子。但请别拿古代科举制下的中国读书人说事，那不是人和书的正常关系。

谁能举出一个驳我的例子来？

辑二

安顿好内心

飘扬起你青春的旗

青春是短暂的。

当我们"分解"任何一个男人或女人的人生时,便尤见青春之短暂了。

从一岁到六岁,人牙牙学语,踉跄学步,处在如小猫小狗的孩提时期。除了最基本的饮食需要,再有一种需要那就是被爱了,而且多多益善。孩提时期的人还不太懂得爱别人,无论对别人包括对爸爸妈妈表现出多么强烈的"爱",也只不过是最本能的依恋,所需要的爱也只不过是关怀与呵护。

人生的每一阶段都有着近乎天然的诗性成分。

孩提时期的诗性成分乃是人性的单纯。

一个孩子酣睡在母亲怀里的情形是特别美特别动人的情形;他或她被父亲扛在肩头时的笑脸,是人类最烂漫的笑脸。

一个孩子所依恋的首先还不是父母,而是父爱与母爱。如果一个孩子失去了双亲,倘有另一个女人真能像慈母一样地爱这孩子,那么不久这孩子在她的怀里也会睡得像在最安全的摇篮中一样踏实;倘有一个男人真能像慈父般爱这孩子,并且也喜欢将这孩子扛在肩头，那么这孩子脸上也会绽出同样快活的笑容。

孩子用本能感觉别人对他或她爱的程度，几乎纯粹是本能，不加入什么理性的判断。但孩子的本能也往往是极其细微的。某些孩子很善于从大人的表情、大人的眼里看出爱的真伪。这也几乎是本能，不是后天的经验。

在《悲惨世界》中，小女孩珂赛特夜晚到林中去拎水时第一次遇到了冉·阿让——他说："我的孩子，你提的这东西，对你来说，太重了一点儿吧。"——于是替她拎着那桶水……

书中接着写道："那人走得相当快。珂赛特也不难跟上他。她已不再感到累了。她不时抬起眼睛，望着那个人，显出一种无可言喻的宁静和信赖的神情。从来不曾有人教她敬仰上帝和祈祷，可是她感到她心里有样东西，好像是飞向天空的希望和欢乐。"

珂赛特当时的心情，正是我所言——人性在孩提阶段所体现出的那一种又本能又单纯的诗性啊。

珂赛特当时八岁，倘她是今天中国人家的一个孩子，那么她已经该上小学二年级了。

小学时期人有整整六年可度。

小学这一人生阶段的诗性体现在人开始懂得爱别人了。"懂得"这个词不太准确，实际上人生开始就会生出对别人的爱来。小学生望着他或她所感激的人，目光中往往充满着柔情了。这时一名小学生的眼睛，无论是男孩或女孩，都是会说话的眼睛。"眼睛是心灵的窗户"——我认为这一点是从小学时期开始的。

中学时期人已是少男少女了。人生处在花季的第一个节气。

这时人生的诗性无须赘言，但这时的人生还不是"青春"。因为这时的人生还缺少青春最本质的特征，那就是生命饱满外溢的活力。

到了高中，人开始形成自己相当独立的思想了。人心里开始萌生出不同于以往的爱意了。这爱意已不再是对别人给予自己的关怀和呵护的回报了，而体现为主动地对异性的暗恋的爱慕了。也有爱得缠绵难分的情况，但大抵是暗怀其情。此时人生进入了青春期的第一个节气，正如惊蛰的节气之于三月。高中是通向大学的最后阶梯，但凡是个初谙世事的儿女，都不敢松懈学业上的努力。在中国，尤其在城市，这是人生最诗意盎然的阶段，其实最乏诗意可言。

整整三年的埋头苦读，或者考上了大学，或者遗憾落榜。

此时，当年的孩子十八九岁了。

考上了大学的，自我补偿式地品咂青春。而一到了大三大四，便又为毕业后的人生去向而时时迷惘，惶惑；遗憾落榜的，则难免陷入悲观。

青春有了另外的许多负重感。

如此"分解"起来，看得分明——青春从十八九岁真正开始，一直到一个人组成家庭的时候结束。

有些人做了丈夫或妻子，心理仍然处在六月般美好的青春期。他们青春期的诗性延续到了婚后。他们是幸福的，也是幸运的。但大多数人未必如此幸运。因为做丈夫或做妻子的角色责任、义务，因为家庭生活的诸多常规内容，制约着人惜别青

飘扬起你青春的旗　*111*

春，服从角色的要求……所以许多中年人回眸人生，常喟叹青春短暂；而这也正是我的人生体会。我将青春短暂这一个事实告诉青年朋友们，当然不是想使青年朋友们对人生产生沮丧。恰恰相反，青春既然那么短暂，处在青春阶段的人，就应善待青春！珍惜青春！

而我最终想说的是——人啊，如果你正处在青春时期，无论什么样的挫折，无论什么样的失落，无论什么样的不公平，都不要让它损害或玷污了你的青春！

青春应该经得起失恋……

青春应该经得起一无所有……

青春应该经得起社会对人生的抛掷……

青春应该经得起别人的白眼和轻蔑……

因为，人在生命充盈着饱满外溢的活力的情况之下都经不起的事，在生命的另外时期就更难经得起了……

人生的意义在于承担

我曾多次被问到"人生有什么意义",往往,"人生"之后还要加上"究竟"二字。

我想,"人生有什么意义"这一个问题,从本质上说,是从"现在时"出发对"将来时"的一种叩问,是对自身命运的一种叩问。世界上只有人才关心自身的命运问题。"命运"一词,意味着将来怎样。它绝不是一个仅仅反映"现在时"的词。

"人生有什么意义"这一个问题与人的思想活动有关,古今中外,解答可谓千般百种,形形色色。我也回答过这一问题,可每次的回答都不尽相同,每次的回答自己都不满意。

一般而言,儿童和少年不太会问"人生有什么意义"的话,他们倒是很相信人生总归是有些意义的,专等他们长大了去体会。老年人也不太会问"人生有什么意义"的话,问谁呢?中年人常问"人生有什么意义",相互问一句,或自说自话一句。一切都似乎不言自明,于是相互获得某种心理的支持和安慰。因为他们是有压力的,压力常常使他们对人生的意义保持格外的清醒。人生的意义在他们那儿的解释是——责任。

是的，责任即意义。责任几乎成了大多数寻常百姓的中年人之人生的最大意义。对上一辈的责任，对儿女的责任，对家庭的责任，对单位对职业的责任。人只有到了中年时，才恍然大悟，原来从小盼着快快长大好好地追求和体会一番的人生的意义，除了种种的责任和义务，留给自己的，即纯粹属于自己的另外的人生的意义，实在是并不太多了。他们老了以后，甚至会继续以所尽之责任和义务尽得究竟怎样，来掂量自己的人生意义。

而在一些年轻人眼中，人生的意义就是享受，他们还没有受什么苦，也没有经历大的波折磨难，在他们看来，世界是美好的，人生要享受眼前的美好。如果他们经历了点什么困难，他们更有理由了——人活在这个世界这么苦，不好好享受对不起自己。

其实，这是大错特错的。我有一种结论，所谓"人生的意义"，它至少是由三部分组成：一部分是纯粹自我的感受；一部分是爱自己和被自己所爱的人的感受；还有一部分是社会和更多有时甚至是千千万万别人的感受。

当一个青年听到一个他渴望娶其为妻的姑娘说"我愿意"时，他由此顿觉人生饱满、有意义了，那么这是纯粹自我的感受。爱迪生之人生的意义，体现在享受电灯的发明成果的全世界人身上；林肯之人生的意义，体现在当时美国获得解放的黑奴们身上。

如果一个人只从纯粹自我一方面的感受去追求所谓人生的意义，那么他或她到头来一定所得极少。最多，也仅能得到三分之一罢了。但倘若一个人的人生在纯粹自我方面的意义缺少甚多，尽管其人生作为的性质是很崇高的，那么在获得尊敬的同时，必然也引起同情。这是自我价值和社会价值的失衡。

权力、财富、地位、高贵得无与伦比的生活方式，其中任何一种都不能单一地构成人生的意义。而勇于担当的人，即使卑微，对于爱我们也被我们所爱的人而言，可谓大矣！因为他尽到了自己的责任，他承担起了属于自己的义务。这样的人，尽管平凡渺小，但值得钦佩。

我如何面对困境

小蕙：

你来信命我谈谈对人生"逆境"所持的态度，这就迫使我不得不回顾自己匆匆活到四十七岁的半截人生。结果，我竟没把握判断，自己是否真的遭遇过什么所谓人生的"逆境"。

我曾不止一次被请到大学去，对大学生谈"人生"，仿佛我是一位相当有资格大谈此命题的作家。而我总是一再地推托，声明我的人生迄今为止，实在是平淡得很，平常得很，既无浪漫，也无苦难，更无任何传奇色彩。对方却往往会说，你经历过"三年自然灾害"时期，经历过"文革"，经历过"上山下乡"，怎可说没什么谈的呢？其实这是几乎整整一代人的大致相同的人生经历。个体的我，摆放在总体中看，真是丝毫也不足为奇的。

比如我小的时候家里很穷，从懂事起至下乡为止，没穿过几次新衣服。小学六年，年年是"免费生"。初中三年，每个学期都享受二级"助学金"。初三了，自尊心很强了，却常从收破烂的邻居的破烂筐里翻找鞋穿，哪怕颜色不同，样式不同，都是左脚鞋或都是右脚鞋，在买不起鞋穿的无奈情况下，也就只好胡乱穿了去上学……有时我自己回想起来,以为便是"逆境"了。后来我推翻了自己的以为,因在当年,我周围皆是一片贫困。

倘说贫困毫无疑问是一种人生"逆境",那么我倒可以大言不惭地说,我对贫困,自小便有一种积极主动的、努力使自己和家人在贫困之中也尽量生活得好一点儿的本能。我小学五六年级就开始粉刷房屋了。初中的我,已不但是一个出色的粉刷工,而且是一个很棒的泥瓦匠了。炉子、火墙、火炕,都是我率领着弟弟们每年拆了砌,砌了拆,越砌越好。没有砖,就推着小车到建筑工地去捡碎砖。我家住的,在"大跃进"年代由临时女工们几天内突击盖起来的房子,幸亏有我当年从里到外一年多次的维修,才一年年仍可住下去。我家几乎每年粉刷一次,甚至两次,而且要喷出花儿或图案,你知道一种水纹式的墙围图案如何产生吗?说来简单——将石灰浆兑好了颜色,再将一条抹布拧成麻花状,蘸了灰浆往墙上依序列滚动,那是我当年的发明。每次,双手被灰浆所烧,几个月后方能褪尽皮。在哈尔滨那一条当年极脏的小街上,在我们那个大杂院里,我家门上,却常贴着"卫生红旗"。每年春节,同院儿的大人孩子,都羡慕我家屋子粉刷得那么白,有那么不可思议的图案。那不是欢乐是什么呢?不是幸福感又是什么呢?

下乡后,我从未产生跑回城里的念头。跑回城里又怎样呢?没工作,让父母和弟弟妹妹也替自己发愁吗?自从我当上了小学教师,我曾想,如果我将来落户了,我家的小泥房是盖在村东头还是村西头呢?哪一个女知青愿意爱我这个全没了返城门路打算

我如何面对困境　117

落户于北大荒的穷家小子呢？如果连不漂亮的女知青竟也没有肯做我妻子的，那么就让我去追求一个当地人的女儿吧！

面对所谓命运，我从少年时起，就是一个极冷静的现实主义者。我对人生的憧憬，目标从来定得很近很近，很低很低，很现实很现实。想象有时也是爱想象的，但那也只不过是一种早期的精神上的"创作活动"，一扭头就会面对现实，做好自己在现实中首先最该做好的事，哪怕是在别人看来最乏味最不值得认真对待的事。

后来我调到了团宣传股。这是我人生中的第一次"上升阶段"。再后来我又被从团机关"精简"了，实际上是一种惩罚，因为我对某些团首长缺乏敬意，还因为我同情一个在看病期间跑回城市探家的知青，于是我被贬到木材加工厂抬大木。

那是一次从"上升阶段"的直接"沦落"，连原先的小学教师都当不成了，于是似乎真的体会到了身处"逆境"的滋味儿，于是也就只有咬紧牙关忍。如今想来，那似乎也不能算是"逆境"，因为在我之前，许多男知青，已然在木材厂抬着木头了，抬了好几年了。别的知青抬得，我为什么抬不得？为什么我抬了，就一定是"逆境"呢？

后来我被推荐上了大学。我的人生不但又"上升"了，而且"飞跃"了，成了几十万知青中的幸运者。

在大学我因议论"四人帮"，成为上了"另册"的学生。又因一张汇单，遭几名同学合谋陷害，几乎被视为变相的贼。那些日子，当然也是谈不上"逆境"的，只不过不顺遂罢了。而我的态度是该硬就硬，毕不了业就毕不了业，回北大荒就回北大荒。一次，因我说了一句对"四人帮"不敬的话，一名同学指着我道："你再重复一遍！"我就当众又重复了一遍，并将从兵团带去的一柄匕首往桌上一插，大声说："你可以去汇报！不会判我死刑吧？只要我活着，我出狱那一天，你的不安定的日子就来了！无论你分配到哪儿，我都会去找到你，杀了你！看清楚了，就用这把匕首！"

那事儿竟无人敢去汇报。

毕业时我的鉴定中多了一条别的同学所没有的——"与'四人帮'做过斗争"。想想怪可笑的，也不过就是一名青年学生对"四人帮"的倒行逆施说了些激愤的话罢了。但当年我更主要的策略是逃，一有机会，就离开学校，暂时摆脱心理上的压迫，甚至在一个上海知青的姨妈家，在上海郊区一个叫朱家桥的小镇上，一住就是几个星期……

这些都是一个幸运者当年的不顺遂，尽管也埋伏着人生的凶险，但都非大凶险，可以凭了自己的策略对付的小凶险而已。

一名高干子弟，我的一名知青战友，曾将他当年的日记给我看。他下乡第二年就参军去了，在北戴河当后勤兵，喂猪。他的日记中，满是"逆境"中人如坠无边苦海的"磨难经"——而当年在别的同代人看来，成了一名光荣的解放军战士，又是何等幸运何等梦寐以求的事啊！

鲁迅先生当年曾经说过家道中落之人更能体会世态炎凉的话。我以为，于所谓的"逆境"而言，也似乎只有某些曾万般顺遂、仿佛前程锦绣之人,一朝突然跌落在厄运中,于懵懂后所深深体会的感受,以及所调整的人生态度,才更是经验吧?好比公子一旦落难,便有了戏有了书。而一个诞生于穷乡僻壤的人,于贫困之中呱呱坠地,直至于贫困之中死去,在他临死之前问他关于"逆境"的体会及思想,他倒极可能困惑不知所答呢!

至于我,回顾过去,的确仅有些人生路上的小小不顺遂而已。实在是不敢妄谈"逆境"。而如今对于人生的态度,是比青少年时期更现实主义了。若我患病,就会想,许多人都患病的,凭什么我例外?若我生癌,也会想,不少杰出的人都不幸生了癌,凭什么上帝非呵护于我?若我惨遭车祸,会想,车祸几乎是每天发生的。总之我以后的生命,无论这样或那样了,都不再会认为自己是多么地不幸了。知道了许许多多别人命运的大跌宕,大苦难,大绝望,大抗争,我常想,若将不顺遂也当成"逆境"去谈,只怕是活得太矫情了呢!……

晓声

1996年6月30日

为什么我们对"平凡的人生"深怀恐惧?

"如果在三十岁以前,最迟在三十五岁以前,我还不能使自己脱离平凡,那么我就自杀。"

"可什么又是不平凡呢?"

"比如所有那些成功人士。"

"具体说来。"

"就是,起码要有自己的房、自己的车,起码要成为有一定社会地位的人吧?还起码要有一笔数目可观的存款吧?"

"要有什么样的房,要有什么样的车?在你看来,多少存款算数目可观呢?"

"这,我还没认真想过……"

以上,是我和一个大一男生的对话。那是一所较著名的大学,我被邀讲座。对话是在五六百人之间公开进行的。我觉得,他的话代表了不少学子的人生志向。我已经忘记了我当时是怎么回答的。然而此后我常思考如何定义一个人的平凡或不平凡,却是真的。

平凡即普通。平凡的人即平民。做一个平凡的人真的那么令人沮丧么？倘注定一生平凡，真的毋宁三十五岁以前自杀么？我明白那大一男生的话只不过意味着一种"往高处走"的愿望，虽说得郑重，其实听的人倒是不必太认真的。

但我既思考了，于是觉出了我们这个社会，我们这个时代，近十年来，一直所呈现着的种种文化倾向的流弊，那就是——在中国还只不过是一个发展中国家的现阶段，在普遍之中国人还不能真正过上小康生活的情况下，中国的当代文化，未免过分"热忱"地兜售所谓"不平凡"的人生的招贴画了，这种宣扬尤其广告兜售几乎随处可见。而最终，所谓不平凡的人的人生质量，在如此这般的文化那儿，差不多又总是被归结到如下几点——住着什么样的房子，开着什么样的车子，有着多少资产，于是社会给以怎样的敬意和地位。于是，倘是男人，便娶了怎样怎样的女人……

二十世纪二三十年代的中国，也很盛行过同样性质的文化倾向，体现于男人，那时叫"五子登科"，即房子、车子、位子、票子、女子。一个男人如果都追求到了，似乎就摆脱平凡了。同样年代的西方的文化，也曾呈现过类似的文化倾向。区别乃是，在他们的文化那儿，"五子登科"是花边，是文化的副产品；而在我们这儿，却仿佛渐成文化的主流。这一种文化理念的反复宣扬，折射着一种耐人寻味的逻辑——谁终于摆脱平凡了，谁理所当然地是当代英雄；谁依然平凡着甚至注定一生平凡，谁是狗熊。并且，每有俨然是以代表文化的文化人和思想特别"与时俱进"似的知识分子，话里话外地帮衬着造势，暗示出更伤害平凡人的一种逻辑，那就是——一个时势造英雄的时代已然到来，多好的时代！许许多多的人不是已经争先恐后地不平凡起来了么？你居然还平凡着，你不是狗熊又是什么呢？

一点儿也不夸大其词地说，此种文化倾向，是一种文化的反动倾向。和尼采的所谓"超人哲学"的疯话一样，是漠视，甚至鄙视和辱谩平凡人之社会地位以及人生意义的文化倾向。是反众生的，是与文化的最基本社会作用相背离的，是对于社会和时代的人文成分结构具有破坏性的。

在这样的文化背景下成长起来的中国下一代，如果他们普遍认为最远三十五岁以前不能摆脱平凡便莫如死掉算了，那是毫不奇怪的。

人类社会的一个真相是，而且必然永远是——牢固地将普遍的平凡的人们的社会地位确立在第一位置，不允许任何意识之形态动摇它的第一位置，更不允许它的第一位置被颠覆，这乃是古今中外文化的不二立场，像普遍的平凡的人们的社会地位的第一位置一样神圣。当然，这里所指的，是那种极其清醒的、冷静的、客观的、实事求是的、能够在任何时代都"锁定"人类社会真相的文化，而不是那种随波逐流的、嫌贫爱富的、每被金钱的作用左右得晕头转向的文化。那种文化只不过是文化的泡沫，像制糖厂的糖浆池里泛起的糖浆沫。造假的人往往将其收集了浇在模子里，于是"生产"出以假乱真的"野蜂窝"。

文化的"野蜂窝"比街头巷尾地摊上卖的"野蜂窝"更是对

人有害的东西。后者只不过使人腹泻,而前者紊乱社会的神经。

平凡的人们,那普通的人们,即古罗马阶段划分中的平民。在平民之下,只有奴隶。平民的社会地位之上,是僧侣、骑士、贵族。

但是,即使在古罗马,那个封建的强大帝国的大脑,也从未敢漠视社会地位仅仅高于奴隶的平民。作为它的最精英的思想的传播者,如苏格拉底、柏拉图、亚里士多德们,他们虽然一致不屑地视奴隶为"会说话的工具",却不敢轻佻地发出任何怀疑平民之社会地位的言论。恰恰相反,对于平民,他们的思想中有一个一脉相承的共同点——平民是城邦的主体,平民是国家的主体。没有平民的作用,便没有罗马为强大帝国的前提。

恺撒被谋杀了,布鲁图要到广场上去向平民们解释自己参与了的行为——"我爱恺撒,但更爱罗马。"

为什么呢?因为那行为若不能得到平民的理解,就不能成为正确的行为。安东尼奥顺利接替了恺撒,因为他利用了平民的不满,觉得那是他的机会。屋大维招兵募将,从安东尼奥手中夺去了摄政权,因为他调查了解到,平民将支持他。

古罗马帝国一度称雄于世,靠的是平民中蕴藏着的改朝换代的伟力。它的衰亡,也首先是由于平民抛弃了它。僧侣加上骑士加上贵族,构不成罗马帝国,因为他们的总数只不过是平民的千万分之几。

中国古代,称平凡的人们亦即普通的人们为"元元",佛教中形容为"芸芸众生",在文人那儿叫"苍生",在野史中叫

"百姓"，在正史中叫"人民"，而相对于宪法叫"公民"。没有平凡的亦即普通的人们的承认，任何一国的任何宪法都没有任何意义。"公民"一词将因失去了平民成分而成为荒诞可笑之词。

中国古代的文化和古代的思想家们，关注着体恤"元元"们的记载举不胜举。比如《诗经·大雅·民劳》中云："民亦劳止，汔可小康。"意思是老百姓太辛苦了，应该努力使他们过上小康的生活。比如《尚书·五子之歌》中云："民惟邦本，本固邦宁。"意思是如果不解决好"元元"们的生存现状，国将不国。而孟子干脆说："民为贵，社稷次之，君为轻。"

而《三国志·吴书》中进一步强调："财须民生，强赖民力，威恃民势，福由民殖，德俟民茂，义以民行。"

民者——百姓也，"芸芸"也，"苍生"也，"元元"也，平凡而普通者是也。怎么，到了今天，在改革开放的中国，在民们的某些下一代那儿，不畏死，而畏"平凡"了呢？由是，我联想到了曾与一位"另类"同行的交谈。我问他是怎么走上文学道路的，答曰："为了出人头地。哪怕只比平凡的人们不平凡那么一点点，而文学之路是我唯一的途径。"见我怔愣，又说："在中国，当普通百姓实在太难。"屈指算来，那是十几年前的事了。十几年前，我认为，正像他说的那样，平凡的中国人平凡是平凡着，却十之七八平凡又迷惘着。这乃是民们的某些下一代不畏死而畏平凡的症结。于是，我联想到了曾与一位美国朋友的交谈。她问我："近年到中国，一次更加比一次感觉到，你们中国人心里好像都暗怕着什么。那是什么？"我说："也许大家心里都在怕着一种平凡的东西。"她追问："究竟是什么？"我说："就是平凡之人的人生本身。"她惊讶地说："太不可理解了，我们大多数美国人可倒是都挺愿意做平凡人，过平凡的日子，走完平凡的一生的。你们中国人真的认为平凡不好到应该与可怕的东西归在一起么？"我不禁长叹了一口气。我告诉她，国情不同，所谓平凡之人的生活质量和社会地位，不能同日而语。我说你是出身于几代的中产阶级的人，所以你所指的平凡的人，当然是中产阶级人士。中产阶级在你们那儿是多数，平民反而是少数。美国这架国家机器，一向特别在乎你们中产阶级，亦即你所言的平凡的人们的感觉。我说你们的平凡的生活，是有房有车的生活。而一个人只要有了一份稳定的工作，过上那样的生活并不特别难。如若不能，倒是不怎么平凡的现象了。而在我们中国，那是不平凡的人生的象征。对平凡的如此不同的态度，是两国的平均生活水平所决定了的。正如一些中国的知识化了的青年做梦都想到美国去，自己和别人以为将会追求到不平凡的人生，而实际上，即使跻身于美国的中产阶级了，也只不过是追求到了一种美国的平凡之人的人生罢了……

当时联想到了本文开篇那名学子的话，不禁替平凡着、普通着的中国人，心生出种种的悲凉。想那学子，必也出身于寒门；其父其母，必也平凡得不能再平凡，普通得不能再普通。不然，断不至于对平凡那么恐慌。

也联想到了我十几年前伴两位老作家出访法国，通过翻译与马赛市一名五十余岁的清洁工的交谈。

我问他算是法国的哪一种人。

他说,他自然是一个平凡得不能再平凡、普通得不能再普通的人。

我问他羡慕那些资产阶级么。

他奇怪地反问为什么。

是啊,他的奇怪一点儿也不奇怪。他有一幢带花园的漂亮的二层小房子;他有两辆车,一辆是环境部门配给他的小卡车,一辆是他自己的小卧车;他的工作性质在别人眼里并不低下,每天给城市各处的鲜花浇水和换下电线杆上那些枯萎的花而已;他受到应有的尊敬,人们叫他"马赛的美容师"。

所以,他才既平凡着,又满足着。甚而,简直还可以说活得不无幸福感。

我也联想到了德国某市那位每周定时为市民扫烟囱的市长。不知德国究竟有几位市长兼干那一种活计,反正不止一位是肯定的了。因为有另一位同样干那一种活计的市长到过中国,还与我见过面。因为他除了给市民扫烟囱,还是作家。他会几句中国话,向我耸着肩诚实地说——市长的薪水并不高,所以需要为家庭多挣一笔钱。那么说时,他一点儿也不觉得有什么不好意思。

马赛的一名清洁工,你能说他是一个不平凡的人吗?德国的一位市长,你能说他极其普通么?然而在这两种人之间,平凡与不平凡的差异缩小了,模糊了。因而在所谓社会地位上,接近于实质性的平等了,因而平凡在他们那儿不怎么会成为一个困扰人心的问题。

当社会还无法满足普遍的平凡的人们的基本的愿望时，文化的最清醒的那一部分思想，应时时刻刻提醒着社会来关注此点，而不是反过来用所谓不平凡的人们的种种生活方式刺激前者。尤其是，当普遍的平凡的人们的人生能动性，在社会转型期受到惯力的严重甩掷，失去重心而处于茫然状态时，文化的最清醒的那一部分思想，不可错误地认为他们已经不再是地位处于社会第一位置的人们了。

无论过去、现在，还是将来，平凡而普通的人们，永远是一个国家的绝大多数人。任何一个国家存在的意义，都首先是以他们的存在为存在的先决条件的。

一半以上不平凡的人皆出自平凡的人之间。这一点对于任何一个国家都是同样的。因而平凡的人们的心理状态，在一定程度上几乎成为不平凡的人们的心理基因。倘文化暗示平凡的人们其实是失败的人们，这的确能使某些平凡的人们通过各种方式变成较为"不平凡"的人；而从广大的心理健康的、乐观的、豁达的、平凡的人们的阶层中，也能自然而然地产生较为"不平凡"的人们。

后一种"不平凡"的人们，综合素质将比前一种"不平凡"的人们方方面面都优良许多。因为他们之所以"不平凡"起来，并非由于害怕平凡。所以他们"不平凡"起来以后，也仍会觉得自己其实很平凡。

而一个由不平凡的人们都觉得自己其实很平凡的人们组成的国家，它的前途才真的是无量的。反之，若一个国家里有太多这样的人——只不过将在别国极平凡的人生的状态,当成在本国证明自己是成功者的样板,那么这个国家是患着虚热症的。好比一个人脸色红彤彤的,不一定是健康,也可能是肝火,也可能是结核晕。

我们的文化,近年以各种方式向我们介绍了太多太多的所谓"不平凡"的人士了,而且,最终往往地,对他们的"不平凡"的评价总是会落在他们的资产和身价上,这是一种穷怕了的国家经历的文化方面的后遗症。以至于某些呼风唤雨于一时的"不平凡"的人,转眼就变成了些行径苟且的、欺世盗名的,甚至罪状重叠的人。

一个许许多多人恐慌于平凡的社会,必层出如上的"不平凡"之人。

而文化如果不去关注和强调平凡者第一位置的社会地位,尽管他们看去很弱,似乎已不值得文化分心费神——那么,这样的文化,也就只有忙不迭地不遗余力地去为"不平凡"起来的人们大唱赞歌了,并且在"较高级"的利益方面与他们联系在一起,于是眼睁睁不见他们之中某些人"不平凡"之可疑。

这乃是中国包括传媒在内的文化界、思想界,包括某些精英们在内的思想界的一种势利眼病……

何妨减之

某日,几位青年朋友在我家里,话题数变之后,热烈地讨论起了人生。依他们想来,所谓积极的人生肯定应该是这样的——使人生成为不断地"增容"的过程,才算是与时俱进的,不至于虚度的。我听了就笑。他们问:"您笑是什么意思呢?不同意我们的看法吗?"我说:"请把你们那不断地'增容'式的人生,更明白地解释给我听。"

便有一人掏出手机放在桌上,指着说:"好比人生是这手机,当然功能越多越高级。功能少,无疑是过时货,必遭淘汰。手机必须不断更新换式,人生亦当如此。"

我说:"人是有主观能动性的,而手机没有。一部手机,其功能多也罢,少也罢,都是由别人设定了的,自己完全做不了自己的主。所以你举的例子并不十分恰当啊!"

他反驳道:"一切例子都是有缺陷的嘛!"另一人插话道:"那就好比人生是电脑。你买一台电脑,是要买容量大的呢,还是容量小的呢?"我说:"你的例子和第一个例子一样不十分恰当。"他们便七言八语"攻击"我狡辩。我说:"我还没有谈出我对人生的看法啊,'狡辩'罪名无法成立。"于是皆敦促我快快宣布自己对人生的看法。我说:"你们都知道的,我不用手机,也不上网。但若哪一天想用手机了,也想上网了,那么我可能会买小灵通和最低档的电脑。因为只要能通话,可以打出字来,其功能对我就足够了。所以我认为,减法的人生,未必不是一种积极的人生。而我所谓之减法的人生,乃是不断地从自己的头脑之中删除掉某些人生'节目',甚至连残余的信息都不留存,而使自己的人生'节目单'变得简而又简。总而言之一句话,使自己的人生来一次删繁就简……"

我的话还没说完,他们皆大摇其头曰:"反对,反对!"

"如此简化,人生还有什么意思?"

"面对丰富多彩、机遇频频的人生,力求简单的人生态度,纯粹是你们中老年人无奈的活法!"

我说:"我年轻时,所持的也是减法的人生态度。何况,你们现在虽然正年轻着,但几乎一眨眼也就会成为中老年人的。某些人之所以抱怨人生之疲惫,正是因为自己头脑里关于人生的'容量'太大太混杂了,结果连最适合自己的那一种人生的方式也迷失了。而所谓积极的清醒的人生,无非就是要找到那一种最适合自己的人生方式。一经找到,确定不移,心无旁骛。而心无旁骛,则首先要从眼里删除掉某些吸引眼球的人生风景……"

他们皆黯然,显然未领会我的话。

我只得又说:"不举例了。世界上还没有人能想出一个绝妙的例子将人生比喻得百分之百恰当。我现身说法吧。我从复旦大学毕业时，二十七岁，正是你们现在这个年龄。我自己带着档案到文化部去报到时，接待我的人明明白白地告诉我，我可以选择留在部里的。但我选择了电影制片厂。别人当时说我傻，认为一名大学毕业生留在部级单位里，将来的人生才更有出息，可以科长、处长、局长地一路在仕途上'进步'着！但我清楚我的心性太不适合所谓的机关工作，所以我断然地从我的头脑中删除了仕途人生的一切'信息'。仕途人生对于大多数世人而言当然意味着颇有出息的一种人生。但再怎么有出息，那也只不过是别人的看法。我们每一个人的头脑里，在人生的某阶段，难免会被塞入林林总总的别人对人生的看法。这一点确实有点儿像电脑，若是新一代产品，容量很大，又与宽带连接着，不进入某些信息是不可能的。然而判断哪些信息才是自己所需要的信息，这一点却是可能的。又比如我在四十岁左右时，结识过一位干部子弟。他可不是一般的干部子弟，只要我愿意，他足以改变我的人生。他又不止一次地对我说，趁早别写作了，我看你整天伏案写作太辛苦了！当官吧！先从局级当起怎么样？正局！我替你选择一个轻松的没什么压力的职位，你认真考虑考虑。我说，多谢抬爱，我也无须考虑。仕途人生根本不适合我这个人，所以你千万别替我费心。费心也是白费心。"

何以我回答得那么干脆？因为我早就考虑过了呀，早就将仕途人生从我的人生"节目单"上删除掉了呀！以后他再劝我时，我的头脑干脆"死机"了。

大约在我四十五岁那一年，陪谌容、李国文、叶楠等同行之忘年交回哈尔滨参加冰雪节开幕式。那一年有几十位台湾商界人士去了哈尔滨。在市里举行的欢迎宴会上,台湾商界人士对我们几位作家亲近有加,时时表达真诚敬意。过后,其中数人,先后找我与谌容大姐"个别谈话"——恳请我和谌容大姐做他们在大陆发展商业的全权代理人。"投资什么,投资多少,你们来对市场进行考察,你们来提议。一个亿,两个亿,或者更多!你们只管直说!别有顾虑,我们拿得起的。酬金方式也由你们来定。年薪?股份?年薪加股份?你们要什么车,就配什么车……"

话都说到这个份儿上了,不由人不动心,也不由人不感动。

我曾问过谌容大姐:"你怎么想的呢?"

谌容大姐说:"还能怎么想,咱们哪里是能干那等大事的人呢。"

她反问我怎么想的。

我说:"我得认真考虑考虑。"

她说:"你还年轻,尝试另一种人生为时未晚,不要受我的影响。"

我便又去问李国文老师的看法,他沉吟片刻,答道:"我也不能替你拿主意。但依我想来,所谓人生,那就是无怨无悔地去做相对而言自己比较能做好的事情。"

那一夜,我失眠。年薪,我所欲也;股份,我所欲也;宝马或奔驰轿车,我所欲也。然商业风云,我所不谙也;管理才干,我所不具也;公关能力,我之弱项也;盈亏之压力,我所不堪承受也;每事手续多多,我所必烦也。那一切的一切,怎么会是我"比较能做好的事情"呢?我比较能做好的事情,相对而言,除了文学,还是文学啊!

翌日,真情告白,实话实说。返京不久,谌容大姐打来电话,说:"晓声,台湾的那几位朋友,赶到北京动员来啦!"我说:"我也才送走几位啊。"她又说那一句话:"咱们哪是能干那等大事的人呢。"我说:"台湾的伯乐们走眼了,但咱们也惭愧了一把啊!"便都在电话里笑出了声。

有闻知此事的人,包括朋友,替我深感遗憾,说:"晓声,你也把自己的人生搞得太消极太窄狭了啊!人生大舞台,什么事,都无妨试试的啊!"

我想,其实有些事不试也可以知道自己的斤两。比如某位在房地产业的佼佼者,在电影中演一个角色玩玩,亦人生一大趣事,但若改行做演员,恐怕是成不了气候的。做导演、作家,想必也很吃力。而我若哪一天心血来潮,逮着一个仿佛天上掉下来的机会就不撒手,也不看清那机会落在自己头上的偶然性、不掂量自己与那机会之间的相克因素,于是一头往房地产业钻去的话,那结果八成是会令自己也令别人后悔的。

说到导演,也多次有投资人来动员我改行当导演的。他们认为观众一定会觉得新奇,于是有了炒作的点,影片会容易发行一些。

我想,导一般的小片子,我肯定是力能胜任的。六百万投资以下的电影,鼓鼓勇气也敢签约的(只敢签一两次而已)。倘言大片,那么开机不久,我也许就死在现场了。我曾说过,当导演第一要有好身体,这是一切前提的前提。爬格子虽然也是耗费心血之事，劳苦人生，但比起当导演，两种累法。前一种累法我早已适应，后一种累法对我而言，是要命的累法……

年轻的客人们听了我的现身说法，一个个陷入沉思。

我最后说："其实上苍赋予每一个人的人生能动力是极其有限的，故人生'节目单'的容量也肯定是有限的，无限地扩张它是很不理智的人生观。通常我们很难确定自己究竟能胜任多少种事情，在年轻时尤其如此。因为那时，人生的能动力还没被彻底调动起来，它还是一个未知数。但这并不意味着我们连自己不能胜任哪些事情也没个结论。在座的哪一位能打破一项世界体育纪录呢？我们都不能。哪一位能成为乔丹第二或姚明第二呢？也都不能。歌唱家呢？还不能。获诺贝尔和平奖呢？大约同样是不能的。而且是明摆着的无疑的结论。那么，将诸如此类的，虽特别令人向往但与我们的具体条件相距甚远的人生方式，统统从我们的头脑中删除掉吧！加法的人生，即那种仿佛自己能够愉快地胜任充当一切社会角色，干成世界上的一切事而缺少的仅仅是机遇的想法，纯粹是自欺欺人。"

一种人生的真相是——无论世界上的行业丰富到何种程度，机遇又多到何种程度，我们每一个人比较能做好的事情，永远也就那么几种而已。有时，仅仅一种而已。

所以即使年轻着，也须善于领悟减法人生的真谛：将那些干扰我们心思的事情，一而再，再而三地从我们人生的"节目单"上减去、减去、再减去。于是令我们人生的"节目单"的内容简明清晰；于是使我们比较能做好的事情凸显出来。所谓人生

何妨减之

的价值,只不过是要认认真真、无怨无悔地去做最适合自己的事情而已。

花一生去领悟此点,代价太高了,领悟了也晚了。花半生去领悟,那也是领悟力迟钝的人。

现代的社会,足以使人在年轻时就明白自己适合做什么事。只要肯于首先向自己承认,哪些事是自己根本做不来的,也就等于告诉自己,这种人生自己连想都不要去想。如今"浮躁"二字已成流行语,但大多数人只不过流行地说着,并不怎么深思那浮躁的成因。依我看来,不少人之所以浮躁着并因浮躁而痛苦着,乃因不肯首先自己向自己承认——哪些事情是自己根本做不来的,所以也就无法使自己比较能做好的事情在自己人生的"节目单"上简明清晰地凸显出来,却还在一味地往"节目单"上增加种种注定与自己人生无缘的内容……

中国的面向大多数人的文化在此点上扮演着很不好的角色——不厌其烦地暗示着每一个人似乎都可以凭着锲而不舍做成功一切事情;却很少传达这样的一种人生思想——更多的时候锲而不舍是没有用的,莫不如从自己人生的"节目单"上减去某些心所向往的内容,这更能体现人生的理智,因为那些内容明摆着是不适合某些人的人生状况……

让我迟钝

我从小是一个敏感的孩子，主要体现在自尊心方面，但我又是一个在自尊心方面容易并且经常受伤的孩子。一个穷孩子要维护住自己的自尊心，像一只麻雀要孵化成功一枚孔雀蛋一样难。

青少年时期我渐渐明白了一个道理，每一个人都能够以自己的方式拥有友情。明白了这一个道理之后我便是一个不乏友情的少年了。我少年时期的友情都是用友善换来的，它的一部分牢固地延绵至今。

我感激文学。文学对中学时期的我最重要最有益的影响那便是——使我在潜移默化的熏陶之中接受了人性教育。我的中学的最后一年发生"文化大革命"。我对自己较为满意的是——我虽是"红五类""红卫兵"，但我在"文化大革命"中与任何"红卫兵"的劣迹无涉。我没有以"革命"的名义歧视过任何人，更没有以"革命"的名义伤害过任何人。恰恰相反，我以我当年仅能表现的方式，暗中有时甚至是公开地同情过遭到这样那样政治厄运的人。

"文化大革命"对我最大的也最深刻的影响是——促使我以

中学生的头脑思考政治。无论是知青的六年多里，抑或是"工农兵学员"的三年多里，我都是一名对"四人帮"的专制采取抵牾态度的青年。这一点使我那样一名默默无闻的知识青年，竟有幸与一些"另册"知识分子建立了友情。这也同时是成为作家的我，后来为什么不能成为"纯粹为文学"的作家，某些作品总难免具有政治色彩的原因。

成为作家的我依然是敏感的。我曾相信成为作家的我，是足以有能力来朝自认为更好的方面培养自己的人格了。我曾说过——人格非人的外衣，也非人的皮肤，而是人的质量的一方面。

我承认我对关乎自己人格的事，以及别人对自己人格的评价是敏感的。正因为这样，我承认——我常常以牺牲"自我"的方式，来换取别人对我的人格的赞许和肯定。这一点从好的方面讲，渐渐形成了我做人的某些原则，那些原则本身绝对没什么问题；从不好的方面讲，任何人刻意而求任何东西，其实都是不自然的。

我承认，我对文学和作家这一职业，曾一度心怀相当神圣的理解。因为文学曾对我有过那么良好的影响，这一种越来越不切实际的理解，很费了一番"思想周折"才归于客观的"平常心"。

我承认，恰恰在我成为作家以后，所受的伤害是最多的。从一九八二年我获全国短篇小说奖以后，我几乎不间断地在友情和人格两方面受伤，原因诸多。有时因我的笔，有时因我的性格，有时那原因完完全全起于别人方面。我也冒犯过别人，故我对因此而受的伤害甘愿承担。

我承认，每当我被严重地误解时，总会产生辩白的念头……

我承认，每当我受了过分的伤害，总会产生"以牙还牙"的冲动……

我承认，每当我遭到辱骂和攻击时，即使表面不以为意，心头已积隐恨……

我承认，我很自慰地承认，后来我渐渐具有了相当强的"免疫力"……

我承认，即使具有了相当强的"免疫力"的我，也很难真的无动于衷……因为我具有了相当强的"免疫力"，并不等于我的妻儿、亲友，以及一切关爱着我的人也同时具有。一想到他们和她们也许同时受到伤害，我常打算做出激烈的反应。我的笔使我不无这种能力。它在作为武器时也肯定是够锐利的……

但是近来我逐渐形成了另一种决心，那就是——从我写这篇文章的此时此刻起，我要求自己对于一切公开的辱骂、攻击、蓄意的合谋的伤害，不再做丝毫的反应，不再敏感，而要迟钝，而要麻木。这也是一种刻意，这一种对自己的要求也是不太自然的。这与所谓表现气度无关，而与珍惜所剩的生命有关。所以即使也是一种刻意，即使也是不太自然的，却是必须如此的。

我觉得，一个人的敏感，和一个人血管里的血，大脑中的脑细胞，和一个人的所有生命能动性一样，也是限量的。生命像烟一样，不可能活一天附加一天，生命是一个一直到零的减法过程。

我觉得，我的敏感已大不如前，我的精力状况和身体状况也大不如前。

让我迟钝　139

我的精力正在一天天变得颓萎，我的敏感"水平"正在一天天下降，我只能而且必须极其"节省"地运用它。

那么，以后，我的敏感将仅仅体现在如下方面：对感情的敏感反应——包括亲情、友情、同情。对社会和时代现象的敏感反应，对想象与虚构能力的职业性的敏感反应，对驾驭文字的能力和对修辞之职业水平的敏感反应，对自己责无旁贷的种种义务的敏感反应……我真的认为我的敏感将渐成我生命的微量元素，它是必须节省使用的了。倘在以上方面我仍能保持着它，我觉得对于我就已经是不容易之事了。我预先做一个与鲁迅先生截然相反的声明：我死之际将不带走对一个世人的嫌恶和憎恨。因为归根结底，我们人类也只不过是地球上的一种动物。我们既然公认每一种动物的习性都有其必然性、合理性，那么对自己和同类又何妨豁达些呢？

做竹须空　做人须直

"人生"对我是个很沉重的话题。

第五次文代会我因身体不好迟去报到了两天。会上几次打电话到厂里催我,还封了我一个"副团长"。

那天天黑得异常早,极冷,风也大。

出厂门前,我在收发室逗留了一会儿,发现了寄给我的两封信。一封是弟弟写来的,一封是哥哥写来的。我一看落款是"哈尔滨精神病院",一看那秀丽的笔画搭配得很漂亮的笔体,便知是哥哥写来的。我已近十五六年没见过哥哥的面了,已近十五六年没见过哥哥的笔体了,当时那一种心情真是言语难以表述。这两封信我都没敢拆,我有某种沉重的预感。看那两封信,我当时的心理准备不足。信带到了会上,隔一天我才鼓起勇气看。弟弟的信告诉我,老父亲老母亲都病了。他们想我,也因《无冕皇帝》的风波为我这难尽孝心的儿子深感不安。哥哥的信词句凄楚至极——他在精神病院看了根据我的小说《父亲》改编的电视剧,显然情绪受了极大的刺激,有两句话使我整个儿的心战栗——"我知我有罪孽,给家庭造成了不幸。如果可能,我宁愿割我的肉偿还家人！""我想家，可我的家在哪啊？谁来救救我？哪怕让我再过上几天正常人的生活就死也行啊！"

我对坐在身旁的影协书记张青同志悄语，请她单独主持下午会议发言，便匆匆离开了会场。一回到房间，我恨不得大哭，恨不得大喊，恨不得用头撞墙！我头脑中一片空白，眼泪默默地流。几次闯入洗澡间，想用冷水冲冲头，进去了却又不知自己想干什么……

我只反复地在心里对自己说两个字：房子、房子、房子……

母亲已经七十二岁，父亲已经七十七岁。他们省吃俭用，含辛茹苦抚养大了我。我却半点孝心也没尽过！他们还能活在世上几天？我一定要把他们接到身边来！我要他们死也死在我身边！我要发送他们，我有这个义务！我的义务都让弟弟妹妹分担了，而弟弟妹妹们的居住条件一点儿也不比我强！如果我不能在老父老母活着的时候尽一点儿孝子之心，我的灵魂将何以安宁？

哥哥是一位好哥哥，大学里的学生会主席。我与哥哥从小手足之情甚笃。我做了错事，哥哥主动代我受过。记得我小时候生过一场大病，想吃蛋糕。深更半夜，哥哥从郊区跑到市内，在一家日夜商店给我买回了半斤蛋糕！那一天还下着细雨，那一年哥也不过才十二三岁……

有些单位要调我，也答应给房子，但需等上一二年，童影的领导会前也找我谈过，也希望我到童影去起一些作用。童影的房子也很紧张，但只要我肯去，他们现调也要腾出房子来，当时我由于恋着创作，未下决心。

面对着两封信，一切的得失考虑都不存在了。

我匆匆草了一页半纸的请调书——用的就是第五次文代会的便笺。接着，我去将童影顾问于蓝同志从会上叫出，向她表明我的决心。老同志一向从品格到能力对我充满信任感，执着双手说："你做此决定，我离休也安心了！"随后我将北影新任厂长宋崇叫出，请他——其实是等于逼他在我的请调书上签了字。开始他愣愣地瞧着我，半晌才问："晓声，你怎么了？你对我有什么误解没有？"我将两封信给他看。他看后说："我答应给你房子啊！我在全厂大小会上为你呼吁过啊！"这是真话。这位新上任的厂长对我很信任，很关心，而且是由衷的。岂止是他，全体北影艺委会都为我呼吁过。连从不轻率对任何事表态的德高望重的老导演水华同志，都在会上说过"不能放梁晓声走"的话。北影对我是极有感情的。我对北影也是极有感情的。

记得我当时对宋崇说的是："别的话都别讲了，北影的房子五月份才分，而我恨不得明天后天就将父亲母亲哥哥接来！别让我跪下来求你！"

他这才真正理解了我的心情，沉吟半晌说："你给我时间，让我考虑考虑。"

下午，他还给了我那请调报告，我见上面批的是"既然童影将我支持给了北影，我没有任何理由不将晓声支持给童影。但我的的确确很不愿放他走。"

为了房子，到童影干什么我都心甘情愿，哪怕是公务员。

童影当然不是调我去当公务员，于是我现在成了童影的艺术厂长……

我已正式到童影上班两个多月了，给我的房子却还未腾出来。

我身患肝硬化，应全休，但我能刚刚调到童影就全休么？每天上班，想不上班也得上班。中午和晚上回去迟了，上了小学的儿子进不了家门，常常在走廊里哭。

房子没住上就不担当工作么？那也未免过分功利了。事实上，我现在已是全身心地投入我的那份工作。我总不能骗房子住啊！

"人生"这个话题对我来说真是沉重的，我谈这个话题如同癌症患者对人谈患癌症的症状……

我从前不知珍惜父母给予我的这血肉之躯，现在我明白这是一个大的错误。明白了之后我还是把自己"抵押"给了童影厂。现在我才了解我自己其实是很怕死的，怕死更是因为觉得遗憾。身为小说家面对这纷杂的迷乱的浮躁的时代，我认为仍有那么多可以写的能够写的值得写的。我最需要谨慎地爱惜自己的时候。亲人和朋友们善良劝告，我也只能当成是别人的一种善良而已。我的血肉之躯是父母给予我的，我以血肉之躯回报父母，我别无选择。这是无奈的事。我认可这无奈，同时牢记着家母的训导。

家母对我做人的训导是——做竹须空，做人须直。

在我的中学毕业鉴定中，写有这样的评语：该学生性格正直，富有正义感。责人宽，克己严……1968年，"文革"第三年，我的鉴定中没有"造反精神"如何如何之类，而有这样的评语，乃是我的中学母校对我的最高评定。这所学校当年未对第二个学生做出过同样的评语。

在我离开兵团连队的鉴定中,也写有这样的评语:该同志性格正直,富有正义感,要求自己严格……

在我从复旦大学毕业的鉴定中,还写有这样的评语:"性格正直,有正义感,同'四人帮'做过斗争,希望早日入党……"十六位同学集体评定,连和我矛盾极深的同学,亦不得不对这样的评语点头默认……

在我离开北影的鉴定中,仍写有这样的评语:正直,正派,有正义感,对同志真诚,勇于做自我批评。

我不是演员。演员亦不可能从少年到青年到成年,二十多年表演不是自己本质的另一个人到如此成功的地步!我看重"正直,正派,真诚"这样的评语,胜过其他一切好的评语。这三点乃是我做人的至死不渝的准则。我牢牢记住了家母的训导,我对得起母亲!我尤其骄傲的是在我较长期生活和工作过的任何地方,包括一直不能同我和睦相处的人,亦不得不对我的正直亦敬亦畏。我从不阿谀奉承,从不见风使舵。仅以北影为例,我与历届文学部主任拍过桌子,"怒发冲冠"过,横眉竖目过,但他们之中的绝大多数,如今都是我的"忘年交"。我调走得那么突然,他们对我依依不舍,惋惜我走前没入党。早在几年前,老同志们就对我说:"晓声,写入党申请书吧,趁现在我们这些了解你的人还在,你应该入党啊!你这样的年轻人入党,我们举双手!有一天我们离休了,只怕难有人再像我们这么信任你了!"党内的同志们,甚至要在我走前,召开支部会议,"突击"发展我入党。是我阻止了。连刚刚到北影不久的厂长宋崇,对此也深有感慨。

我愿正直、正派、真诚、正义这些评语,伴我终生。人能活到这样,才算不枉活着!

人在今天仍能获得这些,当然也是一种幸福!所以我又有理由说,我活得还挺幸福。

最主要的,我自己认为是最主要的,我已并不惭愧地得到了,其他便是次要的、无足轻重的。

我对自己的做人极满意。

我是不会变的。真变了的是别人。一种类似文痞、流氓的行径,我看到在文坛在社会挺有市场。

我蔑视和厌恶这一现象。

真的文坛之丑恶,其实正是这一现象。

我将永久牢记家母关于做人的训导——做竹须空,做人须直……

好母亲应该有好儿子。反之是人世间大孽。

就是这样。

让我们爱憎分明

让我们共同体验爱憎分明之为人的第一坦荡、第一潇洒、第一自然吧！

几经犹豫我才决定写下这一行题目。写时我的心里竟十分古怪——仿佛基督徒写下了什么亵渎上帝的字句。仿佛我心怀叵测，企图向世人散布很坏的想法。我能预料到某些人对这样一个题目的忐忑不安。他们大抵是些丧失了爱憎分明之勇气的人。这使我怜悯。我能预料到某些人对这样一个题目的不以为然乃至愤然。他们大抵是些毫无正义感的人，并且希望丑恶与美好混沌在我们的生活中。因为他们做人的原则以及选择的活法，更适应于丑恶而有违于美好。唯恐敢于爱憎分明的人多起来，比照出了自己心态的阴暗扭曲，甚至比照出了自己心态的邪狞。我不怜悯这样的人。我鄙夷这样的人。

世上之事，常属是非。人心倾向，便有善恶。善恶之分，则心之爱憎。爱憎分明之于人而言，实乃第一坦荡，第一潇洒，第一自然之品格。

古人云：审其所好恶，则其长短可知也。又云：民之所好，好之；民之所恶，恶之。

怎么的，现在，不少人，却像些皮囊里塞满稻草似的人？他们使你怀疑，胸腔内是否有我们谓之为"心"的器官，纵有，那也算是心吗？

男欢女爱之爱，他们倒是总在实践着。不但总在实践着，而且经验丰富。嫉妒仇恨，也是从不放过体验机会的。不但自己体验，还要教唆别人。于是，污浊了我们的生活环境。在这些人看来世界大概是无是无非、无美无丑、无善无恶的。童叟仆跌于前，佯视而不见，绝不肯援一搀一扶之手，抬高腿跨过去罢了。妇妪呼救于后，竟充耳不闻，只当轻风一阵，何必"庸人自扰"？更有甚者，驻足"白相"，权作消遣。

苏格拉底说："没有人自愿去作恶，或者去做他认为是恶的事。舍善而趋恶不是人类的本性。"

苏格拉底是对的吗？

帕斯卡尔说："我们中大多数人欲求恶。"又说："恶是容易的。其数目是无限的。"还说："某些人盲目地干坏事的时候，从来没有像他们是出自本性时干得那么淋漓尽致而又兴高采烈了。"

帕斯卡尔所指的是人类生活现象的一方面事实吗？

而屠格涅夫到晚年也产生了对人类及其生活的厌恶。他写了一篇优美如诗但情感色彩冷漠至极的散文——《对话》，就体现出了他的这种情绪。

当然我们不必去讨论苏格拉底和帕斯卡尔之间孰是孰非。人性本善抑或人性本恶早已是一世纪的命题。并且在以后的世纪必定还有思想家们继续进行苦苦的思想。

我要说，目前我们中国人中的某些人，似乎也有一种"疾病"，可否叫作"爱憎丧失症"？

爱憎分明实在不是我们人类行为和观念的高级标准。只不过是低级的最起码的标准。但一切高尚包括一切所谓崇高，难道不是构建在我们人类德行和品格的这第一奠基石上吗？否则我们每个人的内心必将再无真诚可言。我们的词典中将无"敬"字。

中国人口占世界人口四分之一。如果我们中国人在心理素质方面成为优等民族，那么世界四分之一人类将是优秀的。反之，又将如何？

思想哲人告诫人类——对善恶的无动于衷是人类精神最可怕的堕落。

生物学家则告诫我们——一类物种的灭绝，必导致生态链条的断裂，进而形成对生态平衡的严重威胁和破坏。

人类绝不是首先因憎激发了爱的冲动、力量和热情。恰恰相反，是由于爱的需要才悟到了憎的权利。好的教养可以给予我们爱的原则。懂得了这一点才算懂得了爱的尺度，也就懂得什么是恶了，也就必然学会了怎样用我们的憎去反对、抵制和战胜恶了。

爱憎分明的人是我们人类不可缺的"物种"，是我们人类精神血液中的白细胞，是细腰蜂，是七星瓢虫，是邪恶当前奋不顾身的勇敢的兵蚁。因了爱憎分明的人存在，才会使更多的人感到世上有正义，社会有良知，人间有进行道德监督和道德审判的所谓道德法庭。

我们中国人是很讲"中庸之道"的。但我们的老祖宗也留下了这么一句"遗嘱"——"道不同，不相为谋"，并指出——"物以类聚，人以群分"。

可是我们当代的有些人，似乎早把老祖宗"道不同，不相为谋"之"遗嘱"彻底忘记了，似乎早把"物以类聚，人以群分"这凭以自爱的起码的也差不多是最后的品格界线擦掉了。仅恪守起"中庸之道"来。并且浅薄地将"中庸之道"嬗变为一团和气。于是中庸之士渐多。并经由他们，将自己的中庸推行为一种时髦。仿佛倡导了什么新生活运动，开创了什么新文明似的。于是我们不难看到这样的情形——原来应被"人以群分"的正常格局孤立起来的流氓、痞子、阴险小人、奸诈之徒以及一切行为不端品德不良居心叵测者，居然得以在我们的生活中招摇而来招摇而去，败坏和毒害我们的生活到了随心所欲的地步。所到之处定有一群群的中庸之士与他乘兴周旋逢场作戏握手拍肩一团和气。

我们常常希望有人拍案而起，厉曰："耻与尔等厮混！"

对这样的人，我们心中便生钦佩。

我们环顾左右，觉得这样做其实并不需要太大的勇气。然而我们当中有许多人唯恐落个"出头鸟"或"出头的椽子"之下场。于是我们自己便在一团和气之中，终究扮演了我们本不情愿扮演的角色。

更可悲的是，爱憎分明的人一旦表现出分明的爱憎，中庸之士们便会摆出中庸的嘴脸进行调和，我们缺乏勇气光明磊落地同样敢爱敢憎，却很善于在这种时候作乖学嗲。

我们谁有资格说自己从未这样过呢？

因而我觉得我们首先应该憎恶我们自己。憎恶我们自己的虚伪。憎恶我们已经染上了梅毒一样该诅咒的"爱憎丧失症"。

那么，便让我们从此爱憎分明起来吧！

将这一希望寄托在别人身上，莫如寄托在我们自己身上。倘你周围确实无人在这一点上值得你钦佩，你何不首先在这一点上给予自己以自己钦佩自己的资格呢？如果你确想做一个爱憎分明之人，的确开始这样做了。我认为你当然有自己钦佩自己的资格。你也当然应该这样认为。

以敢憎而与可憎较量。以敢爱而捍卫可爱。以与可憎之较量而镇压可憎之现象。以爱可爱之勇气而捍卫着可爱在我们的生活中发扬光大。让我们的生活中真善美多起来再多起来！让我们在我们每一个人的生活范围内，做一块盾，抵挡假恶丑对我们自己以及对生活的侵袭，同时做一支矛。让我们共同体验爱憎分明之为人的第一坦荡、第一潇洒、第一自然吧！其后，才是我们能否更多地领略人类之种种崇高和美好的问题……

走出高等幼稚园

这也真是一种可悲。

我们已然有了三亿多儿童和少年,却还有那么多的男青年和女青年硬要往这三亿之众的一部分未成年的中国小人儿里边挤。甚至三十来岁了,仍嗲声嗲气对社会喋喋不休地宣称自己不过是"男孩"和"女孩"。那种故作儿童状的心态,证明他们是多么乞求怜爱、溺爱、宠爱……

这其中不乏当代之中国大学生。

甚至尤以中国大学生们对时代对社会的撒娇要嗲构成为最让人酸倒一排牙的当代中国之"奶油风景"……

我想说我们中国的孩子已经够多的了。我想说我们中国已经是这地球上孩子最多的国家了。

而那受着和受过高等教育、原本该成为最有希望的青年的一批,却赖在"男孩"和"女孩"的年龄段上,自我感觉良好地假装小孩不知究竟打算装到哪一天……

放眼现实你会看到另一种景象。恰恰是那些无幸迈入大学校门的一批,他们并非"天之骄子",在人生的"形而下"中闯荡、挣扎、沉浮，因而也就没了假装"男孩"假装"女孩"的资格。假装小孩子就没法继续活下去。他们得假装大人，假装比他们和她们的实际年龄大得多成熟得多的大人……这是另一种悲哀。

明明还是孩子的早早地丧失了孩子的天真和天性……

明明是青年又受着和受过高等教育的一批，却厚脸憨皮地装天真装烂漫装单纯……

那么，中国的大学的牌子统统摘掉，统统换上什么什么"高等幼稚园"得了！

我的外国朋友中，有一位是美国的中学校长。这位可敬的女士曾告诉我——她每接一批新生，开学的第一天，照例极其郑重极其严肃地对她的全体学生们说一番话。

她说的是——"女士们，先生们，从今天起，你们应该自觉地意识到，你们不再是孩子了。我们的美利坚合众国请求她的孩子们早些成为青年。为了我们的美国，我个人也请求于你们……"

问题还不仅仅在于"男孩""女孩"这一种自幻心理是多么可笑的心理疾病，问题更在于——它还导致一种似乎可以命名为"男孩文化"或"女孩文化"的"文化疟疾"！这"文化疟疾"，首先在大众文化中蔓延，进而侵蚀一切文化领域。于是不知从哪一天开始，中国之当代文化，不经意间就变得这样了——娇滴滴，嗲兮兮，甜丝丝，轻飘飘，黏黏糊糊的一团。电视里、电台里、报纸上，所谓"男孩"和"女孩"们的装嗲卖乖的成系统的

走出高等幼稚园　153

语言，大面积地填塞于我们的视听空间，十几亿中国人仿佛一下子都倒退到看童话剧的年龄去了。许多报刊都在赶时髦地学说"男孩"和"女孩"才好意思那么说的话。三十大几的老爷们儿硬要去演"纯情少年"的角色，演得那个假模酸样，所谓的评论家们还叫好不迭……

真真是一大幅形形色色的人们都跟着装小孩学小孩的怪诞风景。这风景迷幻我们，而且，注定了会使我们变得弱智，变得男人更不像男人女人更不像女人！

因为我和大学生们接触颇多，某些当公司老板和当报刊负责人的朋友便向我咨询——首先该从大学毕业生中招收什么样的？

我的回答从来都是——凡张口"我们男孩如何如何"或"我们女孩怎样怎样"的一律不要，因为他们还没从"高等幼稚园"里毕业。

我给大学校长们的建议是——新生入学第一天，不妨学说那位美国女校长的话——"女士们，先生们，从今天起……"

给自己的头脑几分尊重

读过《安娜·卡列尼娜》这一部名著的人，必记得开篇的一句话——"幸福的家庭都是相似的，不幸的家庭各有各的不幸。"

这句话，在中国也早已是名言了。最近我因授课要求，重新翻阅该书某些片段。掩卷沉思，开篇的话，仍是全书中最令我联想多多的话。

曾有学生问我——为什么这句话会成为名言？我的回答是，首先，《安娜·卡列尼娜》成了名著，这个前提很重要。学生又问，如果《三国演义》没有成为名著，"凡天下大势，分久必合，合久必分"就不称其为名言了吗？如果范仲淹的《岳阳楼记》没有成为名篇，"先天下之忧而忧，后天下之乐而乐"就不称其为名句了吗？……

当然，还可以举出另外许多例子。名言名句不仅出现在小说、诗词、歌赋中，也出现在戏剧、电影、电视中，甚至出现在法庭诉讼双方的答辩中，出现在演讲中的时候更是举不胜举……

关于《安娜·卡列尼娜》这一部小说，托尔斯泰曾写下过三十几段开篇的文字，最后才选择了"幸福的家庭都是相似的，不幸的家庭各有各的不幸"这句话。据说，倘用俄语来朗读这句话，会有诗一般的语韵。这大概也是俄国人特别认同托尔斯泰的原因吧。

我的回答究竟使我的学生满意了没有？进而使自己满意了没有？不是这里非要交代清楚的。

我想强调的其实是这样一种思想——喜欢提问题的人一定是喜欢思考问题的人。人类倘不喜欢思考，我们至今还都是猴子。历史上有人骂项羽"沐猴而冠"，正是恨他遇事不动脑子好好想一想。

窃以为，错误的思想是相似的，正确的思想各有各的正确。当然，正确和错误是相对的，姑妄言之而已。

这里所说的"错误的思想"，确切地说，是指种种不良的甚至邪恶的思想。比如以为损人利己天经地义，以为仗势欺人天经地义，以为不择手段达到沽名钓誉之目的天经地义，于是心安理得，皆属不良的邪恶的思想。是的，在我看来，这样的一些思想是相似的。它们的共同点乃是——夜半三更，扪心自问，有时候还是怕遭天谴的。谢天谢地，迄今为止，这样的一些思想从来不是大众思想的主流。比如"无毒不丈夫"一句话，你不能不承认它也意味着一种思想。然而真的循此思想行事的人，其实是很少很少的。何况此话原本似乎是"无度不丈夫"——果而如此，恰恰是提醒人要善于思考的话。

迄今为止，人类头脑中产生的大部分思想，指那类被我们大部分人所能接受的、认同的，以指导我们行为和行动的后果来判断，是对社会进步有益的——那样一些思想，它们不应只是少数人头脑中产生的思想，而应是我们大多数人，甚至每一个人头脑中都会产生的思想。

我们中国人依赖少数人的头脑为我们提供有益的思想——实在是依赖得太久太久了，而这几乎使我们自己的头脑的思考能力变得有点儿退化了。

这意味着我们对自己的头脑失去了尊重。现在这个现象似乎也在全球化。有个美国学者写了一本书，叫《娱乐至死》，说的是大家都远离思考，都进入了娱乐状态，从生下来就开始娱乐，一直玩到死。他认为，人类的思想和文化并非窒息于专制，而是死于娱乐。这实在是非常智慧的警世之论。窃以为，不智慧的人是相似的，智慧的人各有各的智慧。

我们需要将我们每个人对自己的头脑的尊重意识重新树立起来。

我们将会发现——正确的思想不但是人类思想的主流，不但各有各的正确，而且经常形成于我们自己的头脑之中。

给自己的头脑几分尊重——于是，我们不仅仅只是思想的被动的接受者，也能是思想的主动的提供者了。

给自己的头脑几分尊重——于是，我们明白了这样一个道理：别人的头脑里产生的别种的思想，只要不是邪恶的，也是必须予以尊重的。

给自己的头脑几分尊重——于是，我们明白了这样一个道理：即使我们确信自己头脑里产生的思想是正确的、睿智的，即使别人也这样公认，那也只不过是关于世相，甚至是关于一件事情的许多种正确的、睿智的思想之一而已。

给自己的头脑几分尊重——非但不能使我们因而变得狂妄自大,恰恰相反,将使我们变得更加谦逊和更加温良。因为我们的头脑里会产生出对我们的修养有要求的思想。

给自己的头脑几分尊重——将使我们在对待人生、事业、名利、时尚、爱情、亲情、友情等方面,不再一味只听前人和别人怎么阐释怎么宣讲,而也有自己的独立的见解了。

我们难道不是都清楚这样一种关于世事的真相吗?——别人用别人的思想企图说服我们往往是不那么容易的,只有自己说服了自己,自己才是某种思想的信奉者。

这世界上没有不长叶子的根和茎。我们的头脑乃是我们作为人的"根",我们认识世界的愿望乃是我们作为人的"茎"。我们既有"根"亦有"茎",为什么不让它长出思想的叶子来呢?

给自己的头脑几分尊重——我们因而发现,不但人类的社会,连整个世界都需要我们这样;我们因而感受到,不但人类的社会,连整个世界都少了某些荒诞性,多了几分合理性。

给自己的头脑几分尊重——我们因而发现,娱乐使我们同而不和,思考使我们和而不同。

给自己的头脑几分尊重——我们将会发现,思考的过程、产生思想的过程,是一个非常快乐的过程。这种快乐是其他快乐无从取代的。

给自己的头脑几分尊重——我们将因而活得更像个人,更愉快,更自然……

时间即"上帝"

少年时读过高尔基的一篇散文——《时间》。高尔基在文中表现出了对时间的无比敬畏。不,不仅是敬畏,甚至可以说是一种极其恐惧的心理。是的,是那样,因为高尔基确乎在他的散文中用了"恐惧"一词。他写道——夜不能眠,在一片寂静中听钟表之声嘀嗒,顿觉毛骨悚然,陷于恐惧……

少年的我读这一篇散文时是何等地困惑不解啊!怎么,写过激情澎湃的《海燕》的高尔基,竟会写出《时间》那般沮丧的东西呢?步入中年后,我也经常对时间心生无比的敬畏。我对生死问题比较能想得开,所以对时间并无恐惧。我对时间另有一些思考。有神论者认为一位万能的神化的"上帝"是存在的。无神论者认为每一个人都可以成为自己的"上帝",起码可以成为主宰自己精神境界的"上帝"。我的理念倾向于无神论。但,某种万能的,你想象其寻常便很寻常,你想象其神秘便很神秘的伟力是否存在呢?如果存在是什么呢?我认为它就是时间。我认为时间即"上帝"。它的伟力不因任何人的意志而转移。"愚公移山""精卫填海",其意志可谓永恒,但用一百年挖掉了两座大山又如何？用一千年填平了一片大海又如何？因为时间完全可以再用一百年堆出两座更高的山来，完全可以再用一千年"造"出一片更广阔的海域来。甚至，可以在短短的几天内便依赖地壳的改变完成它的"杰作"。那时，后人早已忘了移山的愚公曾在时间的流程中存在过，也早已忘了精卫曾在时间的流程中存在过。而时间依然年轻。

只有一样事物是不会古老的，那就是时间。

只有一样事物是有计算单位但无限的，那就是时间。

"经受时间的考验"这一句话，细细想来，是人的一厢情愿——因为事实上，宇宙间没有任何事物能真正经受得住时间的考验。一千年以后金字塔和长城也许成为传说，珠峰会怎样也很难预见了。

归根结底我要阐明的意思是——因为有了人，时间才有了计算的单位；因为有了人，时间才涂上了人性的色彩；因为有了人，时间才变得宝贵；因为有了人，时间才有了它自己的简史；因为有了人，时间才有了一切的意义……

而在时间相对于人的一切意义中，我认为，首要的意义乃是因为有了时间，人才思考活着的意义；因为在地球上的一切生命形式中，独有人进行这样的思考，人类才有创造的成就。

人类是最理解时间真谛的，也是最接近时间这一位"上帝"的。每个具体的人亦如此。连小孩子都会显出"时间来不及了"的忐忑不安或"时间多着呢"的从容自信。决定着人的心情的诸事，掰开了揉碎了分析，十之八九与时间发生密切关系。人类赋予冷冰冰的时间以人性的色彩；反过来，具有了人性色彩的时间，最终是以人性的标准"考验"着人类的状态——那么：谁能说和平不是人性的概念？谁能说民主不是人性的概念？谁能说平等和博爱不是时间要求于人类的？

人啊，敬畏时间吧，因为，它比一位神化的"上帝"对我们更宽容，也比一位神化的"上帝"对我们更严厉。

人敬畏它的好处是——无论自己手握多么至高无上的权杖，都不会幼稚地幻想自己是众生的"上帝"。因为也许，恰在人这么得意着的某个日子，时间离开了他的生命……

论大学精神

各位：

我曾在《光明日报》发表过两篇文章，《论教育的诗性》在先，《论大学》在后。两篇文章都是我成为北京语言大学教师之后写的。关于大学精神的一点点思索，不管是多么地浅薄，其实已经由两篇文章载毕。那么，今天想汇报的一点点看法，也就只能算是浅薄者的补充发言。浅薄者总是经常有补充发言的，这一种冲动使浅薄者或有摆脱浅薄的可能。

我在决定调入大学之前，恰有几位朋友从大学里调出，他们善意地劝我要三思而行，并言——"万不可对大学持太过理想的幻感"。

而我的回答是——我早已告别理想主义。《告别理想主义》，是我五十岁以后发表的一篇小文。曾以为，告别了理想主义，我一定会活得潇洒起来，却并没有。于是每想到雨果，想到托尔斯泰。雨果终其一生，一直是一位特别理想的人道主义者。《九三年》证明，晚年的雨果，尤其是一位理想的人道主义者。而托尔斯泰，也一生都是一位特别理想的平等主义者。明年我六十岁了。现在我郑重地说——六十岁的我,要重新拥抱理想主义。我认为,无论对于自己的人生还是对于自己的国家还是对于全人类社会,泯灭了甚而完全丧失了理想,那么一种活法其实是并无什么快意的。我这么认为是有切身体会的,故我接着要说——我愿大学是使人对自己、对国家、对人类的社会形成理想的所在。无此前提,所谓大学精神无以附着。一九一七年一月九日,北大举行开学典礼,蔡元培先生发表著名的《就任北京大学校长之演说》;九十一年过去了,重读其演说,他对大学的理想主义情怀依然感人。

蔡先生在演说中对那时的北大学子寄予厚望,既希望北大学子砥砺德行,又希望北大学子改造社会。他说:"诸君为大学学生,地位甚高,肩此重任,责无旁贷,故诸君不惟思所以感己,更必有以励人……"

现在的情况与九十一年前很不相同。

那时,蔡先生对大学的定义是"大学者,研究高深学问者也"。

若以本科生而论,恕我直言,包括北大学子在内,似乎应是——大学者,通过颁发毕业文凭,诚实地证明从业能力的所在而已。

故我对"大学精神"的第二种看法是——要建立在现实主义的基础上来说道。

连大学都不讲一点儿理想,那还能到一个国家的哪儿去觅理想的踪影呢?倘若一国之人对自己的国家连点儿理想都不寄望着了,那不是很可悲吗?

如果连大学都回避现实问题种种,包括大学生就业难的问题在内,那么还到一个国家的哪儿去听关于现实的真声音呢?若大学学子渐渐地都只不过将大学视为逃避现实压力的避风港,那么大学与从前脚夫们风雪之夜投宿的大车店是没什么区别的了。

又要恪守理想,又要强调现实,岂非自相矛盾吗?

我的回答是——当今之大学,尤其是像中国这样一个人口众多,每年有数以百万计的大学学子跨出校园迈向社会的国家,大学其实是在为国家培养一批批思想意识上不普通,而又绝不以过普通的生活为耻的人。可现在的情况似乎恰恰反了过来,受过高等教育于是以过普通生活为耻的人很多,受过高等教育而思想意识与此前并未发生多大改变的人也很多。

如此说来,似乎是大学出了问题。

否。

我认为,一个家庭供读一名大学生,一个青年用人生最宝贵的四年乃至更长的时间就读于大学,尤其是像北大这样的大学——于是要求人生不普通一些,是完全可以理解的。社会成全他们的诉求,也是"以人为本"的体现。

在中国,普通人的生活之所以竟被视为沮丧的生活,乃因普通人的生活实在还是太过吃力的生活。要扭转这一点,对于一个国家而言也是很吃力的,绝非一日之功可毕。要扭转这一点,大学是有责任和使命的。然江河蒸发,而后云始布雨,间接而已。若仰仗大学提高GDP,肯定是错误的理念。大学若不能正面地、正确地解惑大学学子之尴尬，大学本身必亦面临尴尬。

然大学一向是能够解决人类许多尴尬的地方。大学精神于是在此过程中逐渐形成。人类之登月渴望一向停留在梦想时期，是谓尴尬。梦想变为现实，是大学培养出来的人们的功劳，也是大学的功劳。大学精神于是树立焉，曰"科学探索精神"。人类一向祈求一种相互制衡的权力关系，历经挫折也是尴尬。后在某些国家以某种体制稳定了下来，也是大学培养出来的人们的功劳，也是大学的功劳，曰"政治思想力"。

十几年前，我随中国电影家代表团访日，主人们请我们去一小餐馆用餐，只五十几平米的营业面积而已，主食面条而已。然四十岁左右的店主夫妇，气质良好，彬彬有礼且不卑不亢。经介绍，丈夫是早稻田大学历史学博士，妻子是东京大学文学硕士。他们跨出大学校门那一年，是日本高学历者就业难的一年。

我问他们开餐馆的感想，答曰："感激大学母校，使我们与日本许多开小餐馆的人们不同。"问何以不同。笑未答。临辞，夫妇二人赠我们他们所著的书，并言那只是他们出版的几种书中的一种。其书是研究日本民族精神演变的，可谓具有"高深学问"的价值。一所大学出了胡适，自然是大学之荣光。胡适有傅斯年那样的学生，自然是教师的荣光。但，若国运时艰，从大学跨出的学子竟能像那对日本夫妇一样的话，窃以为亦可欣慰了。当然，我这里主要指的是中文学子。比之于其他学科，中文能力最应是一种难以限制的能力。中文与大学精神的关系也最为密切。大学精神，说到底，文化精神耳。最后，我借雨果的三句话表达我对大学精神的当下理解："平等的第一步是公正。""改革意识，是一种道德意识。""进步，才是人应该有的现象。"如斯，亦即我所言之思想意识上的不普通者也……

心灵的花园

谁不希望拥有一个小小的花园？哪怕是一丈之地呢！若有，当代人定会以木栅围起。那木栅，我想也定会以个人的条件和意愿，摆弄得尽可能美观。然后在春季撒下花种，或者移栽花秧。于是，企盼着自己喜爱的花儿，日日生长、吐蕾，在夏季里姹紫嫣红地开成一片。虽在秋季里凋零却并不忧伤，仔细收下了花籽儿，待来年再种，相信花儿能开得更美……

真的，谁不曾怀有过这样的梦想呢？

都市寸土千金，地价炒得越来越高。拥有一个小小花园的希望，对寻常之辈不啻是一种奢望，一种梦想。只有少部分人，才有可能把希望变成现实，于是令寻常之人羡眼乜斜。

我想，其实谁都有一个小小花园，谁都是有苗圃之地的，这便是我们的内心世界。人的智力需要开发，人的内心世界也是需要开发的。人和动物的区别，除了众所周知的诸多方面，恐怕还在于人有内心世界。心不过是人的一个重要器官，而内心世界是一种景观，它是由外部世界不断地作用于内心渐渐形成的。每个人都无比关注自己及至亲至爱之人心脏的健损，以至于稍有微疾便惶惶不可终日。但并非每个人都关注自己及至亲至爱之人的内心世界的阴晴，已所无视，遑论他人？

我常"侍弄"我心灵的苗圃。身已不健，心倘尤秽，又岂能活得好些？职业的缘故，使我惯对自己和他人的心灵予以研究。结论是——心灵，亦即我所言内心世界，是与人的身体健康同样重要的。故保健专家和学者们开口必言的一句话，不仅仅是"身体健康"，而且是"身心健康"。

我爱我的儿子梁爽。他读小学，正是一个人的内心世界开始形成的年龄。我也常教他学会如何"侍弄"他那小小心灵的苗圃。"侍弄"这个词，用在此处是很勉强的，不那么贴切，姑且借用之吧！意思无非是——人自己的内心世界如果自己惰于拂拭，是会浮尘厚积、杂草丛生的。也许有人联系到禅家的一桩"公案"——"时时勤拂拭，莫使惹尘埃"之说的"俗"和"心中无一物，何处惹尘埃"之说的"彻悟"。

我系俗人，仅能以俗人的观念和方式教子。至于禅家乃至禅祖们的某些玄言，我一向是抱大不恭的轻慢态度的。认为除了诡辩技巧的机智，没什么真的"深奥"。现代人中，我不曾结识过一个内心完全"虚空"的。满口"虚空"，实际上内心物欲充盈、名利不忘的，倒是大有人在。何况我又不想让我的儿子将来出家，做什么云游高僧，故我对儿子首先的教诲是——人的内心世界，或言人的心灵，大概是最容易招惹尘埃、沾染污垢的，"时时勤拂拭"也无济于事。心灵的清洁卫生只能是相对的，好比人的居处的清洁卫生只能是相对的。而根本不拂拭，甚至不高兴别人指出尘埃和污垢,则是大不可取的态度,好比病人讳疾忌医。

一次儿子放学回到家里,进屋就说:"爸爸,今天同学的红领巾被老师收去了!"我问为什么。儿子回答:"犯错误了呗!把老师气坏了!"那同学是他好朋友,但却有些日子不到家里来玩儿了。我依稀记得他讲过,似乎老师要在他们两者之间选拔一名班干部。我又问:"你高兴?"他怔怔地瞪着我。我将他召至跟前,推心置腹地问:"跟爸爸说实话,你是不是因此而高兴?"他便诚实地回答:"有点儿。"我说:"你学过一个词,叫'幸灾乐祸',你能正确解释这个词吗?"他说:"别人遭到灾祸时自己心里高兴。"我说:"对。当然,红领巾被老师收去了,还算不得什么灾。但是,你心里已有了这种'幸灾乐祸'的根苗,那么你哪一天听说他生病了、住院了,甚至生命有危险了,说不定你内心里也会暗暗地高兴。"儿子的目光告诉我,他不相信自己会那样。我又说:"为什么他的红领巾被老师收去了,你会高兴呢?让爸爸替你分析分析,你想一想对不对。——如果你们老师并不打算在你们两个之间选拔一名班干部,你倒未必幸灾乐祸。如果你心里清楚,老师最终选拔的肯定是你,你也未必幸灾乐祸。你之所以幸灾乐祸,是因为自己感到,他和你被选拔的可能性是相等的,甚至他被选拔的可能性更大些。于是你才因为他犯了错误,惹老师生气了而高兴。你觉得,这么一来,他被选拔的可能性缩小,你自己被选拔的可能性就增大了。你内心里这一种幸灾乐祸的想法,完全是由嫉妒产生的。你看,嫉妒心理多丑恶呀,它竟使人对朋友也幸灾乐祸!"

心灵的花园　169

儿子低下了头。

我接着说："如果他并没犯错误，而老师最终选拔他当了班干部，你现在幸灾乐祸，就可能变成一种内心里的愤恨了。那就叫嫉妒的愤恨。人心里一旦怀有这一种嫉妒的愤恨，就会进一步干出不计后果、危害别人、危害社会的事，最后就只有自食恶果。一切怀有嫉妒的愤恨的人，最终只有那样一个下场……"

接着我给他讲了两件事——有两个女孩儿，她们原本是好朋友，又都是从小学芭蕾的。一次，老师要从她们两人中间选一个主角。其中一个，认为肯定是自己，应该是自己，可老师偏偏选了另一个。于是，她就在演出的头一天晚上，将她好朋友的舞裙，剪成了一片一片的。另外有两个女孩儿，是一对小杂技演员。一个是"尖子"，也就是被托举起来的。另一个是"底座"，也就是将对方托举起来的。她们的演出几乎场场获得热烈的掌声。可那个"底座"不知为什么，内心里埋下了嫉妒，总是莫名其妙地觉得，掌声是为"尖子"一个人鼓的。她觉得不公平。日复一日，那一种暗暗的嫉妒，就变成了嫉妒的愤恨。她总是盼望着她的"尖子"出点儿什么不幸才好。终于有一天，她故意失手，制造了一场不幸，使她的"尖子"在演出时当场摔成重伤……

最后我对儿子讲，如果那两个因嫉妒而干伤害别人之事的女孩儿，不是小孩儿是大人，那么她们的行为就是犯罪行为了……

儿子问："大人也嫉妒吗？"

我说大人尤其嫉妒。一旦嫉妒起来尤其厉害，甚至会因嫉妒杀人放火干种种坏事。也有因嫉妒太久，又没机会对被嫉妒的人下手而自杀的……

我说，凡那样的大人，皆因从小的时候开始，就让嫉妒这颗种子，在心灵里深深扎了根。他们的内心世界，不是花园，不是苗圃，而是荆棘密布的乱石岗……

儿子问："爸爸你也嫉妒过吗？"

我说我当然也嫉妒过，直到现在还时常嫉妒比自己幸运、比自己优越、比自己强的人。我说人嫉妒人是没有办法的事。从伟大的人到普通的人，都有嫉妒之心。没产生过嫉妒心的人是根本没有的。

儿子问："那怎么办呢？"

我说，第一，要明白嫉妒是丑恶的，是邪恶的。嫉妒和羡慕还不一样。羡慕一般不产生危害性，而嫉妒是对他人和社会具有危害性和危险性的。第二，要明白，不可能一切所谓好事，好的机会，都会理所当然地降临在你自己头上。当降临在别人头上时，你应对自己说，我的机会和幸运可能在下一次。而且，有些事情并不重要。比如对于一个小学生来说，当上当不上班干部，并不说明什么。好好学习，才是首要的……

儿子虽然只有十多岁，但我经常同他谈心灵。不是什么谈心，而是谈心灵问题。谈嫉妒，谈仇恨，谈自卑，谈虚荣，谈善良，谈友情，谈正直，谈宽容……

不要以为那都是些大人们的话题。十几岁的孩子能懂这些方面的道理了，该懂了。而且，从我儿子，我认为，他们也很希望懂。我认为，这一切和人的内心世界有关的现象，将来也必和一个人的幸福与否有关。我愿我的儿子将来幸福，所以我提前告诉他这些……

邻居们都很喜欢我的儿子，认为他是个"懂事"的好孩子。同学们跟他也都很友好，觉得和他在一起高兴，愉快。

我因此而高兴，而愉快。

我知道，一个心灵的小花园，"侍弄"得开始美好起来了。

我心灵的诗韵

怀 疑

◎对于人,怀疑是最接近天性的。人有时用一辈子想去相信什么,但往往在几分钟甚至几秒钟内就形成了某种怀疑,并且像推倒多米诺骨牌一样去影响别人……

怀疑是一种心理喷嚏,一旦开始便难以中止,其过程对人具有某种快感。尤其当事情重大,当怀疑和责任感什么的混杂在一起,它往往极迅速地嬗变为结论,一切推理都会朝一个主观的方向滑行……

◎在任何时候,在任何情况之下,倘对出于高尚冲动而死的人,哪怕他们死得并不其所——表现出即使一点点儿轻佻,也是有人心的。是的,你可以为之遗憾,但请别趁机轻佻……

◎那些挥霍无度的男人和那些终日沉湎于享乐的女人——当他们和她们凑在一起的时候,人生便显得癫狂又迷醉。但,仅此而已。我们知道,这样的人生其实并没太大的意思,更遑论什么意义了……

◎同样的策略，女性用以对付男性，永远比男人技高一筹，稳操胜券……

激　情

◎人的诉说愿望，尤其女人的，一旦寻找到机会，便如决堤之水，一泻千里，直到流干为止……

◎某些时候，众人被一种互相影响的心态所驱使而做的事，大抵很难停止在最初的愿望。好比许多厨子合做一顿菜，结果做出来的肯定和他们原先商议想要做成的不是一道菜。在此种情况下，理性往往受到嘲笑和轻蔑。而激情和冲动，甚至盲动，往往成为最具凝聚力和感召力的精神号角。在此种情况之下，人人似乎都有机会有可能像三军统帅一样一呼百应千应万应——而那正是人人平素企盼过的，因而这样的时候对于年轻的心是近乎神圣的。那种冲动和激情嚣荡起的漩涡，仿佛是异常辉煌的，魅力无穷的，谁被吸住了就会沉入蛮顽之底……

虔　诚

◎追悼便是活人对死的一种现实的体验，它使生和死似乎不再是两件根本不同的事，而不过是同一件事的两种说法了。这使虔诚的人更加心怀虔诚，使并不怎么虔诚的人暗暗感到罪过。这样虔诚乃是人类最为奇特的虔诚，肯定高于人对人产生崇拜时那种虔诚。相比之下，前者即使超乎寻常也被视为正常，而后者即便寻常也会显得做作……

◎即使神话或童话以一种心潮澎湃的激越之情和一种高亢昂扬的自己首先坚信不疑的腔调讲述，也会使人觉得像一位多血质的国家元首的就职演说，故而，多血质的人可以做将军，但不适于出任国家元首。因为他们往往会把现实中的百姓带往神话或童话涅槃……

◎普遍的人们，无论男人抑或女人，年轻的抑或年老的，就潜意识而言，无不有一种渴望生活戏剧化的心理倾向。因为生活不是戏剧，人类才创造了戏剧以弥补生活持久情况之下的庸常。许多人的许多行为，可归结到企图摆脱庸常这一心理命题。大抵，越戏剧化越引人入胜……

◎于今天的年轻人，虔诚并非一种值得保持的可贵的东西。不错，即使他们之中说得上虔诚的男孩儿和女孩儿，那虔诚亦如同蝴蝶对花的虔诚。而蝴蝶的虔诚是从不属于某一朵花的。他们的虔诚——如果确有的话，是既广泛又复杂的。像蒲公英或芦棒，不管谁猛吹一口气，便似大雪纷纷。他们好比是积雨云——只要与另一团积雨云摩擦，就狂风大作，就闪电，雷鸣，就云若泼墨，天地玄黄，大雨倾盆。但下过也就下过了。通常下的是阵雨。与积雨云不同的是——却并不消耗自己……

◎人们在散步的时候，尤其在散步的时候，即使对一句并不睿智，并不真值得一笑的话，也往往会慷慨地赠予投其所好的一笑。

人们的表情拍卖，在散步的时候是又廉价又大方的……

权　威

◎一种权威，如果充分证明了那的确是一种权威的话，如果首先依恃它的人一点儿不怀疑它的存在的话，那么看来，无论在何时何地，它就不但是真实存在的，而且是可以驾驭任何人任何一种局面的。在似乎最无权威可言的时候和情况下，普通的人，其本质上，都在盼望着有人重新管理他们的理性，并限制他们的冲动。人，原来天生是对绝对的自由忍耐不了多久的。我们恐惧自己行为的任性和放纵，和我们有时逆反和逃避权威的心理是一样的。我们逃避权威永远是一时的，如同幼儿园的儿童逃避阿姨是一时的。我们本质上离不开一切权威。这几乎是我们一切人的终生的习惯。无论我们自己愿意或不愿意承认，事实如此……

给表上一次弦，起码走二十四小时。给人一次"无政府主义"的机会，哪怕是他们自己选择的，起码二十四年内人们自己首先不愿再经历。于权威而言"无政府主义"更是大多数人所极容易厌倦的……

希　望

◎希望是某种要付出很高代价的东西。希望本身无疑是精神的享受，也许还是世界上最主要的精神的享受。但是，像其他所有不适当地受着的快乐一样，希望过奢定会受到绝望之痛的惩罚。某种危险的希望，不是理性的，所期待产生的不合乎规律的事件，而不过是希望者的要求罢了。危险的希望改变了正常的过程，从根本上说，是只能破坏实现什么的普遍规则的……

◎行动总是比无动于衷更具影响力。任何一种行动本身便是一种影响，任何一种行动本身都能起到一种带动性。不过有时这种带动性是心理的，精神的，情绪的，潜意识的，内在的，不易被判断的。而另一些时候则会产生趋之若鹜的从众现象……

爱

◎爱是一种病。每一种病都有它的领域：疯狂发生于脑，腰痛来自椎骨；爱的痛苦则源于自由神经系统，由结膜纤维构成的神经网。情欲的根本奥秘，就隐藏在那看不见的网状组织里。这个神经系统发生故障或有缺陷就必然导致爱的痛苦，呈现的全是化学物质的冲击和波浪式的冲动。那里织着渴望和热情，自尊和嫉恨。直觉在那里主宰一切，完全信赖于肉体。因为它将人的生命的原始本能老老实实地表达出来。理性在那里不过是闯入的"第三者"……

◎男人结婚前对女人的好处很多——看电影为她们买票，乘车为她们占座，进屋为她们开门，在饭店吃饭为她们买单，写情书供她们解闷儿，表演"海誓山盟"的连续剧让她们观赏……

结婚以后，男人则使她们成为烹饪名家——"那一天在外边吃的一道菜色香味儿俱全，你也得学着做做！"还锻炼她们的生活能力——"怎么连电视机插头也不会修？怎么连保险丝也不会接？怎么连路也不记得？怎么连……"

最终女人什么都会了,成了男人的优秀女仆。男人还善于培养她们各种美德,控制她们花钱,教导她们"节俭",用"结了婚的女人还打扮什么"这句话教导她们保持"朴实"本色。用纠缠别的女人的方式来使她习惯于"容忍",用"别臭美啦"这句话来使她们懂得怎样才算"谦虚"……但如果一个女人漂亮,则一切全都反了过来……

◎我时常觉得,一根联系自己和某种旧东西的韧性很强的脐带断了。我原是很习惯于从那旧东西吸收什么的,尽管它使我贫血,使我营养不良。而它如今什么也不能再输导给我了。它本身稀释了,淡化了,像冰融为一汪水一样。脐带一断,婴儿落在接生婆血淋淋的双手中。我却感到,自己那根脐带不是被剪断的,它分明是被扭扯断的,是被拽断的,是打了个死结被磨断的。我感到自己仿佛是由万米高空坠下,没有地面,甚至也没有水面,只有一双血淋淋的接生婆的手……

而我已不是一个婴儿,是一个男人,一个长成了男人的当代婴儿,一个自由落体……我只有重新成长一次。我虽已长成一个男人,可还不善于消化和吸收生活提供给我的新"食物"。我的牙齿习惯于咬碎一切坚硬的带壳的东西,而生活提供给我的新"食物",既不坚硬也不带壳。它是软的,黏的,还粘牙,容易消化却难以吸收……

我必须换一个胃么?我必须大换血么?我更常常觉得我并没有被一双手真正托住。或者更准确地说,我并没有踏在地上,而不过是站在一双手上……大人们,不是常常让婴儿那么被他们的双手托着的吗?……

嬗 变

◎人间英雄主义的因子如果太多了,将阻碍人的正常呼吸……

◎骆驼有时会气冲斗牛,突然发狂。阿拉伯牧人看情况不对,就把上衣扔给骆驼,让它践踏,让它噬咬得粉碎,等它把气出完,它便跟主人和好如初,又温温顺顺的了……

聪明的独裁者们也懂得这一点的。

◎讲究是精神的要素,与物质财富并没有太直接的关系。满汉全席可以是一种讲究,青菜豆腐也是一种讲究。物质生活不讲究的社会,很少讲究精神生活,因为精神观念是整体的……

◎现在的人们变得过分复杂的一个佐记,便是通俗歌曲的歌词越来越简单明了……

◎破裂从正中观察,大抵是对称的射纹现象——东西、事件和人的关系,都是这样……

◎信赖是不能和利益一样放在天平上去称的。

◎友情一经被精明所利用,便会像钻石变成了碎玻璃一样不值一文……

◎一次普通的热吻大约消耗九个卡路里,亲三百八十五次嘴儿或可减轻体重半公斤。由此可见,爱不但是精神的活动,而且是物质的运动……

◎友情和所谓"哥们儿义气"是有本质区别的。"哥们儿义气"连流氓身上也具有，是维系他们之间普遍关系的链条。而友情是从人心通向人心的虹桥……

理　解

◎生活中原本是有误会和误解存在的。谁没误解别人？谁没被人误解过？误会和误解，倘被离间与挑唆所谋，必然会造成细碎的过节儿和不泯的仇憎。品格优良的人，对误会和误解的存在，应以正常的原则对待，便不至于给小人们以可乘之机。误会和误解也便不会多么持久……

◎在生活中，成心制造的误会和误解并不比梅雨季节阴湿墙角生出的狗尿苔少，因而我们有些人才变得处处格外谨小慎微，唯恐稍有疏忽。成了这一类"误会"和"误解"的牺牲品……

◎某一类人存在，某一类事注定发生；好比有蛹的存在，注定有蝇的孵出……

◎尽管现实之人际正变得虚伪险诈，但并非已到了"他人皆地狱"的程度。只要我们稍微留意，便不难观察到，常言"他人皆地狱"者，其实大抵活得相当快意，一点儿也不像在地狱之中受煎熬——人们，千万要和他们保持距离啊！

◎宽忍而无原则，其实是另一种怯懦……

人　格

◎人，不但要有起码的保护自己生命的主动意识，也应有维护自己尊严的主动意识。一个连自己保护自己的冲动都丝毫没有的人，当他夸夸其谈对他人对社会的任何一方面的责任感时，是胡扯……

◎中国许多方面的问题，或曰许多方面的毛病，不在于做着的人们，而在于不做或什么也做不了或根本就什么也不想做的甚至连看着别人做都来气的人。做着的人，即使也有怨气怒气，大抵是一时的。他们规定给自己的使命不是宣泄，而是做。不做或什么也做不了或根本就什么也不想做甚至连看着别人做都气不打一处来的人，才有太多的工夫宣泄。因为他们气不打一处来，所以他们总处在生气的状态下。所以他们总需要宣泄。宣泄一次后，很快就又憋足了另一股气。这股气那股气无尽的怨气怒气邪气，沉瀣一气，氤氲一体，抑而久之，泻而浩之，便成人文方面的灾难……

◎我常和人们争论——我以为做人之基本原则是，你根本不必去学怎样做人。所谓会做人的人，和一个本色的人，完全两码事。再会做人的人，归根到底，也不过就是"会做人"而已。一个"会"字，恰说明他或她是在"做"而不是"作为"。

我绝不与"会做人"的人深交。这样的人使我不信任。因为他或她在接受我的信任或希望获得我的信任时，我怎知他或她那不是在"做"？想想吧，一个人，尤其一个男人，"会做人"地活着而不是作为一个人地活着，不使人反感么？倘我是一个女人，无论那样的男人多么风流倜傥，多么英俊潇洒，我也是爱不起来的。除非我和他一样，都是"做"人的行家。我简直无法想象一个女人和一个善于"做"人的男人睡觉那一种古怪感觉。那，爱可真叫是"做"爱了……

◎我们在对文字过分谨慎地加以修饰的同时，在我们最初的思想和感情经过打扮的同时，"最初的"思想和情感也便死亡了。不，我要写的不是那样的一篇东西。绝对地不是。绝对地并不那样写。我要我的笔直接地从我的头脑和心灵之中扯出丝缕。它可断了再连起来，但我不允许我的笔像纺锤一样纺它。它从我头脑和心灵之中扯出的丝缕，当然应该是属于"最初的"那一种。毛糙而真实。爱憎之情，必是"最初的"。正如冬季里的一个晴日，房檐上冰融化滴下的水滴，在它欲落未落的那一瞬间它才是它，之前和之后它都不是它，也就不是什么最初的……

珍　惜

◎每个人内心里其实都应有一个小宝盒——收藏着点值得珍惜的东西。我们所做之事，有时既不但为着别人，同时也为着我们自己。人需要给自己的记忆保留些值得将来回忆一下的事情。当我们老了的时候，我们的回忆足以向我们自己和我们的下一代证明，人生中还是不乏温馨和美好的，这一个小宝盒是轻易不可打开示人的。一旦打开来，内心的宝贵便顷刻风化……

女　人

◎事实上，一个男人永远也无法了解一个女人。他无论怎样努力，都是深入不到女人的心灵内部去的。女人的心灵是一个宇宙，男人的心灵不过是一个星球而已。站在任何一个星球上观察宇宙，即使借助望远镜，你又能知道多少，了解多少呢？……

◎女人无论成为一个什么样的女人，都有希望被某个男人充分理解的渴望——女人对女人的理解无论多么全面而且深刻，都是不能使她们获得慰藉的。这好比守在泉眼边而渴望一钵水，她们要的不是水，还有那个盛水的钵子……还不明白这个道理的女人，不是一个成熟的女人。有些女人，在她们刚刚踏入生活不久，便明白了这个道理。她们是幸运的。有些女人，在她们向这个世界告别的时候，也许还一直没弄明白这个道理。她们真是不幸得很……

◎好女人是一所学校。

◎一个好男人通过一个好女人走向世界……

◎一个男人的一百个男朋友，也没有一个好女人好；一个男人的一百个男朋友，也不能替代一个好女人。好女人是一种教育。好女人身上散发着一种清丽的春风化雨般的妙不可言的气息，她是好男人寻找自己，走向自己，然后又豪迈地走向人生的百折不挠的力量……

好女人使人向上。事情往往是这样；男人很疲惫，男人很迷惘，男人很痛苦，男人很狂躁；而好女人更温和，好女人更冷静，好女人更有耐心，好女人最肯牺牲。好女人暖化了男人，同时弥补了男人的不完整和幼稚……

◎当你走向战场和类似战场的生活，身后有一位好女人相

我心灵的诗韵

送,那死也不是可怕的了!当你感到身心疲惫透顶的时候,一只温暖的手放在你的额头,一觉醒来,你又成了朝气蓬勃的人。当你糊涂又懒散,自卑自叹,丧失了目标,好女人温柔的指责和鞭策,会使你羞惭地进行自省……

◎女人是因为产生了爱情才成为女人的。

爱 情

◎爱情乃是人生诸事业中最重要的事业,是其他事业的阶梯;其他事业皆攀此阶梯而达到某种高度。这一事业的成败,可使有天才的人成为伟人,也可使有天才的人成为庸人……

◎人道乃是人类尊重生命的道德;人性乃是人类尊重人的悟性;而爱证明,人不但和动物一样有心脏,还有动物没有的心灵……

◎每一个人都有自己的帆。有的人一生也没有扬起过他或她的帆;有的人刚一扬起他或她的帆就被风撕破了,不得不一辈子停泊在某一个死湾;有的人的帆,将他或她带往名利场,他或她的帆不过变成了绶带上的一枚徽章,随着时间的流逝而失去光泽;而有的人的帆,直至他或她年高岁老的时候,仍带给他或她生命的骄傲……

◎有一类年轻女性,在她们做了妻子之后,她们的心灵和性情,依然如天真纯良的少女一般。她们是造物主播向人间的稀奇而宝贵的种子。世界因她们的存在,而保持清丽的诗意;生活因她们的存在,而奏出动听的谐音;男人因她们的存在,而确信活着是美好的。她们本能地向人类证明，女人存在的意义，不是为世界助长雄风，而是向生活注入柔情……

◎受伤的蚌用珠来补它们的壳……

◎没有一个女人，任何一个家庭都不是完整的家庭。人类首先创造了"女人"二字，其后才创造了"家庭"一词。女人，对于男人们来说，意味着温暖、柔情、抚慰、欢乐和幸福。有男人的刚强，有男人的隐忍，有男人的自信，有男人的勇敢，甚至也有男人的爱好和兴趣……但是男人们没有过属于他们自己的幸福。是的，从来没有过。而只有女人们带给男人们，并为他们不断设计、不断完善、不断增加、不断美化的幸福。"幸福"是一个女性化的词。

年　轮

◎每个人的一生都有几个年龄界线，使人对生命产生一种紧迫感，一种惶惑。二十五岁、三十岁、三十五岁……二十五岁之前我们总以为我们的生活还没开始，而青春正从我们身旁一天天悄然逝去。当我们不经意地就跨过了这人生的第一个界线后，我们才往往大吃一惊，但那被诗人们赞美为"黄金岁月"的年华却已永不属于人们。我们不免对前头两个界线望而却步。幻想着能逗留在二十五岁和三十岁之间。这之间的年华，如同阳光映在壁上的亮影，你看不出它的移动。你一旦发现它确是移动了，白天已然接近黄昏，它暗了，马上就要消失，于是你懵懵懂懂地跨过了人生的第二个界线，仿佛被谁从后猛推一掌，跌入一个本不想进入的门槛……

◎即使旧巢毁坏了,燕子也要在那个地方盘旋几圈才飞向别处,这是生物本能;即使家庭分化解体了,儿女也要回到家里看看再考虑自己今后的生活打算,这是人性。恰恰相反的是——动物和禽类几乎从不在毁坏了巢穴的地方继续栖身,而人则几乎一定要在那样的地方重建家园……

◎在山林中与野兽历久周旋的猎人,疲惫地回到他所栖身的那个山洞,往草堆上一倒,许是要说一句——"总算到家了"吧?……即便不说,我想,他内心里也是定会有那份儿感觉的吧?云游天下的旅者,某夜投宿于陋栈野店,头往枕上一挨,许是要说一句——"总算到家了"吧?……即便不说,我想,他内心里也是定会有那份儿感觉的吧?

一位当总经理的友人,有次邀我到乡下小住,一踏入农户的小院,竟情不自禁地说:"总算到家了!"

他的话使我愕然良久……

切莫猜疑他们夫妻关系不佳,其实很好的。

为什么,人会将一个洞、一处野店,乃至别人家,当成自己"家"呢?

我思索了数日,终于恍然大悟——原来人人除了自己的躯壳需要一个家而外,心灵也需要一个"家"的。至于那究竟是一处怎样的所在,却因人而异了……

心灵的"家"乃是心灵得以休憩的地方。休憩的代名词当然是"请勿打扰"。

是的，任何人的心灵都是需要休憩的——所以心灵有时候不得不从人的家里出走，找寻到自己的"家"……

遗憾的是，几乎我们每一个人都有家，而我们疲惫的心灵却似无家可归的流浪儿。朋友，你倘以这种体验去听潘美辰的歌《我想有个家》，难免不泪如泉涌……

谎　言

◎谎言是有惯性的。当它刹住，甩出的是真实……

◎友情好比一瓶酒，封存的时间越长，价值则越高；而一旦启封，还不够一个酒鬼滥饮一次……

◎男人在骗人的时候比他一向更巧舌如簧；女人在要骗人的时候比她一向更漂亮多情……

◎男人宁愿一面拥着女人的娇体，吻着她的香唇，同时听着她娓娓动听的关于爱的谎言；而不愿女人庄重地声明她内心里的真话——"我根本不爱你"……使我们简直没法说，男人在这种时候究竟是幻想主义者还是现实主义者。由此可见，幻想主义和现实主义，在特殊情况之下是可以统一的。拥吻着现实而做超现实的幻想，睁大眼睛看看，我们差不多都在这么活着……

◎因为在生活中没有所谓"平等"可言乃是大的前提，所以人在游戏时有时候力求定下诸多"平等"的原则……

◎几乎每一个人都极言自己的活法并不轻松，可是几乎每一个人都不肯轻易改变自己的活法，足见每一个人都具有仿佛本能的明智——告诉他或她，属于他或她的活法，也许最好是目前的活法……

◎言论自由的妙处在于——当你想说什么就可以说什么的时候，我们大多数人似乎便无话可说了……

◎在聚餐点菜的时候，我们常常可以发现民主的负面……

◎当护士在你的臀部打针的时候，你若联想到你敬畏而又轻蔑的某些大人物的屁股上，也必留下过针眼儿，你定会暗自一笑，心里平和许多……

◎人：给我公平！

时代：那是什么？

人：和别人一样的一切！

时代：你和哪些别人一样？

人　生

◎时代抛弃将自己整个儿预售给他人的人，犹如旅者扔掉穿烂的鞋子……

◎朋友，你一定也留意过秋天落叶吧？一些半黄半绿的叶子，浮在平静的水面上，向我们预示着秋天的最初的迹象。秋天的树叶是比夏天的树叶更美丽的。阳光和秋风给它们涂上了金黄色的边儿。金黄色的边儿略略向内卷着，仿佛是被巧手细致地做成那样的，仿佛是要将中间的包裹起来似的。那，也与夏天的绿不同了。少了些翠嫩，多了些釉青。叶子的经络，也显得格外分明了，像血管，看去仍有生命力在呼吸……它们的叶柄居然都高翘着，一致地朝向前方，像一艘艘古阿拉伯的海船……树是一种生命。叶亦是一种生命。当明年树上长出新叶时，眼前这些落叶早已腐烂了。它们一旦从树上落下，除了拾标本的女孩儿，谁还关注它们？而这恰恰是它们两种色彩集于一身，变得最美丽的时候。而使它们变得美丽的，竟是死亡的色彩……

人也是绝不能第二次重度自己的某一个季节的，故古人诗曰——莫道桑榆晚，为霞尚满天。人呵，钟爱自己的每一个人生季节吧！也许这世界上只有钱这种东西才是越贬值越重要的东西。生活的的确确是张着大口要每一个人不停地用钱喂它。而每一个人又都不得不如此。随处可见那样一些人，他们用钱饲喂生活，如同小孩儿用糖果饲喂杂技团铁笼子里的熊一般慷慨大方。而不把生活当成那样的熊的人，则经常最感缺少的竟是钱……

◎对女人们的建议——像女人那样活着，像男人那样办事……

◎在人欲横流的社会，善良和性行为同样都应有所节制。无节制的前者导致愚蠢。无节制的后者——我们都已知道，导致艾滋病……

◎美好的事物之所以美好，恰在于恰当的比例和适当的成分。酵母能使蒸出来的馒头雪白暄软，却也同样能使馒头发酸……

◎是的，每一个人都有向谁述说的愿望，或曰本能。幸运的人和不幸的人都是如此。在这一点上，人的内心世界是很渺小

我心灵的诗韵

的。幸运稍微多一点儿或者不幸稍微大一点儿，就会从心里溢出来，所谓水满自流……

◎我的同代人是这样的一些人——如同大潮退后被遗留在沙滩上的鱼群，在生活中啪啪嗒嗒地蹦跳着，大张着他们干渴的嘴巴，大咧着他们鲜红的腮，挣扎而落下一片片鳞，遍体伤痕却呈现出令人触目惊心的、活下去的生命力。正是那样一种久经磨砺的生命力，仿佛向世人宣言，只要再一次大潮将他们送回水中，他们虽然遍体伤痕但都不会死去。他们都不是娇贵的鱼。他们将在水中冲洗掉磨进了他们躯体的尖锐的沙粒……

然而时代作用于他们的悲剧性在于——属于他们的大潮已过……

◎男人是通过爱女人才爱生活的……

◎为什么那么多人觉得表达出享受生活的愿望仿佛是羞耻的？其实这种愿望是隐瞒不住的。就像咳嗽一样，不管人怎样压制，它最终还是会真实地表现出来……

◎女人如果不能够靠自己的灵性寻找到一个真实的自我，那么她充其量最终只能成为某一男人的附属品。一切对人生的抱怨之词大抵是从这样的女人口中散播的。而实际上这样的女人又最容易对人生感到满足。只要生活赐给她们一个外表挺帅的男人，她们就会闭上嘴巴的。即使别人向她们指出，那个男人实际上朽木不可雕也，她们仍会充满幻想地回答：可以生长香菇。她自己就是香菇……

◎对于一个男人，任何一个有魅力的女人，要取代一个死去了的女人在他心灵中的位置的话，绝不比用石块砸开一颗核桃难。不管她生前他曾多么爱她。而反过来则不一样……

◎大多数女人天生比男人的心灵更钟于情爱……

◎人生有三种关系是值得特别珍惜的——初恋之情，患难之交，中学同学之间的友谊。中学同学是有别于大学同学的。大学同学，因为"大"了，则普遍是理性所囿的关系，难免掺杂世故的成分。但在中学同学之间，则可能保持一种少男少女纯本的真诚。在中学同学之间，即使后来学得很世故的人，往往也会羞于施展。就算当上了总统的人，见了中学时代的好朋友，也愿暂时忘记自己是总统，而见了大学同学，却会不由自主地时常提醒自己，别忘了自己已然是总统……

◎哀伤并不因谁希望它有多久，就能在人心里常驻……

◎世上没有利用不完的东西。人对人的利用是最要付出代价的，而且是最容易贬值的……

◎几乎所有的人，当心灵开始堕落的时候，起初都认为这世界变邪了……

◎宁静的正确含义是这样的——它时时提醒我们这世界是不宁静的……

◎我们通常所说作"灵魂"的东西，恐怕原本未必是那么不喜欢孤独的东西，恐怕原本未必是那么耐不住寂寞的。也许恰恰相反，不喜欢孤独的是人自身，耐不住寂寞的也是人自身。而"灵魂"，其实是个时时刻刻伺机寻求独立时时刻刻企图背叛人

我心灵的诗韵

却又无法彻底实现独立的东西……

◎看电影是娱乐，办丧事也容易导向娱乐，而且是可以身心投入的娱乐。是可以充当主角、配角、有名次的群众演员和一般性无名次的群众演员娱乐。大办便意味着有大场面，有大情节，有大高潮……

◎能够使心灵得以安宁的爱情，无论于男人抑或女人，都不啻是一件幸事。安宁之中的亲昵才适合氤氲出温馨，而温馨将会长久地营养爱情。

◎爱情的真谛可以理解为如下的过程——第一是爱上一个人。第二是被一个人所爱。第三，至关重要的是，祈求上帝赐助两者同时发生……

◎医治失恋并无什么灵丹妙药，只有一个古老的偏方——时间，加上别的姑娘或女人……

◎中国的贫穷家庭的主妇们，对生活的承受力和耐忍力是极可敬的。她们凭一种本能对未来充满憧憬，虽然这憧憬是朦胧的、盲目的，带有虚构的主观色彩的。她们的孩子，是她们这种憧憬中的"佛光"……

姑　娘

◎一个男人二十多岁时认为非常好的姑娘，到了三十五六岁回忆起来还认为非常好，那就真是好姑娘了。在二十多岁的青年眼中，姑娘便是姑娘。在三十五六岁以上年龄的男人眼中，姑娘是女人。这就得要命。但男人们大抵如此。所以大抵只有青年或年轻人，才能真正感到一个"姑娘"的美点。到了"男人"这个年龄，觉得一个姑娘很美，实在是觉得一个女人很美。这之间是有区别的。其区别犹如蝴蝶和彩蛾……

◎二十岁缺少出风头的足够勇气和资本，三十岁起码因此吸取了一两次教训。二十五岁，二十五岁，这真是年轻人最最渴望出风头的年龄！年轻人爱出风头，除了由于姑娘们的存在，难道不会因为别的什么刺激吗？只有小伙子在一起的情况下，最爱出风头的他们，也没多大兴致出风头。正如只有姑娘在一起的情况下，连最爱打扮的她们，也没多大兴致打扮自己。出风头实在是小伙子们为姑娘们打扮自己的特殊方式——你说一名在演兵场上操练的士兵如果出风头，只不过是企图博取长官的夸奖？那么士兵企图博取长官的夸奖是为了什么呢？为了改变领章和肩章的星豆？为了由列兵而上等兵？为了由上等兵而下士？为了由下士而……可这一切归根结底又是为什么呢？尽管演兵场附近没有姑娘影子……

◎爱情方面的幸福，不过是人心的一种纯粹自我的感觉。心灵是复杂而微妙的东西。幸福并不靠别人的判断才得出结论。一个人倘真的认为他是幸福的，那么他便无疑是幸福的……

◎我们曾经从自诩自恃的"无产阶级"的立场所指斥的"小资产阶级"的情调，我认为实实在在是人类非常普遍的富有诗意的情调。我们的生活中如果断然没有了这一种情调，那真不知少男少女们会变成什么样子，恋爱中的年轻人怎么彼此相爱，而我们的生活又将会变成什么样子。

孤 独

◎ 有两种人对孤独最缺少耐受力。一种是内心极其空旷的人，一种是内心极其丰富的人。空旷，便渴望从外界获得充实；丰富，则希图向外界施加影响。而渴望从外界获得充实的孤独比希图向外界施加影响的孤独可怕得多，它不是使人的心灵变得麻木，就是使人的心灵变得疯狂……

空旷的心灵极易被幽暗笼罩。而人类情感的诗意和崇高的冲动会在这样的心灵中消退，低下的欲念和潜意识层的邪恶会在这样的心灵中萌生，像野草茂长在乱石之间。

书

◎ 书，是一代人对另一代人的精神馈赠，是历史的遗言，是时代的自由，是社会的"维生素"，是人类文明的"助推器"。各种愚事，当人读一本好书时，就仿佛冰烤向火一样，渐渐化解。它把我们生活中寂寞的晨光变成精神享受时刻。它是我们的"船"，带领我们从狭隘的内心世界驶向明天无垠广阔的精神海洋……

忍 让

◎ 在昆虫方面，毛毛虫变成美丽的蝴蝶；而在人，为什么常常反过来？为什么我们会这么长久，这么长久地容忍这一种丑恶的嬗变？

◎我们每个人都根本无法预测，将会有怎样的悲剧突然降临在我们头上。等你从某种祸事或不幸中愕醒，你或许已经失去了原先的生活，以及一切维系那种生活的条件，你面临着另一种从前绝不曾想到过的严峻生活，整个世界仿佛在你面前倾斜了。在这种情况下——人能忍受自己，便能忍受一切。

◎阳光底下，再悲惨、再恐怖的事情，都能以人的胸襟和对生命的热爱而将它包容。人类正是靠了这一种伟大的能力繁衍到今天。

怀　念

◎怀念，这是人作为人的最本质的，最单纯的，最自己的，最顽固的权利，它为心所拥有。当人心连这种任什么人的什么威慑也无法剥夺的权利都主动放弃了，人心就不过是血的泵罢了……

◎大多数人在学会了与生活"和平共处"的时候，往往最能原谅自己变成了滑头，但却并不允许自己变成恶棍。可以做到聆听滑头哲学保持沉默，但毕竟很难修行到容忍恶棍理论冒充新《道德经》的地步……

而人类的希望也许正体现在这一点上。

◎对于三十多岁的女人，生日是沮丧的加法。

三十三岁的女人，即或漂亮，也是谈不上"水灵"的。她们是熟透了的果子，生活是果库，家庭是塑料袋儿，年龄是贮存期。她们的一切美点，在三十三岁这一贮存期达到了完善——如果确有美点的话。熟透了的果子是最不易贮存的果子，需要贮存的东西是难以保留的东西。三十三岁是女人生命链环中的一段牛皮筋，生活、家庭既能抻长它又能老化它。这就是某些女人为什么三十四岁了三十五岁了三十六岁了依然觉得自己逗留在三十三岁上，依然使别人觉得她们仍像三十三岁的缘故，这是某些女人为什么一过三十三岁就像秋末的园林般没了色彩没了生机一片萧瑟的缘故……

◎某类好丈夫如同好裁缝，家庭是他们从生活这匹布上裁下来的。他们具备剪裁的技巧。他们掂掇生活，努力不被生活所掂掇。与别的男人相比较而言，他们最优秀之处是他们善于做一个好丈夫。而他们的短处是他们终生超越不了这个"最"。如果他们娶了一个对生活的欲望太多太强的女人，是他们的大不幸，随遇而安的女人嫁给他们算是嫁着了……

◎女人需要自己的家乃是女人的第二本能。在这一点上，她们像海狸。普通的女人尤其需要自己的家，哪怕像个小窝一样的家。嘲笑她们这一点的男人，自以为是在嘲笑平庸。他们那种"超凡脱俗"的心态不但虚伪而且肤浅。他们忘了他们成为男人之前无一个不是在女人们构造的"窝"里长大的。不过人类筑窝营巢的技巧和本领比动物或虫鸟高明罢了……

◎喜欢照镜子的男人绝不少于喜欢照镜子的女人。女人常一边照镜子一边化妆和修饰自己。男人常对着镜子久久地凝视自己，如同凝视一个陌生者，如同在研究他们为什么是那个样子。女人既易接受自己，习惯自己，钟爱自己，也总想要改变自己。

男人既苦于排斥自己，怀疑自己，否定自己，也总想要认清自己……

大多数女人迷惘地寻找着属于自己的那一个男人。大多数男人迷惘地寻找着自我。

男人寻找不到自我的时候，便像小儿童一样投入到女人的怀抱……

男人是永远的相对值。

女人是永远的绝对值。

女人被认为是一个人之后，即或仍保留着某些孩子的天性，其灵魂却永不再是孩子。所以她们总是希望被当作纯洁烂漫的儿童。男人被认为是一个男人之后，即或刮鳞一样将孩子的某些天性从身上刮得一干二净，其灵魂仍趋向于孩子。所以他们总爱装"男子汉"。事实上哪一个男人都仅能寻找到自己的一部分，甚至很小的一部分。正如哪一个女人都不能寻找到一个不使自己失望的"男子汉"一样……

◎女人是男人的小数点，她标在人生的哪一阶段，往往决定一个男人成为什么样的男人。夸父若有一个好女人为伴，大概不至于妄自尊大到去逐日而累死的地步……

我们看到高大强壮伟岸挺拔的男人挽着娇小柔弱的女人信心十足地走着，万勿以为他必是她的"护花神"，她离了他难以生活；其实她对于他可能更重要，谁保护着谁很不一定……爱神、美神、命运之神、死神、战神、和平之神、胜利之神乃至艺术之神都被想象为女人塑造为女人，不是没有原因的。我们勘查人类的心理历程，在最成熟的某一阶段，也不难发现儿童天性的某些特点，实乃因为人类永远有一半男人。女性化的民族如果没有出息，不是因为女人在数量上太多，而是因为男人在质量上太劣……

一个苦于寻找不到自我才投入女人怀抱的男人，终将会使他意识到，他根本不是她要寻找的男人，而不过是延长断奶期的孩子。对于负数式的男人，女人这个小数点没有意义……

女人给她们爱的男人也给她自己生一个孩子，他们互相的爱才不再是小猫小狗之间的亲昵而已……

◎ 婚前与婚后，是男人和女人的爱之两个境界。无论他们为了做夫妻，曾怎样花前月下，曾怎样山盟海誓、如胶似漆、形影不离、耳鬓厮磨、卿卿我我，曾怎样同各自的命运挣扎拼斗、破釜沉舟、孤注一掷、不成功便成仁，一旦他们真正实现了终于睡在经法律批准的同一张床上的夙愿，不久便会觉得他们那张床不过就是水库中的一张木筏而已。爱之狂风暴雨，闪电雷鸣过后，水库的平静既是宜人的也是庸常的……

◎ 现实真厉害，它冷漠地改变着我们每一个人做人的原则和处世的教养……

◎ 没有一种人生不是残缺不全的……

◎ 任何人也休想抓住一个属于自己的完整的人生句号。我们只能抓毁它。抓到手一段大弧或小弧而已。那是句号的残骸。无论怎样认真书写，那仍像一个或大或小的逗号。越描越像逗号。人的生命在胚胎时期便酷似一个逗号。所以生命的形式便是一个逗号。死亡本身才是个句号。

◎生活有时就像一个巨大的振荡器。它白天发动，夜晚停止。人像沙砾，在它开始振荡的时候，随之跳跃，互相摩擦。在互相摩擦中遍体鳞伤。在它停止之时随之停止。只有停止了下来才真正感到疲惫，感到晕眩，感到迷惑，感到颓丧，产生怀疑，产生不满，产生幽怨，产生悲观。而当它又振荡起来的时候，又随之跳跃和摩擦。在跳跃和摩擦着的时候，认为生活本来就该是这样的，盲目地兴奋着和幸福着。白天——夜晚，失望——希望，自怜——自信，自抑——自扬，这乃是人的本质。日日夜夜，循环不已，这乃是生活的惯力……

◎满足是幸福的一种形式；比较是痛苦的一种形式；忘却是自由的一种形式……

◎一千年以前的蜜蜂构筑的巢绝不比今天的蜂巢差劲儿多少。一千年以后的蜜蜂大概还要构筑同样的六边形。蜜蜂世界竟是那么一个恒久的有序世界。细想一想，真替我们人类沮丧，几千年来人类在追求着自身的理想王国，可至今人类世界依然乱糟糟的……

一千年以后人类还能从蜂蜜中提取出什么来呢？……

岁　月

◎男人需要某一个女人的时候，那个女人大抵总是会成为世界上最好的女人；为了连男人自己也根本不相信的赞语，女人便常将自己作为回报……

我心灵的诗韵

◎成人有时想象死亡，正如儿童之有时想象长大……

◎四十岁以后的女人最易对悄然去悄然来的岁月产生恐惧，对生命之仿佛倏然枯萎的现象产生惊悸。她们的老就像一株老榕树，在她们内心里盘根错节，遮成不透雨不透阳光暗幽幽闷郁郁阴凄凄的一个独立王国。她们的情感只能在它的缝隙中如同一只只萤火虫似的钻飞。那神奇的昆虫尾部发出的磷光在她们内心聚不到一起，形成不了哪怕是一小片明媚的照耀，只不过细细碎碎闪闪烁烁地存在而已。幸运的是，当她们过了五十岁以后，反而对皱纹和白发泰然处之了。如此看来，"老"是人，尤其是女人很快便会习惯的某一过程……

◎一个幸福家庭和主妇，有时也会渴望再度成为独身女子，那是对个体复归的本能的向往……

◎我们每个人多像被杂技表演者旋转了又顶在木棍上的盘子，不是继续旋转，便是倒下去被弃于一隅……

◎美国人喜爱"超人"。创造出男"超人"，继而又创造出女"超人"，满足他们的男人们和女人们的"超人"欲。英国人喜爱"福尔摩斯"。"福尔摩斯"被他们的崇尚绅士派头的老一辈忘掉了，他们的新一代便创造出"007"，让他在全世界各地神出鬼没，一边与各种肤色的女人们忙里偷闲地寻欢作乐，一边潇潇洒洒地屡建奇功。法国的男人和女人几乎个顶个地幻想各式各样的爱情；生活中没有罗曼蒂克对他们就像菜没有盐一样。中国人却喜爱"包公"，世世代代地喜爱着，一直喜爱至今天。没有了"包公"，对中国人来说是非常之沮丧的事……

◎在我们的生活中,自私自利和个性独立,像劣酒和酒精一样常被混为一谈,这真可耻。

◎"老"是丑的最高明的化妆师。因而人们仅以美和丑对年轻的男人和女人的外表进行评论,从不对老人们进行同样的评论。老人是人类的同一化的复归。普遍的男人们和女人们对普遍的老人们的尊敬,乃是人类对自身的同一化的普遍认可。

◎今天,在城市,贫穷已不足以引起普遍的同情和怜悯。也许恰恰相反。而富有,哪怕仅仅是富有,则足以使许多人刮目相视了。一个以富为荣的时代正咄咄地逼近着人们。它是一个庞然大物,它是巨鳄,它是复苏的远古恐龙。人们闻到了它的潮腥气味儿。人们都感到了它凶强而猛健的呼吸,可以任富人骑到它的背上,甚至愿意为他们表演节目,绝不过问他们是怎样富的。在它爬行过的路上,它会将贫穷的人践踏在脚爪之下,他们将在它巨大的身躯下变为泥土。于是连不富的人们,也惶惶地装出富者的样子,以迎合它嫌贫爱富的习性,并幻想着也能够爬到它的背上去。它笨拙地,然而一往无前地爬将过来,用它那巨大的爪子拨拉着人。当它爬过之后,将他们分为穷的,较穷的,富的,较富的和极富的。它用它的爪子对人世重新进行排列组合。它将冷漠地吞吃一切阻碍它爬行的事物,包括人。它唯独不吞吃贫穷。它将贫穷留待人自己去对付……

◎女人不能同时兼备可敬和可爱两种光彩。女人若使男人觉得可爱,必得舍弃可敬的披风……

◎人们宁肯彻底遗忘掉自己的天性,而不肯稍忘自己在别人的眼里是怎样的人或应该是一个怎样的人。人们习惯了贴近别人看待我们的一成不变的眼光,唯恐自己一旦天性复归,破坏了自己在别人心目中的形象。所以,和人忘乎所以玩一小时,胜过和人交往一年对人的认识……

种子的力量

当然，种子在未接触到土壤的时候，是没有任何力量可言的。尤其，种子仅仅是一粒或几粒的时候，简直那么渺小，那么微不足道，那么不起眼，谁会对一粒或几粒种子的有无当回事呢？

我们吃的粮食，诸如大米、小米、苞谷、高粱……皆属农作物的种子；桃和杏的核儿，是果树的种子；柳树的种子裹在柳絮里，榆树的种子夹在榆钱儿里；榛树的种子就是我们吃的榛子，松树的种子就是我们吃的松子……都是常识。

据说，地球上的动物，包括人和家畜家禽类在内，哺乳类大约四五千种之多；仅蛇的种类就在两千种以上；鸟类一万五千余种；鱼类三百种以上。虫类是生物中最多的。草虫之类的原生虫类一万五千余种；毛虫之类四千余种；章鱼、墨鱼、文蛤等软体动物近十万种；虾和螃蟹等甲壳类节肢动物估计两万种左右；而我们常见的蜘蛛竟也有三万余种；蝴蝶的种类同样惊人……

那么植物究竟有多少种呢？分纲别类一统计，想必其数字之大，也是足以令我们咋舌的吧？想必，有多少类植物，就应该有多少类植物的种子吧？

而我见过,并且能说出的种子,才二十几种,比我能连缀号说出的《水浒》人物还少半数。

像许多人一样,我对种子发生兴趣,首先由于它们的奇妙。比如蒲公英的种子居然能乘"伞"飞行;比如某些植物的种子带刺,是为了免得被鸟儿吃光,使种类的延续受到影响;而某类披绒的种子,又是为了容易随风飘到更远处,占据新的"领地"……关于种子的许多奇妙特点,听植物学家们细细道来,肯定是非常有趣的。

我对种子发生兴趣的第二方面,是它们顽强的生命力。它们怎么就那么善于生存呢?被鸟啄食下去了,被食草类动物吞食下去了,经过鸟兽的消化系统,随粪排出,相当一部分种子,居然仍是种子。只要落地,只要与土壤接触,只要是在春季,它们就"抓住机遇",克服种种条件的恶劣性,生长为这样或那样的植物。有时错过了春季,它们也不沮丧,也不自暴自弃,而是本能地加快生长速度,争取到了秋季的时候,和别的许多种子一样,完成由一粒种子变成一棵植物进而结出更多种子的"使命"。请想想吧,黄山那棵"知名度"极高的"迎客松",已经在崖畔生长了多少年了啊!当初,一粒松子怎么就落在那么险峻的地方了呢?自从它也能够结松子以后,黄山内又有多少松树会是它的"后代"呢?飞鸟会把它结下的松子最远衔到了何处呢?

我家附近有小园林。前几天散步,偶然发现有一蔓豆角秧,像牵牛花似的缠在一棵松树上。秧蔓和叶子是完全地枯干了。我驻足数了数,共结了七枚豆角。豆荚儿也枯干了。捏了捏,荚儿里的豆子，居然相当地饱满。在晚秋黄昏时分的阳光下，豆角静止地垂悬着，仿佛在企盼着人去摘。

在一片松林中，怎么竟会有这一蔓豆角秧完成了生长呢？

哦，倏忽间我想明白了——春季，在松林前边的几处地方，有农妇摆摊卖过粮豆……

为了验证我的联想，我摘下一枚豆角，剥开枯干的荚儿，果然有几颗带纹理的豆子呈现于我掌上。非是菜豆，正是粮豆啊！它们的纹理清晰而美观，使它们看去如一颗颗带纹理的玉石。

那些农妇中有谁会想到，春季里掉落在她摊床附近的一颗粮豆，在这儿会度过了由种子到植物的整整一生呢？是风将它吹刮来的？是鸟儿将它衔来的？是人的鞋在雨天将它和泥土一起带过来的？每一种可能都是前提。但前提的前提，乃因它毕竟是将会长成植物的种子啊！……

我将七枚豆荚都剥开了，将一把玉石般的豆子用手绢包好，揣入衣兜。我决定将它们带回交给传达室的朱师傅，请他在来年的春季，种于我们宿舍楼前的绿化地中。既是饱满的种子，为什么不给它们一种更加良好的，确保它们能生长为植物的条件呢？

大约是一九八四年，我们十几位作家在北戴河开笔会。集体散步时，有人突然指着叫道："瞧，那是一株什么植物呀？"——但见在一片蒿草中，有一株别样的植物，结下了几十颗红艳艳的圆溜溜的小豆子。红得是那么抢眼，那么赏心悦目。红得真真爱煞人啊！

内中有南方作家走近细看片刻，断定地说："是红豆！"

种子的力量　205

于是有诗人诗兴大发，吟"红豆生南国，春来发几枝"之句。

南方的相思红豆，怎么会生长到北戴河来了呢？而且，孤单单的仅仅一株，还生长于一片蒿草之间。显然，不是人栽种的。也不太可能是什么鸟儿衔着由南方飞至北方带来并且自空中丢下的吧？

年龄虽长，创作思维却最为活跃浪漫的天津作家林希兄，以充满遐想意味的目光望那艳艳的红豆良久，遂低头自语："真想为此株相思植物，写一篇纯情小说呢！"

众人皆促他立刻进入构思状态。

有一作家朋友欲采摘之，林希兄阻曰：不可。曰：愿君勿采撷，留作相思种。数年后，也许此处竟结结落落地生长出一片红豆，供人经过时驻足观赏，岂非北戴河又一道风景？

于是一同离开。林希兄边行边想，断断续续地虚构一则缠缠悱恻的爱情故事，直听得我等一行人肃静无声。可惜十几年后的今天，我已记不起来了，不能复述于此。亦不知他其后究竟写没写成一篇小说发表……

我是知青时，曾见过最为奇异的由种子变成树木的事。某年扑灭山火后，我们一些知青徒步返连。正行间，一名知青指着一棵老松嚷："怎么会那样！怎么会那样！"——众人驻足看时，见一株枯死了的老松的秃枝，遒劲地托举着一个圆桌面大的巢，显然是鹰巢无疑。那老松生长在山崖上，那鹰巢中，居然生长着一株柳树，树干碗口般粗，三米余高。如发的柳丝，繁茂倒垂，形成帷盖，罩着鹰巢。想那巢中即或有些微土壤，又怎么能维持一棵碗口般粗的柳树的根的拱扎呢？众人再细看时，却见那柳树的根是裸露的——粗粗细细地从巢中破围而出，似数不清的指，牢牢抓住着巢的四周。并且，延长下来，盘绕着枯死了的老松的干。柳树裸露的根，将柳树本身，将鹰巢，将老松，三位一体紧紧编结在一起。使那巢看去非常安全，不怕风吹雨打……

一粒种子，怎么会到鹰巢里去了呢？又怎么居然会长成碗口般粗的柳树呢？种子在巢中变成一棵嫩树苗后，老鹰和雏鹰，怎么竟没啄断它呢？

种子，它在大自然中创造了多么不可思议的现象啊！

我领教种子的力量，就是这以后的几件事。

第一件事是——大宿舍内的砖地，中央隆了起来，且在夏季里越隆越高。一天，我这名知青班长动员说："咱们把砖全都扒起，将砖下的地铲平后再铺上吧！"于是说干就干，砖扒起后发现，砖下嫩嫩的密密的，是生长着的麦芽！原来这老房子成为宿舍前，曾是麦种仓库。落在地上的种子，未被清扫便铺上了砖。对于每年收获几十万斤近百万斤麦子的人们，屋地的一层麦粒，谁会格外在惜呢？而正是那一层小小的、不起眼的麦种，不但在砖下发芽生长，而且将我们天天踩在上面的砖一块块顶得高高隆起，比周围的砖高出半尺左右……

第二件事是——有位老职工回原籍探家，请我住到他家替他看家。那是在春季，刚下过几场雨。他家灶间漏雨，雨滴顺墙淌入了一口粗糙的木箱里。我知那木箱里只不过装了满满一箱喂鸡喂猪的麦子，殊不在意。十几天后的深夜，一声闷响，如土地雷爆炸，将我从梦中惊醒。骇然地奔入灶间，但见那木箱被鼓散了几块板，箱盖也被鼓开，压在箱盖上的腌咸菜用的几块压缸石滚落地上，膨胀并且发出了长芽的麦子泄出箱外，在地上铺了厚厚一层……

于是我始信老人们的经验说法——谁如果打算生一缸豆芽，其实只泡半缸豆子足矣。万勿盖了缸盖，并在盖上压石头。谁如果不信这经验，膨胀的豆子鼓裂谁家的缸，就是必然的。

我们兵团大面积耕种的经验是——种子入土，三天内须用拖拉机拉着石碾碾一遍，叫"镇压"。未经"镇压"的麦种，长势不旺。

人心也可视为一片土。

因而有词叫"心地"，或"心田"。

在这样那样的情况下，有这样那样的种子，或由我们自己，或由别人们，一粒粒播下在我们的"心地"里了。可能是不经意间播下的，也可能是在我们自己非常清楚非常明白的情况下播下的。那种子可能是爱，也可能是恨；可能是善良的，也可能是憎恨的，甚至可能是邪恶的。比如强烈的贪婪和嫉妒，比如极端的自私和可怕的报复的种子……

播在"心地"里的一切的种子，皆会发芽，生长。它们的生长皆会形成一种力量。那力量必如麦种隆起铺地砖一样，使我们"心地"不平。甚至，会像发芽的麦种鼓破木箱，发芽的豆子鼓裂缸体一样，使人心遭到破坏。当然，这是指那些丑恶的甚至邪恶的种子。对于这样一些种子，"镇压"往往适得其反。因为它们一向比良好的种子在人心里长势更旺。自我"镇压"等于促长。某人表面看去并不恶，突然一日做下很恶的事，使我们闻听了呆如木鸡，往往便是由于自以为"镇压"得法，其实欺人欺己。

唯一行之有效的措施是，时时对于丑恶的邪恶的种子怀有恐惧之心。因为人当明白，丑陋的邪恶的种子一旦入了"心地"，而不及时从"心地"间掘除了，对于人心构成的危险是如癌细胞一样的。

首先是，人自己不要往"心地"里种下坏的种子；其次是，别人如果将一粒坏的种播在我们心里了，那我们就得赶紧操起我们理性的锄子……

"人之性如水焉，置之圆则圆，置之方则方"——古人在理之言也。

人类测试出了真空的力量。

人类也测试出了蒸汽的动力。

并且，两种力都被人类所利用着。

可是，有谁测试过小小的种子生长的力量么？

什么样的一架显微镜，才能最真实地摄下好的种子或坏的种子在我们"心地"间生长的速度与过程呢？

没有之前，唯靠我们自己理性的显微倍数去发现……

种子的力量

最合适的,便是最美的

哪一个青年没有过思想?谁甘愿度过平庸的一生?

当这样的问题摆在面前,很多人也许会想到宗教。

其实宗教也是一种理想。

人和植物、动物的区别,重要的一点恰恰在于人会设计自己的愿望,有实现这一愿望的冲动。理想使人高出宇宙万物,理想使人具有百折不挠的精神力量。因而当人实现这一愿望的冲动受挫,理想便使人痛苦。

如果能够进行统计的话,实现了自己的理想的人必然是少数。那么是否绝大多数的人又都是不幸的呢?我相信不是这样。

理想,说到底,无非是对某一种活法的主观的选择。客观的限制通常是强大于主观的努力的。只有极少数人的主观努力,最终突破了客观的限制,达到了理想的实现,这便使人对"主观努力"往往崇拜起来,以为只要进行了百折不挠的努力,客观的限制总有一天将被"突破"。其实不然。

所以我认为,有理想是一种正确的生活态度,放弃理想也是一种正确的生活态度。有时,后一种态度,作为一种活着的艺术，乃是更明智的。有理想有追求是一种积极主动的活法，不被某一不切实际的理想或追求所折磨，调整选择的方位，更是积极主动的活法。

一种活法，只要是最适合自己的，便是最好的，最美的。当然，这活法，首先该是正常的正派的活法。如果有人觉得，盗贼或骗子的活法，才最适合自己的话，那我们就无法与之沟通了。

曾有一位大学生，来信倾诉自己对文学的虔诚，以及想成为作家的恒心，并且因为自己是学工的，便感到自己是世界上最不幸的人了。

我回信向他指出——首先他是不实事求是的。因为考入一所名牌大学，与同龄青年相比，已首先使他成为最幸运的人了。其次，是大学生，那么学习，目前对他是最适合的。学习生活，目前对他是最好的、最美的生活。即使他最终还是要专执一念当作家，目前的学习生活，对他日后当作家，也是有益的积累。而且作家是各式各样的——无职无业的"个体作家"；有职有业的半专业作家，比如我这样的作家；以创作为唯一职业的专业作家。随着社会结构的变化，拿工资的专业作家会少起来，不拿工资的"个体作家"和有职有业的半专业作家会多起来。他究竟要当哪一种作家呢？马上就当不拿工资的"个体作家"？生活准备不足，能靠稿费养得了自己吗？连我自己目前也不能，所以我为他担忧。我劝他目前要安心学习，先按捺下当作家的迫切愿望，将来大学毕业了，从业余作家当起，继而半专业，继而专业，如果他确有当作家的潜质的话……

可是他根本听不进我的劝告。他举例说巴尔扎克就是根本不理睬父母希望他成为律师的预想，终于成大作家的。他那么固执，我对他的固执无奈。结果他学习成绩下降，一篇篇稚嫩的"作品"也发表不出来，连续补考又不及格，不得不离开了大学校园。

他在北京流落了一个时期，写作方面一事无成，在我的资助下回老家去了。

现在他精神失常了。

这多可悲呢。

北京电影制片厂曾有过一百六七十位演员。设想，一旦成为演员，谁不想成大明星呢？但这受着个人条件的局限，受着种种机遇的摆布，致使有些人，空怀着明星梦，甚至十几年内，没上过什么影片。其中一些明智的人，醒悟较快，便改行去当剪辑、录音，或其他方面的工作。有些是我的朋友。他们在人到中年这个关键时刻，毅然摆脱过去曾怀抱过那引起不切实际的理想的纠缠，重新选择最适合自己的活法，活得自然也活得好了。

著名女作家铁凝也有过和我类似的与青年的接触。

一位四川乡村女青年不远万里寻找到她，希望在她的指导之下早日成为作家。要知道一位作家培养另一个人成为作家这种事，古今中外实在不多。一个人能不能成为作家，关键恐怕不在培养，而在自身潜质。铁凝是很善良、很真挚、很会做思想工作的。铁凝询问了她的情况之后，友好地向她指出——对于她，第一是职业问题，因为有了职业就有了工资，有了工资就有了衣食住行的起码保障。曹雪芹把高粱米粥冻成坨，切成块，饿了吃一块，孜孜不倦写《红楼梦》，那对于他实在是无奈的下策，不是非如此便不能写出《红楼梦》。十年辛苦一部书。如果那十年的情况好些，他的身体也便会好些，也许在完成《红楼梦》之后，还能完成另一部名著。对于今天的青年，没有效仿的意义和必要。今天的青年，如果有可能找到一份工作，取得衣食住行的起码保障，为什么不呢？当然，你要一心想在什么中外合资的大公司当上一位公关小姐，每月拿着一千多元的工资，是另一回事了。须知如今大学生、研究生找到完全合乎自己愿望的工作都很难，你凭什么指望生活格外地垂青于你呢？

那女青年悟性很好，听从了铁凝的劝告，回到家乡去了，在一个小县城找到了一份最普通的工作。以后她常把她的习作寄给铁凝，铁凝也很认真地予以指导。终于她的文章开始在地区的小报刊上陆续刊登了，当然都是些小文章。她终于在自己生活的那个地方，渐渐引起了人们的注意。后来因这"一技之长"，她被调到了县里计划生育办公室搞宣传。后来她寻找到了一个好丈夫，组成了一个温暖的小家庭，有了一个可爱的孩子，生活得挺幸福。她在她生活的那个地方，寻找到了最适合她的"坐标"，对她来说，那是最好的生活，也是最美的，起码目前是这样。至于以后她是否会成为大作家，那就非铁凝能帮得了的了……

有些青年谈论理想的时候，往往忽略了现实和理想之间的时空距离。或者虽然承认有距离，但却认为只要时来运转，一步便能跨越。其实有些距离，是终生不能跨过的。嗓子天生五音不全而要成为歌星，身材不美而要成为芭蕾演员，没有表演才能而非迷恋影视生涯，凡此种种，年轻时想一想是可爱的，倘非当作人生理想、人生目标去耿耿追求，又何苦呢？倘一位中国的乡村女孩儿的理想是有朝一日做西方某国的王妃，并且发誓不达目的誓不罢休，这"理想"本身岂不是就怪令人害怕吗？正如哪一位中国的作家如若患了"诺贝尔情绪"，发誓不获诺贝尔文学奖便如何如何，也是要不得的。

一切生活都是生活，无论主观选择的还是客观安排的，只要不是穷困的、悲惨的、不幸接踵不幸的，只要是正常的生活，便都是值得好好生活的。须知任何一种生活都是有正面和负面的。帝王的权威不是农夫所能企盼得到的，但农夫却不必担心被杀身篡位。一切名流的生活之负面的付出，都是和他们所获得的正面成比例的。人往高处走，水往低处流，一人改变自己的命运的想法永远是天经地义无可指责的，但首先应是从最实际处开始改变。

荀子说过一句话——自知者不怨人，知命者不怨天。字面看来有点儿听天由命的样子，其实强调的是一种乐观的生活态度。没有乐观的生活态度，哪还谈得上什么积极进取呢？不必在二十多岁的时候，便给自己的一生设计好什么"蓝图"。在以后的几十年中，机遇可能随时会向你招手，只要你是有所准备的。

社会越向前发展，人的机遇将会越多而不会越少。三十岁至四十岁得到的，绝不会是你最后得到的，失去它的机会像得到它一样偶然。同样三十岁至四十岁未得到的，并不意味着你一生不能实现。你的一生也许将几次经历得到、失去、再得到、再失去，有时你的人生轨迹竟被完全彻底地改变，迫使你一切从头开始。谁准备的方面多，谁应变的能力强，谁就越能把握住一份儿属于自己的生活。当代社会越向前发展，则越将任何一种事业与人的关系，变成为不离不即，离离即即，偶尔合一，偶尔互弃的关系……

辑三

情深人世间

我的父母·我的小学·我的中学

我的父母

一九四九年九月二十二日,我出生在哈尔滨市安平街一个人家众多的大院里,我的家是一间半低矮的俄式房屋。邻院是苏联侨民的教堂,经常举行各种宗教仪式,我从小就听惯了教堂的钟声。

父亲目不识丁,祖父也目不识丁。原籍山东省荣成温泉寨村。上溯十八代乃至二十八代、三十八代,尽是文盲,尽是穷苦农民。

父亲十几岁时,因生活所迫,随村人"闯关东"来到了哈尔滨。

他是我们家族史上的第一个工人,建筑工人。他转折了我们这一梁姓家族的成分。我在小说《父亲》中,用两万余纪实性的文字,为他这个中国农民出身的"工人阶级"立了一篇小传。从转折的意义讲,他是我们家族史上的一座丰碑。

父亲对我走上文学道路从未施加过任何有益的影响,不仅因为他是文盲,也因为从一九五六年起,我七岁的时候,他便离开哈尔滨建设大西北去了。从此每隔两三年他才回家与我们团聚一次，我下乡以后，与父亲团聚一次更不易了。在我的记忆中，父亲是反对我们几个孩子看"闲书"的。见我们捧着一本什么小说看，他就生气。看"闲书"是他这位父亲无法忍受的"坏毛病"。父亲常因母亲给我们钱买"闲书"而对母亲大发其火。家里穷，父亲一个人挣钱养家糊口，也真难为他。每一分钱都是他用汗水换来的。父亲的工资仅够勉强维持一个市民家庭最低水平的生活。

母亲也是文盲。外祖父去读过几年私塾，是东北某农村新中国成立前农民称为"识文断字"的人。故而同是文盲，母亲与父亲不大一样。父亲是个崇尚力气的文盲，母亲是个崇尚文化的文盲。崇尚相左，对我们几个孩子寄托的希望也便截然对立。父亲希望我们将来都能靠力气吃饭，母亲希望我们将来都能成为靠文化自立于社会的人。父亲的教育方式是严厉的训斥和惩罚，父亲是将"过日子"的每一样大大小小的东西都看得很贵重的。母亲的教育方式堪称真正的教育，她注重人格、品德、礼貌和学习方面。值得庆幸的是，父亲常年在大西北，我们从小接受的是母亲的教育。母亲的教育至今仍对我为人处世深有影响。

母亲从外祖父那里知道了许多书中的人物和故事，而且听过一些旧戏，乐于将书中或戏中的人物和故事讲给我们。母亲年轻时记忆力强，什么戏剧什么故事，只要听过一遍，就能详细记住。有些戏中的台词唱段，几乎能只字不差地复述。母亲善于讲故事，讲时带有很浓的个人感情色彩。我从五六岁开始，就从母亲口中听到过"包公传""济公传""杨家将""岳家将""侠女十三妹"的故事。母亲是个很善良的女人，善良的女人大多喜欢悲剧。母亲尤其愿意、尤其善于讲悲剧故事，"秦香莲""风波亭""杨继业碰碑""赵氏孤儿""陈州放粮""王宝钏苦守寒窑""三勘蝴蝶梦""钓金龟""牛郎织女""天仙配""水漫金山寺""劈山救母""杜十娘怒沉百宝箱"……母亲边讲边落泪，我们边听边落泪。

我于今在创作中追求悲剧情节、悲剧色彩，不能自已地在字里行间流溢浓重的主观感情色彩，可能正是由于小时候听母亲带着她浓重的主观感情色彩讲了许多悲剧故事的结果。我认为，文学对于一个作家儿童时代的心灵所形成的直接或间接的影响，对一个作家在某一时期或某一阶段的创作风格起着"先天"的、潜意识的作用。

母亲在我们小时候给我们讲故事，当然绝非想要把我们都培养成为作家；而仅靠听故事一个儿童也不可能直接走上文学道路。

我们所住的那个大院，人家多，孩子也多。我们穷，因为穷而在那个大院中受着种种歧视。父亲远在大西北，因为家中没有一个男人而受着种种欺辱。我们是那个市民大院中的人下人。母亲用故事将我们吸引而不是囚禁在家中，免得我们在大院里受欺辱或惹是生非，同时用故事排遣她自己内心深处的种种愁苦。

这样的情形至今仍常常浮现在我眼前：电灯垂得很低，母亲一边在灯下给我们缝补衣服，一边用凄婉的语调讲着她那些凄婉的故事。我们几个孩子,趴在被窝里,露出脑袋,瞪大眼睛凝神谛听,讲到可悲处,母亲与我们唏嘘一片。

如果谁认为一个人没有导师就不可能走上文学道路的话,那么我的回答是——我的第一位导师,是母亲。我始终认为这是我的幸运。

如果我认为我的母亲是我文学上的第一位导师不过分,那么也可以说我的小学语文老师是我文学上的第二位导师。假若在我的生活中没有过她们,我今天也许不会成为作家。

我的小学

我永远忘不了这样一件事:某年冬天,市里要来一个卫生检查团到我们学校检查卫生,班主任老师吩咐两名同学把守在教室门外,个人卫生不合格的学生,不准进入教室。我是不许进入教室的几个学生之一。我和两名把守在教室门外的学生吵了起来,结果他们从教员室请来了班主任老师。

班主任老师上下打量着我,冷起脸问:"你为什么今天还要穿这么脏的衣服来上学?"

我说:"我的衣服昨天刚刚洗过。"

"洗过了还这么脏?"老师指点着我衣襟上的污迹。

我说:"那是油点子,洗不掉的。"

老师生气了:"回家去换一件衣服。"

我说:"我就这一件上学的衣服。"

我说的是实话。

老师认为我顶撞了她，更加生气了，又看了看我的双手，说："回家叫你妈把你两手的皴用砖头蹭干净了再来上学！"接着像扒乱草堆一样乱扒我的头发，"瞧你这满头虮子，像撒了一脑袋大米！叫人恶心！回家去吧！这几天别来上学了，检查过后再来上学！"

我的双手，上学前用肥皂反复洗过，用砖头蹭也未必能蹭干净。而手的生皴，不是我所愿意的。我每天要洗菜，淘米，刷锅，刷碗。家里的破屋子四处透风，连水缸在屋内都结冰，我的手上怎么不生皴？不卫生是很羞耻的，这我也懂，但卫生需要起码的"为了活着"的条件，这一点我的班主任老师便不懂了。阴暗的，夏天潮湿、冬天寒冷的，像地窖一样的一间小屋，破炕上每晚拥挤着大小五口人，四壁和天棚每天要掉下三斤土，炉子每天要向狭窄的空间飞扬四两灰尘……母亲每天早起晚归去干临时工，根本没有精力照料我们几个孩子，如果我的衣服居然还干干净净，手上没皴，头上没有虮子，那倒真是咄咄怪事了！我当时没看过《西行漫记》，否则一定会顶撞一句："毛主席当年在延安住窑洞时还当着斯诺的面捉虱子呢！"

我认为，对于身为教师者，最不应该的，便是以贫富来区别对待学生。我的班主任老师嫌贫爱富。我的同学中，区长、公社书记、工厂厂长、医院院长的儿女，他们都并非品学兼优的好学生，有的甚至经常上课吃零食、打架，班主任老师却从未严肃地批评过他们一次。

对班主任老师尖酸刻薄的训斥，我只有含侮忍辱而已。

我两眼涌出泪水，转身就走。

这一幕却被语文老师看到了。

她说："梁绍生，你别走，跟我来。"扯住我的一只手，将我带到教员室。她让我放下书包，坐在一把椅子上，又说："你的头发也够长了，该理一理了，我给你理吧！"说着就离开了办公室。学校后勤科有一套理发工具，是专为男教师们互相理发用的。我知道她准是取那套理发工具去了。

可是我心里却不想再继续上学了。因为穷，太穷，我在学校里感到一点尊严也没有。而一个孩子需要尊严，正像需要母爱一样。我是全班唯一的一个免费生。免费对一个小学生来说是精神上的压力和心理上的负担。"你是免费生，你对得起党吗？"哪怕无意识地犯了算不得什么错误的错误，我也会遭到班主任老师这一类冷言冷语的训斥。我早听够了！

语文老师走出教员室，我便拿起书包逃离了学校。我一直跑出校园，跑着回家。

"梁绍生，你别跑，别跑呀！小心被汽车撞了呀！"我听到了语文老师的呼喊。她追出了校园，在人行道上跑着追我。

我还是跑，她紧追。

"梁绍生，你别跑了，你要把老师累坏呀！"

我终于不忍心地站住了。

她跑到我跟前，已气喘吁吁。

她说："你不想上学啦？"

我说："是的。"

她说:"你才小学四年级,学这点文化将来够干什么用?"

我说:"我宁肯和我爸爸一样将来靠力气吃饭,也不在学校里忍受委屈了!"

她说:"你这种想法是错误的。小学四年级的文化,将来也当不了一个好工人!"

我说:"那我就当一个不好的工人!"

她说:"那你将来就会恨你的母校,恨母校所有的老师,尤其会恨我。因为我没能规劝你继续上学!"

我说:"我不会恨您的。"

她说:"那我自己也不会原谅我自己!"

我满腔自卑、委屈、羞耻和不平,哇的一声哭了。她抚摸着我的头,低声说:"别哭,跟老师回学校吧,啊?我知道你们家里生活很穷困,这不是你的过错,没有什么值得自卑和羞耻的。你要使同学们看得起你,每一位老师都喜爱你,今后就得努力学习才是啊!"

我只好顺从地跟她回到了学校。

如今想起这件事,我仍觉后怕。没有我这位小学语文老师,依着我从父亲的秉性中继承下来的那种九头牛拉不动的倔强劲儿,很可能连我母亲也奈何不得我,当真从小学四年级就弃学了。那么今天我既不可能成为作家,也必然像我的那位小学语文老师说的那样——当不了一个好工人。

一位会讲故事的母亲和从小的穷困生活,是造成我这样一个作家的先决因素。狄更斯说过——穷困对于一般人是种不幸,但对于作家也许是种幸运。的确，对我来说，穷困并不仅仅意味着童年生活的不遂人愿。它促使我早熟，促使我从童年起就开始怀疑生活，思考生活，认识生活，介入生活。虽然我曾千百次地诅咒过穷困，因穷困感到过极大的自卑和羞耻。

我发现自己也具有讲故事的"才能"，是在小学二年级。认识字了，语文课本成了我最早阅读的书籍，新课本发下来未过多久，我就先自己通读一遍了。当时课文中的生字，标有拼音，读起来并不难。

一天，我坐在教室外的楼梯台阶上正聚精会神地看语文课本，教语文课的女老师走上楼，好奇地问："你在看什么书？"我立刻站起，规规矩矩地回答："语文课本。"老师又问："哪一课？"我说："下堂您要讲的新课——《小山羊看家》。""这篇课文你觉得有意思吗？""有意思。""看过几遍了？""两遍。""能讲下来吗？"我犹豫了一下，回答："能。"上课后，老师把我叫起，对同学们说："这一堂讲第六课——《小山羊看家》。下面请梁绍生同学先把这一篇课文讲述给我们听。"

我的名字本叫梁绍生，梁晓声是我在"文革"中自己改的名字。"文革"中兴起过一阵改名的时髦风，我在一张辞去班级"勤务员"职务的声明中首次署了现在的名字——梁晓声。

我被老师叫起后，开始有些发慌，半天不敢开口。老师鼓励我："别紧张，能讲述到哪里，就讲述到哪里。"我在老师的鼓励下，终于开口讲了："山羊妈妈有四个孩子，一天，山羊的妈妈要离开家……"

当我讲完后,老师说:"你讲得很好,坐下吧!"看得出,老师心里很高兴。

全班同学都很惊异,对我十分羡慕。

一个穷困人家的孩子,他没有任何值得自我炫耀的地方,当他的某一方面"才能"得以当众展示,并且被羡慕,并且受到夸奖,他心里自然充满骄傲。

以后,语文老师每讲新课,总是提前几天告诉我,嘱我认真阅读,到讲那一堂新课时,照例先把我叫起,让我首先讲述给同学们听。

我的语文老师,是一位主张灵活教学的老师。她需要我这样一名学生,喜爱我这样一名学生。因为我的存在,使她在我们这个班讲的语文课生动活泼了许多。而我也同样需要这样一位老师,因为是她给予了我在全班同学面前展示自己讲故事"才能"的机会。而这样的机会当时对我来说是重要的,使我幼小的意识中也有一种骄傲存在着,满足着我匮乏的虚荣心。后来,老师的这一语文教学方法,在全校推广开来,引起区和市教育局领导同志的兴趣,先后到我们班听过课。从小学二年级至六年级,我和我的语文老师一直配合得很默契。她喜爱我,我尊敬她。小学毕业后,我还回母校看望过她几次。"文革"开始,她因是市里的教育标兵,受到了批斗。记得有一次我回母校去看她,她刚刚被批斗完,握着扫帚扫校园,剃了"鬼头",脸上的墨迹也不许她洗去。

我见她那样子,很难过,流泪了。

她问:"梁绍生,你还认为我是一个好老师吗?"

我回答:"是的,您在我心中永远是一位好老师。"

她惨然地苦笑了,说:"有你这样一个学生,有你这样一句话,我挨批挨斗也心甘情愿了!走吧,以后别再来看老师了,记住老师曾多么喜爱你就行!"

那是我最后一次见到她。

不久之后,她跳楼自杀了。

她不但是我的小学语文老师,还是我小学母校的少先队辅导员老师。她在同学们中组织起了全市小学校的第一个"故事小组"和第一个"小记者委员会"。我小学时不是个好学生,经常逃学,不参加校外学习小组,除了语文成绩较好,算术、音乐、体育都仅是个"中等"生,直到五年级才入队。还是在我这位语文老师的多次力争下有幸戴上了红领巾,也是在我这位语文老师的力争下才成为"故事小组"和"小记者委员会"的成员。对此我的班主任老师很有意见,认为她所偏爱的是一个坏学生。我逃学并非因为我不爱学习。那时母亲天不亮就上班去了,哥哥已上中学,是校团委副书记兼学生会主席,也跟母亲一样,早晨离家,晚上才归,全日制,就苦了我。家里还有两个弟弟一个妹妹,我得给他们做饭吃,收拾屋子和担水,他们还常常哭着哀求我在家陪他们。将六岁、四岁、两岁的小弟小妹撇在家里,我常常于心不忍,便逃学,不参加校外学习小组。班主任老师从来也没有到我家进行过家访,因而不体谅我也就情有可原,认为我是一个坏学生更理所当然。班主任老师不喜欢我,还因为穿在我身上的衣服一向很不体面,不是过于肥大就是过于短小,不仅破,而且脏,衣襟几乎天天带着锅底灰和做饭时弄上的油污。在小学没有一个和我要好的同学。

语文老师是我小学时期在学校里的唯一的朋友。我至今不忘她,永远都难忘。不仅因为她是我小学时期唯一关心过我、喜爱过我的一位老师,不仅因为她给予了我唯一的树立起自豪感的机会和方式,还因她将我向文学的道路上推进了一步——从听故事到讲故事。语文老师牵着我的手,重新把我带回了学校,重新带到教员室,让我重新坐在那把椅子上,开始给我理发。语文教员室里的几位老师百思不得其解地望着她。一位男老师对她说:"你何苦呢?你又不是他的班主任。曲老师因为这个学生都对你有意见了,你一点不知道?"她笑笑,什么也未回答。她一会儿用剪刀剪,一会儿用推子推,将我的头发剪剪推推摆弄了半天,总算"大功告成"。她歉意地说:"老师没理过发,手太笨,使不好推子也使不好剪刀,大冬天的给你理了个小平头,你可别生老师的气呀!"

教员室没面镜子。我用手一摸,平倒是很平,头发却短得不能再短了。哪里是"小平头",分明是被剃了一个不彻底的秃头。虮子肯定不存在了,我的自尊心也被剪掉剃平了。

我并未生她的气。随后她又拿起她的脸盆,领我到锅炉房,接了半盆冷水再接半盆热水,兑成一盆温水,给我洗头,洗了三遍。只有母亲才如此认真地给我洗过头。我的眼泪一滴滴落在脸盆里。她给我洗好头,再次把我领回教员室,脱下自己的毛坎肩，套在我身上，遮住了我衣服前襟那片无法洗掉的污迹。她身材娇小，毛坎肩是绿色的，套在我身上尽管不伦不类，却并不显得肥大。教员室里的另外几位老师，瞅着我和她，一个个摇头不止，忍俊不禁。她说："走吧，现在我可以送你回到你们班级去了！"她带我走进我们班级的教室后，同学们顿时哄笑起来。大冬天的，我竟剃了个秃头，棉衣外还罩了件绿坎肩，模样肯定是太古怪太滑稽了！

她生气了，严厉地喝问我的同学们："你们笑什么？有什么可笑的？哄笑一个同学迫不得已的做法是可耻的行为！如果我是你们的班主任，谁再敢哄笑我就把谁赶出教室！"

这话她一定是随口而出的，绝不会有任何针对我的班主任老师的意思。我看到班主任老师的脸一下子拉长。班主任老师也对同学们呵斥："不许笑！这又不是耍猴！"班主任老师的话，更加使我感到被当众侮辱，而且我听出来了，班主任老师的话中，分明包含着针对语文老师的不满成分。语文老师听没听出来，我无法知道。我未看出她脸上的表情有什么变化。她对班主任老师说："曲老师，就让梁绍生上课吧！"班主任老师拖长语调回答："你对他这么尽心尽意，我还有什么话可说？"

市教育局卫生检查团到我们班检查卫生时，没因为我们班有我这样一个剃了秃头、棉袄外套件绿色毛坎肩的学生而在我们教室门上贴一面黄旗或黑旗。他们只是觉得我滑稽古怪，惹他们发笑而已……

从那时起直至我小学毕业，我们班主任老师和语文老师的关系一直不融洽。我知道这一点，我们班级的所有同学也都知道这一点，而这一点似乎完全是由于我这个学生导致的。几年来，我在一位关心我的老师和一位讨厌我的老师之间，处处谨小慎微，循规蹈矩，力不胜任地扮演一架天平上的小砝码的角色。扮演这种角色，对于一个小学生的心理，无异于扭曲，对我以后的性格形成不良影响，使我如今不可救药地成了一个忧郁型的人。

我心中暗暗铭记语文老师对我的教诲，学习努力起来，成绩渐好。

班主任老师却不知为什么对我愈发冷漠无情了。

四年级上学期期末考试，我的语文和算术破天荒地拿了"双百"，而且《中国少年报》选登了我的一篇作文，市广播电台《红领巾》节目也广播了我的一篇作文，还有一篇作文用油墨抄写在儿童电影院的宣传栏上。同学对我刮目相看了，许多老师也对我和蔼可亲了。

校长在全校师生大会上表扬了我的语文老师，充分肯定了在我这个一度被视为坏学生的转变和进步过程中，她所付出的种种心血，号召全校老师像她那样对每一个学生树立起高度的责任感。

受到表扬有时对一个人不是好事。

在她没有受到校长的表扬之前，许多师生都公认，我的"转变和进步"，与她对我的教育是分不开的。而在她受到校长的表扬之后，某些老师竟认为她是一个"机会主义者"了。"文革"期间，有一张攻击她的大字报，赫然醒目的标题即是——"看机会主义者××是怎样在教育战线进行投机和沽名钓誉的！"

而我们班的几乎所有同学，都不知掌握了什么证据，断定我那三篇给自己带来荣誉的作文，是语文老师替我写的。于是流言传播，闹得全校沸沸扬扬。

> 四年级二班的梁绍生，
> 是个逃学精，
> 老师替他写作文，
> 《少年报》上登，
> 真该用屁崩！
> ……

一些男同学，还编了这样的顺口溜，在我上学和放学的路上，包围着我讥骂。班主任老师目睹过我被凌辱的情形，没有制止。

班主任老师对我冷漠无情到了视而不见的地步。她教算术，在她讲课时，连扫也不扫我一眼了。她提问或者叫同学在黑板上解答算术题时，无论我将手举得多高，都无法引起她的注意。

一天，在她的课堂上，同学们做题，她坐在讲桌前批改作业本。教室里静悄悄的。"梁绍生！"她突然大声叫我的名字。我吓了一跳，立刻怯怯地站了起来。全体同学都停了笔。"到前边来！"班主任老师的语调中隐含着一股火气。我惴惴不安地走到讲桌前。

"作业为什么没写完？"

"写完了。"

"当面撒谎！你明明没写完！"

"我写完了，中间空了一页。"

我的作业本中夹着印废了的一页，破了许多小洞，我写作业时随手翻过去了，写完作业后却忘了扯下来。我低声下气地向她承认是我的过错。她不说什么，翻过那一页，下一页竟仍是空页。我万没想到我写作业时翻得匆忙，会连空两页。她拍了一下桌子："撒谎！撒谎！当面撒谎！你明明是没有完成作业！"我默默地翻过了第二页空页，作业本上展现出了我接着做完的作业。她的脸倏地红了："你为什么连空两页？！想要捉弄我一下是不是？！"

我垂下头，讷讷地回答："不是。"

她又拍了一下桌子："不是？！我看你就是这个用意！你别以为你现在是个出了名的学生了，还有一位在学校里红得发紫的老师护着你，托着你，拼命往高处抬举你，我就不敢批评你了！我是你的班主任，你的小学鉴定还得我写呢！"

我被彻底激怒了！我不能容忍任何人在我面前侮辱我的语文老师！我爱她！她是全校唯一使我感到亲近的人！我觉得她像我的母亲一样，我内心里是视她为我的第二个母亲的！

我突然抓起了讲台桌上的红墨水瓶。班主任以为我要打在她脸上，吃惊地远远躲开我，喝道："梁绍生，你要干什么？！"我并不想将墨水瓶打在她脸上，我只是想让她知道，我是一个人，在忍无可忍的情况下我是会愤怒的！我将墨水瓶使劲摔到墙上。墨水瓶粉碎了，雪白的教室墙壁上出现了一片"血"迹！我接着又将粉笔盒摔到了地上。一盒粉笔尽断，四处滚去。教室里长久的一阵鸦雀无声，直至下课铃响。那天放学后，我在学校大门外守候着语文老师回家。她走出学校时，我叫了她一声。她奇怪地问："你怎么不回家？在这里干什么？"我垂下头去，低声说："我要跟您走一段路。"她沉思地瞧了我片刻，一笑，说："好吧，我们一块儿走。"我们便默默地向前走。她忽然问："你有什么事要告诉我吧？"我说："老师，我想转学。"她站住，看着我，又问："为什么？"我说："我不喜欢我们班级！在我们班级我没有朋友，曲老师讨厌我！要不请求您把我调到您当班主任的四班吧！"我说着想哭。"那怎么行？不行！"她语气非常坚决，"以后你再也不许提这样的请求！"我也非常坚决地说："那我就只有转学了！"眼泪涌出了眼眶。

她说："我不许你转学。"我觉得她不理解我，心中很委屈，想跑掉。

她一把扯住我，说："别跑。你感到孤独是不是？老师也常常感到孤独啊！你的孤独是穷困带来的，老师的孤独……是另外的原因带来的。你转到其他学校也许照样会感到孤独的。我们一个孤独的老师和一个孤独的学生不是更应该在一所学校里吗？转学后你肯定会想念老师，老师也肯定会想念你的。孤独对一个人不见得是坏事……这一点你以后会明白的。再说你如果想有朋友，你就应该主动去接近同学们，而不应该对所有的同学都充满敌意，怀疑所有的同学心里都想欺负你……"

我的小学语文老师她已成泉下之人近二十年了。我只有在这篇纪实性的文字中,表达我对她虔诚的怀念。

教育的社会使命之一,就是应首先在学校中扫除嫌贫谄富媚权的心态!

而嫌贫谄富,在我们这个国家,在我们这个国家的小学、中学乃至大学,在二十一世纪的今天,依然不乏其例。

因为我小学毕业后,接着进入了中学,而后又进入过大学,所以我有理由这么认为。

我诅咒这种现象!鄙视这种现象!

我的中学

我的中学时代是我真正开始接受文学作品熏陶的时代。比较起来,我中学毕业以后所读的文学作品,还抵不上我从一九六三年至一九六八年下乡前这五年内所读过的文学作品多。

在小学五六年级,我已读过了多部长篇小说。我读的第一部中国长篇小说是《战斗的青春》;读的第一部外国长篇小说是《钢铁是怎样炼成的》。

在中学我开始知道了托尔斯泰、屠格涅夫、契诃夫、果戈理、萧伯纳、马克·吐温、巴尔扎克、雨果、车尔尼雪夫斯基、陀思妥耶夫斯基、高尔基等外国作家的名字,并开始喜爱上了他们的作品。

我在我的短篇小说《这是一片神奇的土地》中有几处引用了希腊传说中的典故,某些评论家颇有异议,认为超出了一个中学生的阅读范围。我承认我在引用时，有自我炫耀的心理作怪。但说"超出"了一个中学生的阅读范围，证明这样的评论家不了解中学生，起码不了解六十年代喜爱文学的个别中学生。

我的中学母校是哈尔滨市第二十九中学，一所普通的中学。在我的同学中，读长篇小说根本不是什么新鲜事。不分男女同学，大多数都喜欢读长篇小说。古今中外，凡能弄到手的都读。一个同学借到或买到（多数是借到）一本好小说，首先会在几个亲密的同学之间传看。传看的圈子往往无法限制，有时扩大到不能按期归还。

外国一位著名的作家和一位著名的评论家之间曾进行过下面几句有趣而睿智的谈话——

作家：最近我结识了一位很天才的评论家。
评论家：最近我结识了一位很天才的作家。
作家：他叫什么名字？
评论家：青年。你结识的那位天才的评论家叫什么名字？
作家：他的名字也叫青年。

青年永远是文学的最真挚的朋友，中学时代正是人的崭新的青年时代。他们通过拥抱文学来拥抱生活，他们是最容易被文学作品感动的最广大的读者群。今天我们如果进行一次有意义的社会调查，结果肯定仍是如此。

我在中学时代能够读到不少真正的文学作品，还应当感谢我的母亲。母亲那时已被铁路上解雇,在一个加工棉胶鞋鞋帮的条件低劣的小工厂工作,每月可挣三十几元钱贴补家用。

我们渴望读书。只要是为了买书,母亲给我们钱时从未犹豫过。母亲没有钱,就向邻居借。

家中没有书架,也没有摆书架的地方。母亲为我们腾出一只旧木箱,我们买的书,包上书皮儿,看过后存放在箱子里。

最先获得买书特权的,是我的哥哥。

哥哥也酷爱文学。我对文学的兴趣,一方面是母亲以讲故事的方式不自觉地"培养"的结果,另一方面是受哥哥的影响。我之所以走上文学道路,哥哥起的作用,不亚于母亲和我的小学语文老师起的作用。

六十年代的教学,比今天更体现对学生素养的普遍重视。哥哥高中读的已不是"语文"课本,而是"文学"课本。

哥哥的"文学"课本,便成了我常常阅读的"文学"书籍。有一次哥哥上课竟找不到课本了,因为我头一天晚上从哥哥的书包里翻出来看没放回去。

一册高中生的"文学"课本,其文学内容之丰富,绝不比现在的一本什么文学刊物差,甚至要比现在的某些文学刊物的内容更丰富,水平更优秀。收入高中"文学"课本中的,大抵是古今中外优秀文学作品的章节。古今中外的诗歌、散文、小说、杂文,无所偏废。"岳飞枪挑小梁王""鲁提辖拳打镇关西""杜十娘怒沉百宝箱",鲁迅、郁达夫、茅盾、叶圣陶的小说,郭沫若、闻一多、拜伦、雪莱、裴多菲的诗,马克·吐温、欧·亨利、高尔基的小说……货真价实的一册综合性文学刊物。

那时的高中"文学"课多么好！

我相信，六十年代的高中生可能有不愿上代数课的，有不愿上物理课、化学课、政治课的，但如果谁不愿上"文学"课则太难理解了！

我到北大荒后，曾当过小学老师和中学老师，教过语文。七十年代的中小学语文课本，让我这样的老师根本不愿拿起来，远不如"扫盲运动"中的工农课本。

当年，哥哥读过的"文学"课本，我都一册册保存起来，成了我的首批"文学"藏书。哥哥还很舍不得将它们给予我呢！

哥哥无形中取代了母亲家庭"故事员"的角色。每天晚上，他做完功课，便捧起"文学"课本，为我们朗读，我们理解不了的，他就用心启发我们。

一个高中生朗读的"文学"，比一位没有文化的母亲讲的故事当然更是文学的"享受"。某些我曾听母亲讲过的故事，如"牛郎织女""天仙配""白蛇传"，由哥哥照着课本一句句朗读给我们听，产生的感受也大不相同。从母亲口中，我是听不到哥哥从高中"文学"课本读出来的那些文学词句的。我从母亲那里获得的是"口头文学"的熏陶，我从哥哥那里获得的才是真正的文学的影响。

感激六十年代的高中"文学"教科书的编者们！

哥哥还经常从他的高中同学们那儿将一些书借回家，他和他的几名要好的男女同学组成了一个"阅读小组"。哥哥的高中母校是哈尔滨一中,是重点学校。在他们这些重点学校的喜爱文学的高中生之间,阅读外国名著蔚然成风,"阅读小组"有一张大家公用的哈尔滨图书馆的借书证。

哥哥每次借的书,我都请求他看完后迟还几天,让我也看;哥哥一向满足我的愿望。

可以说我是从大量阅读外国作品开始真正接触文学的。我受哥哥的影响,非常亲近苏俄文学,至今认为苏俄文学是世界上伟大的文学。当代苏联文学不但继承了俄罗斯文学传统,在借鉴西方现代派文学方面,也比我们捷足先登。当代苏联文学可以明显地看到现实主义和现代派文学的有机结合。苏联电影在这方面进行了更为成功的实践。

回顾我所走过的道路,连自己也能看出某些拙作受苏俄文学的潜移默化的影响,而在文字上起初则接近翻译体小说。后来在创作实践中渐渐意识到自己中华民族文学语言的基本功很弱,才开始注重对中国小说的阅读,才开始在实践中补习中国传统小说这一课。

除了看自己借到的书,看哥哥借到的书,小人书铺是我中学时代的"极乐园"。

那时我们家已从安平街搬到光仁街住了。像一般的家庭主妇们新搬到一地,首先关心附近有几家商店一样,我首先寻找的是附近有没有小人书铺。令我庆幸的是,那一带的小人书铺真不少。

从我们家搬到光仁街后到我下乡前,我几乎将那一带小人书铺中我认为好的小人书看遍了。

我看小人书，怀着这样的心理：自己阅读长篇小说时头脑中想象出来的人物是否和小人书上画出来的人物形象一致。二者接近，我便高兴。二者相差甚远，我则重新细读某部长篇小说，想要弄明白个所以然。有些长篇小说，就是在这样的情况下读过两遍的。

小学课本中收入了我的一篇文章《慈母情深》，文中写我去到母亲工作的街道小工厂，向母亲要钱买了第一部长篇小说《青年近卫军》——这篇文章大约是从我的小说《母亲》中节选的，文题是课本编者代加的。在《母亲》中，我写的是想买《红旗谱》，而我四弟指出，《红旗谱》是后来才有的。我四弟曾是哈尔滨市作协理事、黑龙江省作协会员。他记忆力比我好，借此机会，也算做次说明。

那街道小工厂，不足二百平方米的四壁颓败的大屋子，低矮、阴暗，天棚倾斜，仿佛随时会塌下来。七八十个家庭妇女，一人坐在一台破旧的缝纫机旁，一双接一双不停歇地加工棉胶鞋鞋帮，到处堆着毡团。空间里毡绒弥漫，所有女人都戴口罩。几扇窗子一半陷在地里，无法打开，空气不流通，闷得使人头晕。耳畔脚踏缝纫机的声音响成一片，女工们彼此说话，不得不摘下口罩，扯开嗓子。话一说完，就赶快将口罩戴上。她们一个个紧张得不直腰，不抬头，热得汗流浃背。

有几个身体肥胖的女人，竟只穿着件男人的背心。我站在门口，用目光四处寻找母亲，却认不出在这些女人中，哪一个是我的母亲。

负责给女工们递送毡团的老头问我找谁,我向他说出了母亲的名字。

我这才发现,最里边的角落,有一个瘦小的身躯,背对着我,像八百度的近视眼写字一样,低头垂向缝纫机,正做活。

我走过去,轻轻叫了一声:"妈……"

母亲没听见。

我又叫了一声。

母亲仍未听见。

"妈!"我喊起来。

母亲终于抬起了头。

母亲瘦削而憔悴的脸,被口罩遮住三分之二。口罩已湿了,一层毡绒附着在上面,使它变成了毛茸茸的褐色。母亲的头发上、衣服上也落满了毡绒,母亲整个人都变成了毛茸茸的褐色。这个角落更缺少光线,更暗。一只可能是一百度的灯泡,悬吊在缝纫机上方,向室闷的空间继续散热,一股蒸腾的热气顿时包围了我。缝纫机板上水淋淋的,是母亲滴落的汗。母亲的眼病常年不愈,红红的眼睑夹着黑白混浊的眼睛,目光呆滞地望着我,问:"你到这里来干什么?找妈有事?"

"妈,给我两元钱……"我本不想再开口要钱。亲眼看到母亲是这样挣钱的,我心里难受极了。可不想说的话,说了,我追悔莫及。

"买什么?"

"买书……"

母亲不再多问，手伸入衣兜，掏出一卷毛票，默默点数，点够了两元钱递给我。

我犹豫地伸手接过。

离母亲最近的一个女人，停止做活，看着我问："买什么书啊？这么贵！"

我说："买一本长篇。"

"什么长篇短篇的！你瞧你妈一个月挣三十几元钱容易吗？你开口两元，你妈这两天的活白做了！"那女人将脸转向母亲，又说，"大姐你别给他钱！你是当妈的，又不是奴隶！供他穿，供他吃，供他上学，还供他花钱买闲书看吗？你也太顺他意了！他还能出息成个写书的人咋的？"

母亲淡然苦笑，说："我哪敢指望他能出息成个写书的人呢！我可不就是为了几个孩子才做活的嘛！这孩子和他哥一样，不想穿好的，不想吃好的，就爱看书！反正多看书对孩子总是有些教育的，算我这两天白做了呗！"说着，俯下身继续蹬缝纫机。

那女人独自叹道："唉，这老婆子，哪一天非为了儿女们累死在缝纫机旁！……"

我心里内疚极了，一转身跑出去。

我没有用母亲给我那两元钱买书。

几天前母亲生了一场病，什么都不愿吃，只想吃山楂罐头，却没舍得花钱给自己买。

我就用那两元钱，几乎跑遍了道里区的大小食品商店，终于买到了一听山楂罐头，剩下的钱，一分也没花。母亲下班后，发现了放在桌上的山楂罐头，沉下脸问："谁买的？"我说："妈，我买的。用你给我那两元钱为你买的。"说着将剩下的钱从兜里掏出来也放在桌上。"谁叫你这么做的？"母亲生气了。我讷讷地说："谁也没叫我这么做，是我自己……妈，我今后再也不向你要钱买书了！……""你向妈要钱买书妈不给过你吗？那你为什么还说这种话？一听罐头，妈吃不吃又能怎么样呢？还不如你买本书，将来也能保存给你弟弟们看……""我……妈，你别去做活了吧！……"我扑在母亲怀里，哭了。母亲变得格外慈爱。她抚摸着我的头发，许久又说："妈妈不去做活，靠你爸每月寄回家那点钱，日子没法过啊……"

书没买，我心里总觉得是一个很大愿望没实现。那时我已有了六七十本小人书，我便想到了出租小人书。我的同学中就有出租过小人书的。一天少可得两三毛钱，多可得四五毛钱，再买新书，以此法渐渐增多自己的小人书。

一个星期天，我将自己的全部小人书背着母亲用块旧塑料布包上，带着偷偷溜出家门，来到火车站。在站前广场，苏联红军烈士纪念碑下，铺开塑料布，摆好小人书，坐一旁期待。

火车站是租小人书的好地方。我的书摊前渐渐围了一圈人，大多是候车或转车的外地人。我不像我的那几个租过小人书的同学，先收钱。我不按小人书的页数决定收几分钱，厚薄一律二分。我预想周到，带了一截粉笔，画线为"界"。要求看书者们必须在"界"内，我自己在"界"外。这既有利于他们，也方便于我。他们可以坐在纪念碑台阶上，我盘腿坐在他们对面，精力集中地注意他们，防止谁贪小便宜将我的书揣入衣兜。看完了的，才许跨出"界"外，一手还书，一手交钱。我管理有方，"生意"竟很兴隆，心中无比喜悦。

"喂，起来，起来！"背后一个声音忽然对我吆喝，一只皮鞋同时踢我屁股。我站起来，转身一看，是位治安警察。"你们，把书都放下！"戴着白手套的手，朝那些看书的人指。人们纷纷站起，将书扔在塑料布上，扫兴离去。治安警察命令："把书包起来。"我情知不妙，一声不敢吭，赶紧用塑料布将书包起来，抱在怀里。那治安警察将它一把从我怀中夺过去，迈步就走。我扯住他的袖子嚷："你干什么呀你？""干什么？"他一甩胳膊挣脱我的手，"没收了！""你凭什么没收我的书呀？""凭什么？"他指指写有"治安"二字的袖标，"就凭这个！这里不许出租小人书你知道不知道？""我……我不知道，我今后再也不到这儿来出租小人书了！……"我央求他，快急哭了。"那么说你今后还要到别的地方去出租啦？""不，我不是那个意思，我今后哪儿也不去出租了，你还给我，还给我吧！……""一本不还！"

那个治安警察真是冷酷，说罢大步朝站前派出所走去。我哇的一声哭了，我追上他，哭哭啼啼，由央求而哀求。他被我纠缠火了，厉声喝道："再跟着我，连你也扯到派出所去！"我害怕了，不敢继续哀求，眼睁睁看着他扬长而去……我失魂落魄地往家走。那种绝望的心情，犹如破了产的大富翁。

经过霓虹桥时，真想从桥上跳下去。

回到家里，我越想越伤心，又大哭了一场，哭得弟弟妹妹们莫名其妙。母亲为了多挣几元钱，星期日也不休息。哥哥问我为什么哭，我不说。哥哥以为我不过受了点别人的欺负，未理睬我，到学校参加什么活动去了。

母亲那天下班挺晚。母亲回到家里，见我躺在炕上，坐到炕边问我怎么了。

我因为我那六七十本小人书全部被没收一下子急病了。我失去了一个"世界"呀！我的心是已经迷上了这个"世界"的呀！我流着泪，用嘶哑的声音告诉母亲，我的小人书是怎样在火车站被一个治安警察没收的。母亲缓缓站起，无言地离开了我。我迷迷糊糊睡着了，梦中从那个治安警察手中夺回了我全部的小人书。我迷迷糊糊睡了两个多小时，由于嗓子焦灼才醒过来。窗外，天黑了，屋里拉亮了灯。

我一睁开眼睛，首先发现的，竟是我包小人书的那个塑料布包！我惊喜地爬起，匆匆忙忙地打开塑料布，内中包的果然是我的那些小人书！

外屋，传来嘭、嘭、嘭的响声，是母亲在用铁丝拍子拍打带回家里的毡团。母亲每天都必得带回家十几斤毡团，拍打松软了，以备第二天絮鞋帮用。

"妈！……"我用沙哑的声音叫母亲。母亲闻声走进屋里。我不禁喜笑颜开，问："妈，是你要回来的吧？"母亲"嗯"了一声，说："记着，今后不许你出租小人书！"说完，又到外屋去拍打毡团。我心中一时间对母亲充满了感激。母亲是连晚饭也没顾上吃一口便赶到火车站去的。母亲对那个治安警察说了多少好话，是否交了罚款，我没问过母亲，也永远地不知道了……

三天后的中午，哥哥从外面回来，一进门就告诉我，要送我一样礼物，并叫我猜是什么。那一天是我的生日，生活穷困，无论母亲还是我们几个孩子，是从不过生日的。我以为哥哥骗我，不猜。哥哥神秘地从书包里取出一本书："你看！"是《红旗谱》！

对我来说，再也没有比它更使我高兴的生日礼物了！哥哥又从书包里取出了两本书："还有呢！"我激动地夺过一看——《播火记》！《红旗谱》的两本下部！我当时还不知道《红旗谱》的下部已经出版。我放下这本，拿起那本，爱不释手。哥哥说："是妈叫我给你买的。妈给了我一张五元的钱，我手一松，就连同两本下部也给你买回来了。"我说："妈叫你给我买一本，你却给我买了三本，妈会责备你吧？"哥哥说："不会的。"我放下书，心情复杂地走出家门，走到胡同口母亲做活的条件低劣的街道小工厂。

我趴在低矮的窗上向里面张望，在那个角落，又看到了母亲瘦小的身影，背朝着我，俯在缝纫机前。缝纫机左边，是一大垛轧好的棉胶鞋鞋帮；右边，是一大堆拍打过的毡团。母亲整个人变成了毛茸茸的褐色。

我心里对母亲说："妈，我一定爱惜买的每一本书……"却并没有想到只有将来当一位作家才算对得起母亲。至今我仍保持着格外爱惜书的习惯。小时候想买一本书需鼓足勇气才能够开口向母亲要钱，现在见了好书就非买不可。平日没时间逛书店，出差到外地，则将逛书店当成逛街市的主要内容。往往出差归来，外地的什么特产都没带回，带回一捆书，而大部分又是在北京的书店不难买到的。

买书其实莫如借书。借的书，要尽量挤时间早读完归还。买的书，却并不急于阅读了。虽然如此，依旧见了好书就非买不可。

由于我迷上了文学作品，学习成绩大受影响。我在中学时代，成绩是中等。对物理、化学、地理、政治一点兴趣也提不起来，每次考试勉强对付及格。初一上学期俄语考试得过一次最高分——九十五，以后再没及格过。我喜欢上的是语文、历史、代数、几何课。代数、几何所以也能引起我的学习兴趣，是因为像旋转魔方。公式定理是死的，解题却需要灵活性。我觉得解代数或几何题也如同写小说。一篇小说，要达到内容和形式的统一，必定有一种最佳的创作选择。一般的多种多样，最佳的可能仅仅只有一种。重审我自己的作品，平庸的，恰是创作之前没有认真进行角度选择的。

初二下学期，我的学习成绩令母亲担忧了，她不得不开始限制我读小说。我也唯恐考不上高中，遭人耻笑，就暂时中断了我与文学的"恋爱"。

"文革"风起云涌后，同一天内，我家附近那四处小人书铺，遭到"红卫兵"的彻底"扫荡"。

我记得很清楚，那一天我到通达街杂货店买咸菜，见杂货店隔壁的小人书铺前，一堆焚书余烬，冒着袅袅青烟。窗子碎了。租小人书的老人，泥胎似的呆坐屋里，我常去看小人书，他对我很熟悉。我们隔窗相望一眼，彼此无话可说。我心中对他充满同情。

"文革"对全社会也是一场"焚书"运动，却给我个人带来了更多读书的机会。我们那条小街住的大多是"下里巴人"，竟有两户收破烂的。院内一户，隔街一户。

"文革"初期，他们每天都一手推车一手推车地载回来成捆成捆的书刊。我们院子里那户收破烂的窗前屋内书刊铺地。收破烂的姓卢，我称他"卢叔"。他每天一推回书刊来，我是第一个拆捆挑拣的人。书在"文革"中成了起祸的根源。不知有多少人，忍痛将他们的藏书当废纸卖掉了。而我成了一个地地道道的"发国难财"的人。《怎么办？》《猎人笔记》《白痴》《美国悲剧》《妇女乐园》《白鲸》《堂吉诃德》……一些我原先连书名也没听说过的，或在书店里看到了想买而买不起的书，都是从卢叔收回来的书堆里寻找到的。寻找到一两本时，我打声招呼，就拿走了。寻找到五六本时，不好意思白拿走，象征性地交给卢叔一两毛钱，就算买下来。学校停课，我极少到学校去，在家里读那些读也读不完的书，同时担起了"家庭主妇"的种种责任。

最使我感到愉快的时刻，是冬天里，母亲下班前，我将"大碴子"淘下饭锅的时刻。那时刻，家中很安静，弟弟妹妹们各自趴在里屋炕上看小人书。我则可以手捧一本自己喜爱的文学作品，坐在小板凳上，守在炉前看锅。"大碴子"粥起码两个小时才能熬熟，两个小时内可以认认真真地读几十页书。有时书中人物的命运引起我的沉思和联想，凝视着火光闪耀的炉口，不免出神。

一九六八年我下乡前，已经有满满的一木箱书，我下乡那一天,将木箱整理了一番,底下铺纸,上面盖纸,落了锁。

我把钥匙交给母亲替我保管,对母亲说:"妈,别让任何人开我的书箱啊!这些书可能以后在中国再也不会出版了!"

母亲理解地回答:"放心吧,就是家里失了火,我也叫你弟弟妹妹先把你的书箱搬出去!"

对较多数已经是作家的人来说,通往文学目标的道路用写满字迹的稿纸铺垫。这条道路不是百米赛跑,是漫长的马拉松,是必须一步步进行的竞走。这也是一条时时充满了自然淘汰现象的道路。缺少耐力、缺少信心、缺少可持续韧性的人,缺少在某一时期内自甘寂寞的定力的人,即使"一举成名",声名鹊起,也可能昙花一现。始终"竞走"在文学道路上的大抵是些苦行僧。

复旦与我

我曾写过一篇散文,题目是《感激》。

在这一篇散文中,我以感激之心讲到了当年复旦中文系的老师们对我的关爱。在当年特殊的时代背景下,对我,他们的关爱还体现为一种不言而喻的、真情系之的保护。非是时下之人言,老师们对学生们的关爱所能包含的。在当年,那一份具有保护性质的关爱,铭记在一名学生内心里,任什么时候回忆起来都是凝重的。

我还讲到了另一位并非中文系的老师。

那么他是复旦哪一个系的老师呢?

事隔三十余年,我却怎么也不能确切地回忆起来了。

我所记住的只是一九七四年,他受复旦大学之命在黑龙江招生。中文系创作专业的两个名额也在他的工作范围以内。据说那一年复旦大学总共从黑龙江生产建设兵团招收了二十几名知识青年,他肩负着对复旦大学五六个专业的责任感。而创作专业的两个名额中的一个,万分幸运地落在了我的头上。

事情大致是这样的——为了替中文系创作专业招到一名将

来或能从事文学创作的学生,他在兵团总部翻阅了所有知青文学创作作品集。当年,兵团总部每隔两年举办一次文学创作学习班,创作成果编为诗歌、散文、小说、报告文学、通讯报道与时政评论六类集子。一九七四年,兵团已经培养起了一支不止百人的知青文学创作队伍,分散在各师、各团,直至各基层连队。我是他们中的一个,在基层连队抬木头。兵团总部编辑的六类集子中,仅小说集中收录过我的一篇短篇《向导》。那是我唯一被编入集子中的一篇,它曾发表在《团战士报》上。

《向导》的内容是这样的:一个班的知青在一名老职工的率领下进山伐木。那老职工在知青们看来,性格孤僻而专断——这一片林子不许伐,那一片林子也坚决不许伐,总之已经成材而又很容易伐到的树,一棵也不许伐。于是在这一名老"向导"的率领之下,知青离连队越来越远,直至天黑,才勉强凑够了一爬犁伐木,都是歪歪扭扭、拉回连队也难以劈为烧柴的那一类。而且,他为了保护一名知青的生命,自己还被倒树砸伤了。即使他在危险关头那么舍己为人,知青们的内心里却没对他起什么敬意,反而认为那是他自食恶果。伐木拉到了连队,指责纷起。许多人都质问:"这是拉回了一爬犁什么木头?劈起来多不容易?你怎么当的向导?"而他却用手一指让众人看:远处的山林,已被伐得东秃一片,西秃一片。他说:"这才几年工夫?别只图今天我们省事儿,给后人留下的却是一座座秃山!那要被后代子孙骂的……"

这样的一篇短篇小说在当年是比较特别的。主题的"环保"

思想鲜明。而当年中国人的词典里根本没有"环保"一词。我自己的头脑里也没有。只不过所见之滥伐现象,使我这一名知青不由得心疼罢了。

而这一篇仅三千字的短篇小说,却引起了复旦大学招生老师的共鸣,于是他要见一见名叫梁晓声的知识青年。于是他乘了十二个小时的列车从佳木斯到哈尔滨,再转乘八九个小时的列车从哈尔滨到北安,那是那一条铁路的终端,往前已无铁路了,改乘十来个小时的长途汽车到黑河,第二天上午从黑河到了我所在的团。如此这般的路途最快也需要三天。

而第四天的上午,知识青年梁晓声正在连队抬大木,团部通知他,招待所里有位客人想见他。

当我听说对方是复旦大学的老师,内心一点儿也没有惊喜的非分之想。认为那只不过是招生工作中的一个过场,按今天的说法是作秀。而且,说来惭愧,当年的我这一名哈尔滨知青,竟没听说过复旦这一所著名的大学。一名北方青年,当年对南方有一所什么样的大学,一向不会发生兴趣的。但有人和我谈文学,我很高兴。

我们竟谈了近一个半小时。

我对于"文革"中的"文艺"现象"大放厥词",倍觉宣泄。

他从自己的包里取出一本当年的"革命文学"的"样板书"《牛田洋》,问我看过没有,有什么读后感。我竟说:"那样的书翻一分钟就应该放下,不是任何意义上的文学作品!"

而那一本书中,整页整页地用黑体字印了几十段"最高指示"。

如果他头脑中有着当年流行的"左",则我后来根本不可能成为复旦的一名学子。倘他行前再向团里留下对我的坏印象,比如"梁晓声这一名知青的思想大有问题",那么我其后的日子更加不好过了。

我记得清清楚楚,我们分手时,他说的是"你跟我说过的那些话,不要再跟别人说了,那将会对你不利"。这是关爱。在当年,也是保护性的。后来我知道,他确实去见了团里的领导,当面表达了这么一种态度——如果复旦大学决定招收该名知青,那么名额不可以被替换。没有这一位老师的认真,当年我根本不可能成为复旦学子。

我入学几年后,就因为转氨酶超标,被隔离在卫生所的二楼。他曾站在卫生所平台下仰视着我,安慰了我半个多小时。三个月后我转到虹桥医院,他又到卫生所去送我……

至今想来,点点滴滴,倍觉温馨。进而想到——从前的大学生(他似乎是一九六二年留校的)与现在的大学生是那么不同。虽然我已不记得他是哪一个系、哪一个专业的老师了,但却肯定地知道他非是中文系的老师。而当年在我们一团的招待所里,他这一位并非中文系的老师,和我谈到了古今中外那么多作家和作品。这是耐人寻味的。

大千世界,芸芸众生。人皆一命,是谓生日。但有人是幸运的,能获二次诞辰。大学者,脱胎换骨之界也。"母校"说法,其意深焉。复旦乃百年名校,高深学府;所育桃李,遍美人间。是复旦当年认认真真地给予了我一种人生的幸运。她所派出的那

复旦与我 253

一位招生老师身上所体现出的认真,我认为,当是复旦之传统精神的一方面吧!我感激,亦心向复旦之精神也。故我这一篇粗陋的回忆文字的题目是《复旦与我》,而不是反过来,更非下笔轻妄。我很想在复旦百年校庆之典,见到一九七四年前往黑龙江生产建设兵团招生的那一位老师。

父母是最朴素的人文

一年一度，又逢母亲节、父亲节。

我的意识中，母亲像一棵树，父亲像一座山。他们教育我很多朴素的为人处世道理，令我终生受益。我觉得，对于每一个人，父母早期的家教都具有初级的朴素的人文元素。我作品中的平民化倾向，同父母从小对我的教育和影响密不可分。

我出生在哈尔滨市一个建筑工人家庭，兄妹五人，为了抚养我们五个孩子，父亲在我很小的时候就到外地工作，每月把钱寄回家。他是国家第一代建筑工人。母亲在家里要照顾我们五个孩子的生活，非常辛劳。母亲给我的印象像一棵树，我当时上学时看到的那种树——秋天不落叶，要等到来年春天，新叶长出来后枯叶才落去。

当时父亲的工资很低，每次寄回来的钱都无法维持家中的生活开支，看着我们五个正处在成长时期的孩子，食不饱腹，鞋难护足，母亲就向邻居借钱。她有一种特别的本领，那就是能隔几条街借到熟人的钱。我想，这是她好人缘所起的作用。尽管这样，我们因为贫困还是生活得很艰难，五个孩子还是经常挨饿。

一次，我小学放学回家走在路上，肚子饿得咕咕叫，正无精打采往家赶时，看到一个老大爷赶着马车从我面前走过。一股香喷喷的豆饼味迎面扑来，我立即向老大爷的马车看过去，发现马车上有一块豆饼。我本来就饿，再加上豆饼香味的刺激，当时只有一个念头，拿着豆饼填饱肚子。我趁着老大爷不注意，抱起他身旁唯一的一块豆饼，拔腿就跑。

老大爷拿着马鞭一直在后面追我，我跑进家里，他不知道我一下子跑入了哪间房子。我心惊胆战地躲在家里，可没想到他还是找到了我家。

"你看到一个偷我豆饼的小孩儿吗？"老大爷问我母亲。

母亲对发生的事全然不知。老大爷就把事情的经过给母亲详细说了一遍，然后蹲在地上沮丧地说："我是农村的庄稼人，专门替别人给城里的人家送菜，每次送完菜，没有工钱，就得到四分之一块豆饼，可没想到半路上豆饼被一个学生娃给抢了，可怜我家里还有妻子和孩子，就靠这点豆饼充饥……"

母亲听完后，立即命令我把豆饼还给了老大爷。他走了十几米远后，母亲突然喊住了他。母亲将家中仅剩的几个土豆和窝头送给了他，老大爷看到玉米面做的窝头时，就像一个从未见过粮食的人一样，眼睛放亮，一边不停地说着感谢的话一边流着眼泪。

母亲回到家时，我以为她会打骂我，可她没有，她要等所有的孩子都回来。晚饭后，她要我将自己的行为说了一遍，然后她才严厉地教训我："如果你不能从小就明白一个人绝不可以做哪些事，我又怎么能指望你以后是一个社会上的好人？如果你以后在社会上都不能是一个好人,当母亲的又能从你那里获得什么安慰?"这些道理不在书本里,不在课堂上,却使我一生受益。

当时我家虽然非常穷,但母亲还是非常支持我读书,穷日子里的读书时光对我来说是最快乐的。当时家中买菜等事都由我去做,只要剩两三分钱,母亲就让我自己留着。现在两三分钱掉到地上是没人捡的,那时五分钱可以去商店买一大碟咸菜丝,一家人可以吃上两顿,两分钱可以买一斤青菜,有时五分钱母亲也让我自己拿着。我拿着这些钱去看小人书。

我买的第一本长篇小说是《青年近卫军》,一元多钱。母亲还从来没有一次给过我这么多钱。我还从来没有向母亲一次要过这么多钱。当年的我们,视父母一天的工资是多么非同小可啊!但我想有一本《青年近卫军》,想得整天失魂落魄,无精打采。我从同学家的收音机里听到过几次《青年近卫军》长篇小说连续广播。那时我家的破收音机已经卖了,被我和弟弟妹妹们吃进肚子里了。直接吃进肚子里的东西当然不能取代"精神食粮"。我下了很大的决心才鼓起勇气去找母亲要钱。

那天下午两点多,我来到母亲做工的小厂。进去一看,原来母亲是在一个由仓库改成的厂房里做工。厂房不通风,也不见阳光,冬天冷夏天热,每个缝纫机的上方都吊着一个很低的灯泡。因为只有灯泡瓦数很高,才能看得见做活。厂房很热,每个人都戴着厚厚的口罩,整个车间像一个纱厂一样,空中飞舞着褐色的棉絮,所有母亲戴的口罩上都沾满了褐色的棉絮,头发上、脸上、眼睫毛上也都是,很难辨认哪位是我母亲。

父母是最朴素的人文 **257**

我一直不知道母亲是在这样的环境下工作,后来还是母亲的同事帮我找到了她。见到母亲,本来找她要钱的我,一时竟说不出话来。

母亲说:"什么事说吧,我还要干活。"

"我要钱。"

"你要钱做什么呀?"

"我要买书。"

"梁嫂,你不能这样惯孩子,能给他读书就不错了,还买什么书呀。"母亲的工友纷纷劝道。

"他呀,也只有这样一个爱好,读书反正不是什么坏事。"母亲说完把钱掏给了我。

拿着母亲给的钱,我的心情很沉重,本来还沉浸在马上拥有新书的喜悦中,现在一点儿买书的念头都没有了。当时我心里很内疚,因为母亲在那里工作了两年多,我一直不知道她在那里。我一次都没有看望过她,我也没有钱孝敬她,我怀着这样的心情去用母亲给的钱给她买了罐头。

母亲看到我买的罐头反而生气了,后来又给了我钱去买《青年近卫军》。就这样,我有了第一本长篇小说……这件事给我的印象很深,以至后来参加工作后我的第一件事就是花了二三十元钱,给母亲买回所有款式的罐头和点心。母亲看着我买的礼物,泪流满面。她把这些罐头擦得很亮,整整齐齐地摆在桌子上。

母亲最令我感动的事是发生在三年困难期间的那件事。当时因为我们家里小孩儿多,所以政府给了我们家一点粮食补贴,补了五至十斤粮食吧。月底的最后一天,家里一点粮食都没有了,揭不开锅,母亲就拿着饭盆将几个空面粉袋子一边抖一边刮,终于刮出了一些残余的面粉。母亲把它做成了一点疙瘩汤,然后在小院子里摆上凳子。

正在我们吃饭的时候,来了一个讨饭的。那是一个留着长胡子的老人,衣服穿得很破,脸看上去也有几天没洗。他看着我们几个孩子喝疙瘩汤的时候,显得非常馋。母亲给他端来洗脸水后,又给他搬凳子,把她自己的那份疙瘩汤盛给了他而自己却饿着肚子。

然而这件事被邻居看到后,不知是谁在居委会开会时把这个事讲出来了,说我们家粮食多得吃不完,还在家中招待要饭的人。从这以后,我们家就再也没有粮食补贴了。可我母亲对这件事并没有后悔,她对我们说你们长大后也要这样。我觉得有时母亲做的某些小事都具有对儿童和少年早期人文教育的色彩。我现在教育我的学生时也经常这样讲,少写一点初恋、郁闷,少写一点流行与时尚,多想一下自己的父母,如果连自己的父母都不了解,谈何了解天下。

我们这一代人的父母,几乎没有过过一天幸福的晚年。老舍在写他的母亲时说,他母亲没有穿过一件好衣服,没有吃过一顿好饭,他拿什么来写母亲。我能感受到作者当时的心情。萧乾在写他母亲时说,他当时终于参加工作并把第一个月的工资拿出来给母亲买罐头,当他把罐头喂给病床上的母亲时,她已经停止了呼吸。季羡林在回忆他母亲时写道,他后悔到北京到清华学习,如果不是这样,他母亲也不会那么辛苦培养他读书。他母亲生病时,都没有告诉他,等他回到家时,母亲已经去世,他当时恨不得一头撞在母亲的棺木上,随她一起去……这样的父母很多,如果我们的父母也长寿,到街心公园打打太极拳,提着鸟笼子散散步,过生日时给他们送上一个大蛋糕,春节一家人到酒店吃一顿饭,甚至去旅游,我们心中也会释然。如果我们少一点粗声粗气地对母亲说话,惹她生气;如果我们能多抽出一点时间来陪陪母亲,那就好了。我想全世界的儿女都是孝的,只要我们仔细看一下"老"字和"孝"字,上面都是一样的,"老"字非常像一个老人半跪着,人到老年要生病,记性不好,像小孩儿,不再是那个威严的教育你的父母,他变成弱势了,在别人面前还有尊严,在你面前却要依靠……

最后我想说,爱是双向的。只有父母对孩子的爱,没有孩子对父母的爱,这种爱是不完整的。父母养育孩子,子女尊敬父母,爱是人间共同的情怀和关爱。

普通人

父亲去世已经一个月了。

我仍为我的父亲戴着黑纱。

有几次出门前,我将黑纱摘了下来,但倏忽间,内心涌起一种怅然若失的情感。戚戚地,便又戴上了。我不可能永不摘下,我想。这是一种纯粹的个人情感,尽管这一种个人情感在我有不可弹言的虔意。我必得从伤绪之中解脱,也是无须别人劝慰我自己明白的。然而怀念是一种相会的形式,我们人人的情感都曾一度依赖于它……

这一个月里,又有电影或电视剧制片人员,到我家来请父亲去当群众演员。他们走后,我就独自静坐,回想起父亲当群众演员的一些微事……

一九八四年至一九八六年,父亲栖居北京的两年,曾在五六部电影和电视剧中当过群众演员。在北影院内,甚至范围缩小到我当年居住的十九号楼内,这乃是司空见惯的事。

父亲被选去当群众演员,毫无疑问地最初是由于他那十分惹人注目的胡子。父亲的胡子留得很长,长及上衣第二颗纽扣。总体银白,须梢金黄。谁见了都对我说:"梁晓声,你老父亲的一把大胡子真帅!"

父亲生前极爱惜他的胡子。兜里常揣一柄木质小梳。闲来无事,就梳理。

记得有一次,我的儿子梁爽天真发问:"爷爷,你睡觉的时候,胡子是在被窝里,还是在被窝外呀?"

父亲一时答不上来。

那天晚上,父亲竟至于因为他的胡子而几乎彻夜失眠。竟至于捅醒我的母亲,问自己一向睡觉的时候,胡子究竟是在被窝里还是在被窝外。无论他将胡子放在被窝里还是放在被窝外,总觉得不那么对劲……

父亲第一次当群众演员,在《泥人常传奇》剧组。导演是李文化。副导演先找了父亲。父亲说得征求我的意见。父亲大概将当群众演员这回事看得太重,以为便等于投身了艺术。所以希望我替他做主,判断他到底能不能胜任。父亲从来不做自己胜任不了之事。他一生不喜欢那种滥竽充数的人。

我替父亲拒绝了。那时群众演员的酬金才两元。我之所以拒绝不是因为酬金低,而是因为我不愿我的老父亲在摄影机前被人呼来唤去的。

李文化亲自来找我,说他这部影片的群众演员中,少了一位长胡子老头儿。

"放心,我吩咐对老人家要格外尊重,要像尊重老演员们一样还不行吗?"——他这么保证。

我只得违心同意。

从此,父亲便开始了他的"演员生涯"——更准确地说,是"群众演员"生涯——在他七十四岁的时候……

父亲演的尽是迎着镜头走过来或背着镜头走过去的"角色"。说那也算"角色",太夸大其词了。不同的服装,使我的老父亲在镜头前成为老绅士、老乞丐、摆烟摊的或挑菜行卖的……

不久,便常有人对我说:"哎呀晓声,你父亲真好,演戏认真极了!"

父亲做什么事都认真极了。

但那也算"演戏"吗?

我每每一笑罢之。然而听到别人夸奖自己的父亲,内心里总是高兴的。

一次,我从办公室回家,经过北影一条街——就是那条旧北京假景街,见父亲端端地坐在台阶上。而导演们在摄影机前指手画脚地议论什么,不像再有群众场面要拍的样子。

时已中午,我走到父亲跟前,说:"爸,你还坐在这儿干什么呀?回家吃饭!"

父亲说:"不行。我不能离开。"

我问:"为什么?"

父亲回答:"我们导演说了——别的群众演员没事儿了,可以打发走了。但这位老人不能走,我还用得着他!"

父亲的语调中,很有一种自豪感似的。

父亲坐得很特别。那是一种正襟危坐。他身上的演员服,是

普通人 263

一件褐色绸质长袍。他将长袍的后摆,掀起来搭在背上;而将长袍的前摆,卷起来放在膝上。他不倚墙,也不靠什么,就那样子端端地坐着,也不知已经坐了多久。分明的,他唯恐使那长袍沾了灰土或弄褶皱了……

父亲不肯离开,我只好去问导演。导演却已经将我的老父亲忘在脑后了,一个劲儿地向我道歉……中国之电影电视剧,群众演员的问题,对任何一位导演,都是很沮丧的事。往往地,需要十个群众演员,预先得组织十五六个,真开拍了,剩下一半就算不错。有些群众演员,钱一到手,人也便脚底板抹油,溜了。群众演员,在这一点上,倒可谓相当出色地演着我们现实中的些个"群众"、些个中国人。

难得有父亲这样的群众演员。我细思忖,都愿请我的老父亲当群众演员,当然并不完全因为他的胡子。那两年内,父亲睡在我的办公室。有时我因写作到深夜,常和父亲一块儿睡在办公室。有一天夜里,下起了大雨。我被雷声惊醒,翻了个身,黑暗中,恍恍地,发现父亲披着衣服坐在折叠床上吸烟。我好生奇怪,不安地询问:"爸,你怎么了?为什么夜里不睡吸烟?是不是有什么心事啊?"黑暗之中,但闻父亲叹了口气。许久,才听他说:"唉,我为我们导演发愁哇!他就怕这几天下雨……"

父亲不论在哪一个剧组当群众演员,都一概地称导演为"我们导演"。从这种称谓中我听得出来,他是把他自己——一个迎着镜头走过来或背着镜头走过去的群众演员,与一位导演之间联得太紧密了。或者反过来说,他是把一位导演,与一个迎着镜头走过来或背着镜头走过去的群众演员联得太紧密了。

而我认为这是荒唐的,实实在在是很犯不上的,嘟哝地说:"爸,你替他操这份心干吗?下雨不下雨的,与你有什么关系?睡吧!睡吧!"

"有你这么说话的吗?"父亲教训我道,"全厂两千来人,等着这一部电影早拍完,才好发工资,发奖金!你不明白?你一点不关心?"

我佯装没听到,不吭声。

父亲刚来时,对于北影的事,常以"你们厂"如何如何而发议论,而发感慨。不知从什么时候开始,他不说"你们厂"了,只说"厂里"了。倒好像,他就是北影的一员。甚至倒好像,他就是北影的厂长……

天亮后,我起来,见父亲站在窗前发怔。我也不说什么。怕一说,使他觉得听了逆耳,惹他不高兴。后来父亲东找西找的,我问找什么,他说找雨具,说要亲自到拍摄现场去,看看今天究竟能拍还是不能拍。他自言自语:"雨小多了嘛!万一能拍呐?万一能拍,我们导演找不到我,岂不是要发急吗?……"

听他那口气,仿佛他是主角。

我说:"爸,我替你打个电话,向你们剧组问问不就行了吗?"

父亲不语,算是默许了。

于是我就到走廊去打电话。其实是给我自己打电话。回到办公室,我对父亲说:"电话打过了。你们组里今天不拍戏。"——我明知今天准拍不成。父亲火了,冲我吼:"你怎么骗我?!你明

普通人　265

明不是给剧组打电话！我听得清清楚楚。你当我耳聋吗？"父亲他怒赳赳地就走出去了。我站在办公室窗口，见父亲在雨中大步疾行，不免羞愧。对于这样一位太认真的老父亲，我一筹莫展……

父亲还在朝鲜选景于中国的一部什么影片中担当过群众演员。当父亲穿上一身朝鲜民族服装后，别提多么像一位朝鲜老人了。那位朝鲜导演也一直把他视为一位朝鲜老人。后来得知他不是，表示了很大的惊讶，也对父亲表示了很大的谢意，并单独同父亲合影留念。

那一天父亲特别高兴，对我说："我们中国的古人，主张干什么事都认真。要当群众演员，咱们就认认真真地当群众演员。咱们这样的中国人，外国人能不看重你吗？"

记得有天晚上，是一个星期六的晚上。我和妻子和老父母一块儿包饺子。父亲擀皮儿。忽然父亲长叹一声，喃喃地说："唉，人啊，活着活着，就老了……"

一句话，使我、妻、母亲面面相觑。

母亲说："人，谁没老的时候？老了就老了呗！"

父亲说："你不懂。"

妻煮饺子时，小声对我说："爸今天是怎么了？你问问他。一句话说得全家怪纳闷怪伤感的……"

吃过晚饭，我和父亲一同去办公室休息。

睡前，我试探地问："爸，你今天又不高兴了吗？"

父亲说："高兴啊。有什么不高兴的！"

我说:"那么包饺子的时候你叹气,还自言自语老了老了的。"

父亲笑了,说:"昨天,我们导演指示——给这老爷子一句台词!连台词都让我说了,那不真算是演员了吗?我那么说你听着可以吗?……"

我恍然大悟——原来父亲是在背台词。我就说:"爸,我的话,也许你又不爱听。其实你愿怎么说都行!反正到时候,不会让你自己配音,得找个人替你再说一遍这句话……"

父亲果然又不高兴了,以教训的口吻说:"要是都像你这种态度,那电影,能拍好吗?老百姓当然不愿意看!一句台词,光是说说的事吗?脸上的模样要是不对劲,不就成了嘴里说阴,脸上作晴了吗?"

父亲的一番话,倒使我哑口无言。惭愧的是,我连父亲不但在其中当群众演员,而且说过一句台词的这部电影,究竟是哪个厂拍的,片名是什么,至今一无所知。我说得出片名的,仅仅三部电影——《泥人常传奇》《四世同堂》《白龙剑》。前几天,电视里重播电影《白龙剑》,妻忽指着屏幕说:"梁爽你看你爷爷!"我正在看书,目光立刻从书上移开,投向屏幕——哪里还有父亲的影子……我急问:"在哪儿?在哪儿?"妻说:"走过去了。"

是啊,父亲所"演",不过就是些迎着镜头走过来或背着镜头走过去的群众角色。走的时间最长的,也不过就十几秒钟。然而父亲的确是一位极认真极投入的群众演员——与父亲"合作"过的导演们都这么说……

在我写这篇文字时,又有人打来电话——

普通人　267

"梁晓声？……"

"是我。"

"我们想请你父亲演个群众角色啊！……"

"这……我父亲已经去世了……"

"去世了？……对不起……"

对方的失望大大多于歉意。

父亲一生认真做人，认真做事。连当群众演员，也认真到可爱的程度。这大概首先与他愿意是分不开的。一个退了休的老建筑工人，忽然在摄影机前走来走去，肯定是他的一份儿愉悦。人对自己极反感之事，想要认真也是认真不起来的。这样解释，是完全解释得通的。但是我——他的儿子，如果仅仅得出这样的解释，则证明我对自己的父亲太缺乏了解了！

我想——"认真"二字，之所以成为父亲性格的主要特点，也许更因为他是一位建筑工人。几乎一辈子都是一位建筑工人，而且是一位优秀的获得过无数次奖状的建筑工人。

一种几乎终生的行业，必然铸成一个人明显的性格特点。建筑师们，是不会将他们设计的蓝图给予建筑工人——也即那些砖瓦灰泥匠们过目的。然而哪一座伟大的宏伟建筑，不是建筑工人们一砖一瓦盖起来的呢？正是那每一砖每一瓦，日复一日，月复一月，年复一年地，十几年、几十年地，培养成了一种认认真真的责任感。一种对未来之大厦矗立的高度的可敬的责任感。他们虽然明知，他们所参与的，不过一砖一瓦之劳，却甘愿通过他们的一砖一瓦之劳，促成别人的冠环之功。

他们的认真乃因为这正是他们的愉悦!

愿我们的生活中,对他人之事认真,并能从中油然引出自己之愉悦的品格,发扬光大起来吧!

父亲是一个普通得不能再普通的人。父亲曾是一个认真的群众演员。或者说,父亲是一个"本色"的群众演员。

以我的父亲为镜,我常不免地问自己——在生活这大舞台上,我也是演员吗?我是一个什么样的演员呢?就表演艺术而言,我尊敬性格演员。就现实中人而言,恰恰相反,我尊敬每一个"本色"的人,而十分警惕"性格演员"……

给哥哥的信

亲爱的哥哥：

提笔给你写此信，真是百感交集。亦羞愧难当，无地自容！

屈指算来，弟弟妹妹们各自成家，哥哥入院，十五六年矣！这十五六年间，我竟一次也没探望过哥哥，甚至也没给哥哥写过一封信，我可算是个什么样的弟弟啊！

回想从前的日子，哥哥没生病时，曾给予过我多少手足关怀和爱护啊！记得有次我感冒发烧，数日不退，哥哥请了假不上学，终日与母亲长守床边，服侍我吃药，用凉毛巾为我退烧。而那正是哥哥小学升中学的考试前夕呀！那一种手足亲情，绵绵温馨，历历在目。

我别的什么都不想吃，只要吃"带馅儿的点心"，哥哥就接了母亲给的两角多钱，二话不说，冒雨跑出家门。那一天的雨多大呀！家中连件雨衣连把雨伞都没有，天又快黑了，哥哥出家门时只头戴了一顶破草帽。哥哥跑遍了家附近的小店，都没有"带馅儿的点心"卖。哥哥为了我这个弟弟能在病中吃上"带馅儿的点心"，却不死心，冒大雨跑往市里去了。手中只攥着两角多钱，自然舍不得花掉一角多钱来回乘车。那样，剩下的钱恐怕连买一块"带馅儿的点心"也不够了。一个多小时后哥哥才回到家里，像落汤鸡，衣服裤子湿得能拧出半盆水！草帽被风刮去了，路上摔了几跤，膝盖也破了，淌着血。可哥哥终于为我买回了两块"带馅儿的点心"。点心因哥哥摔跤掉在雨水里，泡湿了。放在小盘里端在我面前时，已快拿不起来了。哥哥见点心成了那样子，一下就哭了……哥哥反觉太对不起我这个偏想吃"带馅儿的点心"的弟弟！唉，唉，我这个不懂事的弟弟呀，明知天在下雨，明知天快黑了，干吗非想吃"带馅儿的点心"呢？不是借着点儿病由闹矫情吗？

还记得我上小学六年级，哥哥刚上高中时，我将家中的一把玻璃刀借给同学家用，被弄丢了。当时父亲已来过家信，说是就要回哈市探家了。父亲是工人。他爱工具。玻璃刀尤其是他认为宝贵的工具。的确啊，在当年，不是哪一个工人想有一把玻璃刀就可以有的。我怕受父亲的责骂，那些日子忐忑不安。而哥哥安慰我，一再说会替我担过。果然，父亲回到家里以后，有天要为家里的破窗换块玻璃，发现玻璃刀不见了，严厉询问，我吓得不敢吱声儿。哥哥鼓起勇气说，是被他借给人了。父亲要哥哥第二天讨回来，哥哥第二天当然是无法将一把玻璃刀交给父亲的。推说忘了。第三天，哥哥不得不"承认"是被自己弄丢了——结果哥哥挨了父亲一耳光。那一耳光是哥哥替我挨的呀……

哥哥的病，完完全全是被一个"穷"字愁苦出来的。哥哥考大学没错，上大学也没错。因为那也是除了父亲而外，母亲及弟弟妹妹们非常支持的呀！父亲自然也有父亲的难处。他当年已五十多岁了，自觉力气大不如前了。对于一名靠力气挣钱的建筑工人，每望着眼面前一个个未成年的儿女，他深受着父亲抚养责任的压力哪！哥哥上大学并非出于一己抱负的自私，父亲反对哥哥上大学，主张哥哥早日工作，也是迫于家境的无奈啊！一句话，一个"穷"字，当年毁了一考入大学就被选为全校学生会主席的哥哥……

我下乡以后，我们还经常通信是不哥哥？别人每将哥哥的信转给我，都会不禁地问："谁给你写的信，字迹真好，是位练过书法的人吧？"

我将自己写的几首小诗寄给哥哥看，哥哥立刻明白——弟弟心里产生爱了！我也就很快地收到了哥哥的回信——一首词体的回信。太久了，我只能记住其中两句了——"遥遥相望锁唇舌，却将心相印，此情最可珍。"

即使在我下乡那些年，哥哥对我的关怀也依然是那么温馨，信中每嘱我万勿酣睡于荒野之地，怕我被毒虫和毒蛇咬；嘱我万勿乱吃野果野蘑，怕我中毒；嘱我万勿擅动农机具，怕我出事故；嘱我万勿到河中戏水，怕下乡前还不会游泳的我被溺……

哥哥，自我大学毕业分配在北京以后，和哥哥的通信就中断了。其间回过哈市五六次，每次都来去匆匆，竟每次都没去医院探望过哥哥！这是我最自责，最内疚，最难以原谅自己的！

哥哥，亲爱的哥哥，但是我请求你的原谅和宽恕。家中的居住情况，因弟弟妹妹们各自结婚，二十八平方米的破陋住房，前盖后接，不得不被分隔为四个"单元"。几乎每一尺空间都堆满了东西——这我看在眼里，怎么能不忧愁在心中呢？怎么能让父亲母亲在那样不堪的居住条件之下度过晚年呢？怎么能让弟弟妹妹们在那样不堪的居住条件之下生儿育女呢？连过年过节也不能接哥哥回家团圆，其实，乃因家中已没了哥哥的床位呀！是将哥哥在精神病院那一张床位，当成了哥哥在什么旅馆的永久"包床"啊！细想想，于父母亲和弟弟妹妹，是多么万般无奈！于哥哥，又是多么残酷！哥哥的病本没那么严重啊！如果家境不劣，哥哥的病早就好了！哥哥在病中，不是还曾在几所中学代过课吗？从数理化到文史地，不是都讲得很不错吗……

我十余年中，每次回哈，都是身负着特殊使命一样，为家中解决住房问题，为弟弟妹妹解决工作问题呀！是心中想念，却顾不上去医院探望哥哥啊！当年我其实也是心有余而力不足，豁出自尊四处求助，往往事倍功半罢了……

如今，我可以欣慰地告诉哥哥了——我多年的稿费加上幸逢拆迁，弟弟妹妹的住房都已解决；弟弟妹妹们的工作都较安稳，虽收入低，但过百姓日子总还是过得下去的；弟弟妹妹们的三个女儿，也都上了高中或中专……

如今，我可以欣慰地告诉哥哥了——父母二老还都健在，早已接来北京与我住在一起……

望哥哥接此信后，一切都不必挂念。

春节快到了——春节前，我将雷打不动地回哈市，将哥哥从医院接出，与哥哥共度春节……

今年五月，我将再次回哈市，再次将哥哥从医院接出，陪哥哥旅游半个月……

如哥哥同意，我愿那之后，与哥哥同回北京——哥哥的晚年，可与我生活在一起……

如哥哥心恋哈市亲情旧友多，那么，我将为哥哥在哈市郊区买一套房，装修妥善，布置周全——那里将是哥哥的家。

总之，我不要亲爱的哥哥再住在精神病院里！

总之，我要竭尽全力为哥哥组建一个家庭，为哥哥积攒一笔钱，以保证哥哥晚年能过无忧无虑的正常的家庭生活！

哥哥本来早就是可以像正常人一样过家庭生活的啊！这一点是连医生们心中都清楚的啊！只不过从前弟弟顾不上哥哥，只不过从前弟弟没有那份儿经济能力……

哥哥，亲爱的哥哥——你实实在在是受了天大委屈！哥哥，亲爱的哥哥——耐心等我，我们不久就要在一起过春节了！哥哥，亲爱的哥哥——紧紧地拥抱你！

你亲爱的弟弟绍生 1999 年 1 月 20 日于北京

（注：十年前失去了老父亲，去年又失去了老母亲，我乃天下一孤儿了！没有老父亲老母亲的感觉，一点儿也不好。特别不好！我宁愿要那种"上有老，下有小"的沉重，而不愿以永失父子母子的天伦亲情，去换一份卸却沉重的轻松。于我，其实从未

觉得真的是什么沉重,而觉得是人生的一种福分,现在,没法再享那一种福分了!我真羡慕父母健康长寿的儿女!现在,对哥哥的义务和责任,乃我最大的义务和责任之一了。对哥哥的亲情,因十五六年间的顾不上的落失,现在对我尤其显得宝贵了。我要赶快为哥哥做。倘在将做未做之际而痛失哥哥,我想,我心的亲情伤口怕就难以愈合了。故有此信。)

姻缘备忘录

屈指算来,为人夫十三载矣。

人生真是匆匆得令人恐慌。

十七年前,我从上海复旦大学毕业,成为北京电影制片厂文学部最年轻的编辑之后,曾受到过许多关注的目光。十年"文革"在我的同代人中遗留下了一大批老姑娘,每几个家庭中便有一个。一名二十八岁的电影制片厂的编辑,还有"复旦"这样的名牌大学的文凭(尽管不是正宗的),看去还斯斯文文,书卷气浓,了解一下品德——不奸不诈,不纨绔不孟浪,行为检束,于是同事中热心的师长们和"阿姨"们,都觉得把我"推荐"给自己周围的某一位老姑娘简直就是一件义不容辞的历史责任……

然而当年我并不急着结婚。

我想将来成为我妻子的那个姑娘,必定是我自己在某种"缘"中结识的。

我期待着那奇迹,我想它总该多多少少有点儿浪漫色彩的吧?……

也觉得组建一个小家庭对我而言条件很不成熟。我毫无积蓄,基本上是一个穷光蛋。每月四十九元工资,寄给老父老母二十元,所剩也只够维持一个单身汉的最低生活水平。平均一天还不到一元钱。

结婚之前总得"进行"恋爱,恋爱就需要一些额外的消费。但我如果请女朋友或曰"对象"吃一顿饭,那一个月肯定就得借钱度日。而我自己穷得连一块手表都没有。兵团时期的手表大学毕业前卖了,分配到北影一年后还买不起一块新表。

当然,我不给老父老母寄钱,他们也能吃得上穿得上。他们也一而再,再而三地叮嘱我,为自己结婚积蓄点儿钱吧!但我每月照寄不误。我自幼家贫。二十八岁时家里仍很穷。还有一个生病的哥哥常年住在医院里。我觉得我可以三十八岁时再结婚,却不能不在二十八岁时以自己的方式报答父母的养育之恩。对老父亲老母亲我总有一种深深的负疚感——总认为二十八了才开始报答他们(也不过就是每月寄给他们二十元钱)已实在是太晚了,方式也太简单了……

在期待中我由二十八岁而三十二岁。奇迹并没有发生,"缘"也并没到来。我依然行为检束。单身汉生活中没半点儿浪漫色彩。

四年中我难却师长们和"阿姨"们的好意,见过两三个姑娘,她们的家境都不错,有的甚至很好。但我那时忽然生出想调回哈尔滨市,能近在老父母身旁尽孝的念头,结果当然是没"进行"恋也没"进行"爱……

念头终于打消,我自己为自己"相中"了一个姑娘,缺乏

姻缘备忘录 277

"自由恋爱"的实践经验,开始和结束前后不到半个小时。人家考验我而我不能理解为什么对我还需要考验(又不是入党)。误会在半小时内打了一个结,后来我知道是误会,却已由痛苦而渐渐索然。这也足见"自由"是有代价的这话有理。

于是我现在的妻子某一天走入了我的生活。她单纯得很有点儿发傻。二十六岁了决然地不谙世故。说她是大姑娘未免"抬举"她,充其量只能说她是一个大女孩儿。也许与她在农村长到十四五岁不无关系……她是当年我们文学部的一位党支部副书记"推荐"给我的。那时我正写一部儿童电影剧本。我说悠悠万事唯此为大,待我写完了剧本再考虑。

一个月后我把这件事都淡忘了。可是"党"没有忘记,毅然地关心着我呢。

某天"党"郑重地对我说:"晓声啊,你剧本写完了,也决定发表了,那件事儿,该提到日程上来了吧?"

倏忽地,我觉得我以前真傻。"恋爱"不一定非要结婚嘛!既然我的单身汉生活里需要一些柔情和女性带给我的温馨,何必非拒绝"恋爱"的机会呢!……

这一闪念其实很自私,甚至也可以说挺坏。

于是我的单身汉宿舍里,隔三日岔五日的,便有一个剪短发的、大眼睛的大女孩儿"轰轰烈烈"而至,"轰轰烈烈"而辞。我的意思是——当年她生气勃勃,走起路来快得我跟不上。我的单身宿舍在筒子楼,家家户户在走廊里做饭。她来来往往于晚上——下班回家绕个弯儿路过。一听那上楼的很响的脚步声,我在宿舍里就知道是她来了。没多久,左邻右舍也熟悉了她的脚步声,往往就向我通报——哎,你的那位来啦!……

我想,"你的那位"不就是人们所谓之"对象"的别一种说法吗?我还不打算承认这个事实呢!

于是我向人们解释——那是我"表妹",亲戚。人们觉得不像是"表妹",不信。我又说是我一位兵团战友的妹妹,只不过到我这儿来玩的。人们说凡是"搞对象"的,最初都强调对方不过是来自己这儿玩玩的……

而她自己却俨然以我的"对象"自居了。邻居跟她聊天儿,说以后木材要涨价了,家具该贵了。她听了真往心里去,当着邻居的面儿对我说——那咱们凑钱先买一个大衣柜吧!

搞得我这个"表哥"没法儿再窘。于是,似乎从第一面之后,她已是我的"对象"了。非但已是我的"对象"了,简直就是我的未婚妻了。有次她又来,我去食堂打饭的一会儿工夫,回到宿舍发现,我压在铺桌玻璃板下的几位女知青战友、大学女同学的照片,竟一张都不见了。我问那些照片呢?她说她替我"处理"了。说下次她会替我带几张她自己的照片来……而纸篓里多了些"处理"的碎片……她吃着我买回的饺子,坦然又天真。显然的,她丝毫也没有恶意。仿佛只不过认为,一个未来家庭的未来的女主人,已到了该在玻璃板下预告她的理所当然的地位的时候了。我想,我得跟她好好谈一谈了。于是我向她讲我小时候是一个怎样的穷孩子,如今仍是一个怎样的穷光蛋,以及身体多么不好,有胃病、肝病、早期心脏病,等等。并且,我的家庭包袱

姻缘备忘录

实在是重哇！而以为这样的一个男人也是将就着可以做丈夫的，意味着在犯一种多么糟糕、多么严重的大错误啊！一个女孩子在这种事上是绝对将就不得、凑合不得、马虎不得的。但是嘛，如果做一个一般意义上的好朋友，我还是很有情义的。当时的情形恰如一首歌里唱的——我向她讲起了我的童年，她瞪着大而黑的眼睛痴痴地、呆呆地望着我……

我曾以这种颇虚伪也颇狡猾的方式成功地吓退过几个我认为与我没"缘"的姑娘。

然而事与愿违。她被深深地感动了，哭了。仿佛一个善良的姑娘被一个穷牧羊人的命运感动了——就像童话里所常常描写的那样……

她说："那你就更需要一个人爱护你了啊！……"

于是我明白——她正是从那一时刻开始真正爱上了我。

我一向期待的所谓"缘"，也正是从那一时刻显现了面目，促狭地向我眨眼的……

三个月后到了年底。

某天晚上她问我："你的棉花票呢？"

我反问："怎么，你家需要？"

翻出来全给了她。

而她说："得买新被子啦。"

我说："我的被子还能盖几年。"

她说："结婚后就盖你那床旧被呀？再怎么不讲究，也该做两床新被吧？"

我瞪着她一时发愣。

我暗想——梁晓声你还有什么好说的？看来这个大女孩儿，似乎注定了就是那个叫上帝的古怪老头赐给你的妻子。在她该出现于你生活中的时候，她最适时地出现了……

十个月后我们结婚了。我陪我的新娘拎着大包小包乘公共汽车光临我们的家。那年在下三十二岁。没请她下过一次"馆子"。

她在我十一平方米的单身宿舍里生下了我们的儿子。三年后我们的居住条件有所改善，转移到了同一幢筒子楼的一间十三平方米的住室里……

妻子曾如实对我说——当年完全是在一种人道精神的感召下才决定了爱我。当年她想——我若不嫁给这个忧郁的男人还有哪一个傻女孩儿肯嫁给他呢？如果他一辈子讨不上老婆，不成了社会问题？

我相信她的话。相信她当年肯定是这么想的。细思忖之，完全可能像她说的那样。当年肯真心爱这样的一个穷光蛋，并且准备同时能做到真心地视我的老父老母弟弟妹妹为自己亲人的，除了她，我还没碰着。

她是唯一没被我的"自白"吓退的姑娘……

十三年间我的工资由四十九元而五十几元而七十几元而八十几元、九十几元……

一九九二年底，我的基本工资升至一百二十五元至今……

十三年间她的工资由五十几元而六十几元、七十几元、八十几元渐次升至一百多元……

姻缘备忘录

一九九二年以前她的工资始终高于我的工资十几元。

一九九二年我们的工资一度接近，但她有奖金，我没有奖金，实际工资仍比我高。

现在，她的单位经济效益不错，实际工资则比我高得多了。

我有稿费贴补，生活还算小康。而我们的起点，却是从一穷二白开始的。着实过了五六年拮据日子呢！

十三年内，我几乎整个儿影响了她——我不喜欢娱乐，尤其不喜欢户外娱乐，故我们这三口之家，是从来也不曾出现在娱乐场所的。最传统的消遣方式，也不过就是于周末晚上，借一盘或租一盘大人孩子都适合看的录像带，聚一处看个小半通宵。我对豪奢有本能的反感——所以我的家是一个俭约的家，从大到小，没一样东西是所谓名牌。我们结婚时的一张木床，当年五十七元凭结婚证买的，直至去年才送给了乡下来的传达室师傅。我不能容忍一日三餐浪费太多的时间精细操作，一向强调快、简、淡的原则。而她是喜欢烹饪的，为我放弃爱好，练就了一种能在十几分钟内做成一顿饭的本事。她常抱怨自己变成了急行军中的炊事员。我还不许她给我买衣服，买了也不穿。我的衣服鞋子，大抵是散步时自己从早市上买的。看着自己能穿，绝不砍价，一手钱，一手货，买了就走。仿佛自己买的，穿起来才舒适。大上其当的时候，也无悔，不在乎。有时她见我穿得不土不洋，不伦不类，枉自叹息，却无可奈何。而在这一点上至今我决不让步。我偏执地认为，一个男人为买一件自己穿的衣服而逛商场是荒诞不经的。他的老婆为他穿的衣服逛商场也是不可原谅的毛病。因为那时间从某种意义讲已不完全属于她,而属于他们。现代人的闲暇已极有限,为一件衣服值得吗!她当然也因她当妻子的这一种"特权"被粗暴取消与我争执过,但最终还是屈从于我,彻底放弃了"特权",不得不对我这个偏执的丈夫实行"无为而治"……

儿子一天天长大了,渐渐地我觉得自己老之将至了,精力早已大不如前。每每看妻子,似乎才于不经意间发现似的——她也早已不是十三年前的大女孩儿,脸上有了些许女人的岁月沧桑的痕迹……

我最感激的,是我老父亲老母亲住在北京的日子里,她对他们的孝心。我老父亲生病时期,我买了一辆三轮车,专为带老父亲去医院。但实际上,因为我那时在厂里挂着行政职务,倒是她经常蹬着三轮车带我老父亲去医院。不知道老人家是我父亲的,还以为是她父亲呢。知道了却原来是我的父亲,无不感慨多多。如今,将公公当自己的父亲一样孝顺的儿媳,尤其年轻的儿媳们,不是很多的……

我最感到安慰的,是我打算周济弟弟妹妹们的生活时,她一向是理解的,支持的。我的稿费的一半左右有计划地用于周济弟弟妹妹们的生活。我总执拗地认为我有这一义务。能尽好这一义务便感到高兴。在各种社会捐助中,尤其对穷人,对穷人孩子的捐助,倘我哪一次错过,下一次定加倍补上。不这么做,我就良心不安。贫困在我身上留下的印痕太深,使我成为一个本能的毫无怨言的低消费者。旧的家具、旧的电视机,不一定非要换成新

姻缘备忘录　283

的，换成名牌。几千元我拿得出来的情况下，倘我无动于衷，我便会觉得自己未免"为富不仁"了，尽管我不是"大款"，几千元不知凝聚着我多少"爬格子"的心血。没有一个在此方面充分理解我对穷人的思想感情并支持我的妻子，那么家里肯定经常吵闹无疑……

好丈夫是各式各样的。除了吸烟我没有别的坏毛病。除了受过两次婚外情感的渗透我没什么"过失"。我非是"登徒子"式的男人，也从不"拈花惹草""招蜂惹蝶"。事实上，在男女情感关系中我很虚伪。如果我不想，即或与女性经年相处，同行十万八千里，她们也是难以判断我究竟喜爱不喜爱她们的。我自认为，我在这一方面常显得冷漠无情，并且，我不认为这多不好。虚伪怎么会反而好呢？其实我内心里对女性是充满温爱的。一个女性如果认为我的友爱对她在某一时期某种情况之下极为重要，我今后将不再自私。

最重要的，我的妻子赞同我对友爱与情爱的理解。在这一前提下，我才能学做一个坦荡男人。我不认为婚外恋是可耻之事，但我也不喜欢总在婚外恋情中游戏的一切男人和女人。爱过我的都是好女孩儿和好女人，我对她们的感激是永远的。真的，我永远在内心里为她们的幸福祈祝着……

我对妻子坦坦荡荡毫无隐私。我想这正是她爱我的主要之点。我对她的坦荡理应获得她对我的婚外情感的尊重。实际上她也做到了。她对我"无为而治"，而我从她的"家庭政策"中领悟到了一个已婚男人该怎样自重和自爱……

好妻子也是各式各样的。十三年前的那个大女孩儿，用十三年的时间充分证明了她是一个好妻子——最适合于我的"那一个"。

我给未婚男人们的忠告是——如果你选择妻子，最适合你的那一个，才是和你最有"缘"的那一个。好的并不都适合。适合的大抵便是对你最好的了……

信不信由你！

当爸的感觉

尽管我的儿子早已不是儿童，而是初二的学生了。尽管我已经纯粹为了自己得以从稿债中解脱，根本不睬他的抗议，拿他做过两次文章了。我常想我若有五个六个儿子就好了，便可轮番地写来。甚至可以在几个儿子之间采取小小的"重点政策"，使儿子们相互嫉妒，认为当老子的写了谁，乃是谁的殊荣。那我不是就变被动为主动了吗？无奈我只有这么一个儿子。无奈他对我的容忍度，已然放宽到连我自己都十分难为情的地步了……

儿子刚刚背着行李，参加军训去了，临走前见我铺开稿纸，煞有介事地思考，犹犹豫豫地写下题目，凑过来瞟了一眼，嘲讽地说："爸，你真天才。从我这么一个平庸的儿子身上，你竟能发现那么多可写的素材！"

我说："儿子，向你保证，这是最后一次！"

儿子说："别保证。用不着保证。你发誓我都不会相信！说相声的常拿自己的'二大爷'逗哏儿，你跟相声演员们犯的是同一种职业病。我充分理解！"

我说："好儿子，谢谢。"

他说:"不用谢。因为我也开始写你了,而且已经公开发表了一篇。"

我一惊,忙问:"发在哪儿了?"

儿子说发在班级的墙报上了。

我这才稍稍心定,又严肃地问:"都写了我些什么?为什么不先让我过过目?"

儿子说:"你写我,也没先征得我的同意啊!咱俩彼此彼此。"

我一时很窘,无话可说……

半夜解题

儿子中考前的一天,刚吃过晚饭就写作业。写到十点半,还有一道几何题没解出来。我几次主动"请缨",说儿子你要不要我和你一块儿攻下这道难题啊?几次都遭到儿子颇不耐烦的拒绝。最后我不顾他的拒绝,粗暴参与。结果正如他所料,既干扰了他的思路,也浪费了他的时间,以己昏昏,使儿子昏昏。那时快十二点了。妻说你还让不让儿子睡觉了?他明天还得上一天课呀!不像你,可以在家里睡懒觉!于是我强行收起他的作业卷,以不容争辩的命令的口吻,催促他洗漱了躺到床上去。儿子也真是困到了极点,头一挨枕便酣然入眠。而我却不再睡得着。用冷水冲了头,强打精神,继续替儿子钻研那道几何难题。半个小时后,我对陪在一旁织毛衣的妻说——老爸出马,一个顶俩,我解出来了!

博得了妻对我羡佩的一笑。

第二天儿子刚起床,我便从自己枕下摸出作业卷,大言不惭地对儿子说:"这么简单的题你都不开窍?这有何难的?站到床边儿来,听老爸给你讲讲——这两个直角三角形,有两个角相等,还都有一个角是直角。三角相等,故两个三角形全等。而三角形 A 又等于三角形 B,而三角形 B 又等于……"

儿子脸上便呈现出冷笑。

我生气了,说:"儿子你冷笑什么?你的态度怎么这样不谦虚?"

儿子说:"两个锐角相等的直角三角形就全等啊!直角三角形哪儿有这么一条定理?"——于是画图使我明白,它们也有可能仅仅是相似……

我愣了半天,讷讷地说:"难道……是我想象出了这么一条定理?"

儿子说:"反正书上没有,老师也没教过这么一条全等直角三角形的定理。"

我羞惭难当,无地自容,躺在床上挥挥手,大赦了儿子……

我明白——我再也辅导不了儿子数理化了。从那一天起,直至永远。当年我初三下乡,当年的初三数理化教材,比如今的初二教材只低不高。我太不自量太无自知之明了……

自己承认了这一点,使我内心里涌起一种难言的悲哀。以后,不管他写作业到多么晚,不管他看上去多么需要一个头脑聪明的人的指点和帮助,我是再也不往他跟前凑了……

给儿子写信

按照学校的要求,我得给儿子写一封信,而且此事不让学生知道,更不能让学生看到信。在某次活动中,信将由老师分发给每一名学生,希望以这种方式,在他们普遍十四周岁以后,带给他们每个人一份儿意外的欣喜。

于是我生平第一次给我的儿子写信。

我竟不知在这一封信里该写些什么。我不愿在信中流露出我对他的体恤。因为几乎每一个城市里的初二的儿女都如他一样似箭在弦,他不应格外地得到体恤。我也不愿用信的方式鞭策他。因为他自己早已深知每次在分数竞争中失利,对自己都意味着一种严峻。我不愿在信中写入对他所寄的希望,我不望子成龙。事实上只祈祝他能有幸受到高等教育,而仅仅这一点已使他过早地成熟了。他的日渐成熟正是我倍感欣慰的,同时又是倍感悲哀的。刚刚十四岁就开始思考人生和忧患自己未来的命运,这太令我这个当父亲的替他感到沮丧了。我自己的少年时代就是从忧患之中度过来的,我真不愿他和当年的我一样。当年的我是因为家境的贫寒,如今的他是因为变成了中国的高考制度的奴仆。我极端憎恶这一种现代八股式的高考制度,但我又十分冷静地明白——此一点最是我丝毫也不能流露在字里行间的……

"爸爸,你怎么想了这么久还不写?"

儿子忽然在我背后发问。显然,他站在我背后多时了。我赶紧用一只手捂住稿纸上端——捂住"给儿子的信"一行字。

良久,我听到坐在沙发上的他说:"爸,对不起,给你添麻烦了……"

顿时的,我眼眶有些潮了……

儿子"采访"我

儿子上个星期的一项作业是——采访父母。妻上个星期几乎每天加班,不加班便上夜校,只得由我来接受"采访",否则儿子就完不成作业。于是我和儿子之间,有了如下一次较为特别的谈话:

"你是哪一年下乡的?"

"这还用问?"

"不问我怎么清楚?"

"一九六八年。"

"哪一年上大学的?"

"一九七四年。"

"哪一年毕业的?"

"一九七七年。"

"你经历过坎坷吗?"

"经历过。"

"说说。"

"这还用说?"

"你不说我怎么会知道。"

……

我凝视着儿子,觉得他是那样陌生。或者反过来说,他怎么对我一无所知似的。他要了解他问的那一切,是多么简单!书架上陈列的,几乎每一部书脊上印着我名字的书,都有我的简历。

从我的许多篇小说中,都能看到他的老爸的身世。而他从来没有触摸过我的任何一部书一下。那些书对他仿佛根本就不存在。他从来也不曾扫视过那一格书架一眼。他甚至远不及别人家的,比如朋友或邻人的初二的儿女们对我的大致经历有所了解。

有一次我无意中偷听到他和他的几名男同学背地里如此谈论我的书:

"你爸爸可真写了不少书。"

"你别翻他的书!"

"你自己喜欢看吗?"

"我为什么要喜欢看他写的书?"

"借我一本看行吗?"

"不行!"

听来他似乎生起气来了。

"你干吗这样牛气呀?他这些书迟早会过时的!"

"他这些书已经过时了!以后我也不看他的书。世界上那么多经典还看不过来呢!"

没想到,我以近二十年的精力和心血所获得的创作成果,在他眼里似乎皆是些没有什么意义的,仿佛一文不值的东西。

"你对你至今的人生满意吗?"——儿子继续"采访"我。

我回答:"谈不上满意不满意。我的人生已经这样了。我习惯了。"

"假如有一件最使你高兴的事,目前而言那可能是一件什么事?"

我几乎是恶狠狠地回答："你的学习成绩又前进了五名！"

儿子目不转睛地看了我一阵，淡淡地说："我的采访结束了，就到这儿吧！"

我意识到，我深深刺伤了儿子的自尊心。正如儿子也深深刺伤过我的自尊心一样。于是我联想到了王朔的小说《我是你爸爸》。进而又想，有一个多少具有点儿精神叛逆色彩的儿子，也好。这样的一个儿子，时刻提醒我明白，我只不过是一个初二男生的父亲。除此之外，也许再什么都不是，更没有任何可得意的资本。儿子在家里教我夹起尾巴做人。

读者，如果你的儿子已经初二了，如果你是一位父亲，我想你一定会同意我的看法——和你初二的儿子交朋友并非一件容易的事。有时他似乎将你当作朋友了，其实在他内心里，你仍然只不过是他的父亲。

当爸的感觉在现代是越来越变得粗糙而暧昧了啊！

中年感怀

我越来越意识到,自己几乎每一天都在失去着一些东西。而所失去的东西,对任何人都是至可宝贵的。

首先是健康。

如果有人看到我于今写作时的样子,定会觉得古怪且滑稽——由于颈椎病,脖子上套着半尺宽的硬海绵颈圈,像一条挣断了链子的狗。由于腰椎病,后背扎着一尺宽的牛皮护腰带。由于颈和腰都不能弯曲,一弯曲头便晕,写作时必得保持从腰到颈的挺直姿势。仅仅靠了颈圈和护腰带,还是挺直不到头不晕的姿势,就得有夹得住稿纸的竖架相配合。小稿纸有小的竖架;大稿纸有大的竖架。大的竖架一立在桌上,占去半个桌面。不像是在写作,像是在制图。大小两个竖架,都是中国人民大学一位退了休的老师让人送给我的,可以调换两个倾斜度。我已经使用一年多了,却还没和她见过面。颈圈、护腰带、竖架,自从写作时依赖于这三样东西,写作之前所做的预备,就如工厂里的技工临上车床似的了。有几次那样子去为客人开门,着实将客人吓了一跳……

于是从此失去了以前写作时的良好状态。每每回想以前,常不免地心生惆怅。看见别人不必"武装"一番再写作,也不免地心生羡慕。

朋友们都劝——快用电脑哇!

是啊,迟早有一天,我也会迫不得已地用起电脑来的。我说"迫不得已",乃因对"笔耕"这一种似乎已经很原始的写作方式,实在地情有独钟,舍不得告别呢!汲足一笔墨水儿,摆正一沓稿纸,用早已定形了的字体,工工整整地写下题目,标下页码"1",想着要从这个"1"开始,一页页标下去,一直标到"100""500",乃至"1000",那一份儿从容,那一份儿自信,那一份儿骑手跨上骏马时的感受,大概不是面对显示屏,手敲按键所能体验到的啊!

想想连这一份儿写作者的特殊的体验也终将失去了,尽管早已将买电脑的钱存着了,还是一味地惆怅。

健康其实是人人都在失去着的。一年年的岁数增加着,反而一年比一年活得硬朗的人,毕竟是极少数。人也是一台车床,运转便磨损。不运转着生产什么,便似废物。宁磨损着而生产什么,不似废物般的还天天进行保养,这乃是绝大多数人的活法。人到四十多岁以后,感觉到自我磨损的严重程度了,感觉到自我运转的状况大不如前了,肯定都是要心生惆怅的。

也许惆怅乃是中年人的一种特权吧?这一特权常使中年人目光忧郁。既没了青年的朝气蓬勃,也达不到老者们活得泰然自若那一种睿智的境界,于是中年人体会到了中年的尴尬。体会到了这一种无奈的尴尬的中年人，目光又怎么能不是忧郁的呢？心情又怎么能不常常陷入惆怅呢？

我和我的中年朋友们相处时，无论他们是我的作家同行抑或不是我的同行，每每极其敏感地察觉到他们的忧郁和他们的惆怅。也无论他们被认为是乐观的人抑或自认为是乐观的人，他们的忧郁和惆怅都是掩盖不了的。好比窗上的霜花，无论多么迷人，毕竟是结在玻璃上的。太阳一出，霜花即化，玻璃就显露出来了。而那定是一块被风沙扑打得毛糙了的玻璃。他们开怀大笑时眸子深处隐藏着忧郁和惆怅；他们踌躇满志时眸子深处隐藏着忧郁和惆怅；他们作小青年状时，眸子深处隐藏着忧郁和惆怅；他们装得什么都不在乎时，眸子深处尤其隐藏着忧郁和惆怅。他们的眸子是我的心境。两个中年男人开怀大笑一阵之后，或两个中年女人正亲亲热热地交谈着的时候，忽然目光彼此凝视住，忽然都从对方眼里看到了那一种企图隐藏到自己的眸子后面而又没有办法做到的忧郁和惆怅，我觉得那一刻是生活中很感伤的情境之一种，比从对方发中一眼发现了一缕白发是更令中年人感伤的。

全世界的中年人本质上都是忧郁和惆怅的。成功者也罢，落魄者也罢，在这一点上所感受到的人生况味儿，其实是大体相同的。于是中年人几乎整代整代地被吸入了一个人类思想的永恒的黑洞——人生的意义究竟何在？

中年人比青年人更勤奋地工作，更忙碌地活着，大抵因为这乃是拒绝回答甚至回避思考的唯一选择。而比青年人疏懒了，比青年人活得散漫了，又大抵是因为开始怀疑着什么了。

中年人的忧郁和惆怅,对这世界是无害的,只不过构成着人类社会一道特殊的风景线罢了。而人类社会好比是一幅大油画,本不可以没有几笔忧郁的色彩惆怅的色彩。没有,人类社会就是一个大幼儿园了。

中年人的忧郁和惆怅,衬托得少女们更加显得纯洁烂漫,衬托得少年们更加显得努力向上,衬托得青年男女们更加生动多情,衬托得老人们更加显得清心寡欲,悠然淡泊。少女们和少年们、青年们和老者们的自得其乐,归根结底是中年人们用忧郁和惆怅换来的呀!中年人为了他们,将人生况味儿的种种苦涩,都默默地吞咽了,并且尽量关严"心灵的窗户",不愿被他们窥视到。

中年人的忧郁和惆怅,归根结底也体现着社会的某种焦虑和不安。中年人替少男少女们,替青年们,替老者们,也将社会的某种焦虑和不安,最大剂量地默默地默默地吞咽到肚子里去了。因为中年人大抵是做了父母的人,是身为长兄长姐的人,是仍身为长子长女的人,这是中年人们的一种本能,也是人类的一种本能。

中年人成熟了,又成熟又疲惫。咬紧牙关扛着社会的焦虑和不安,再吃力也只不过就是眸子里隐藏着忧郁和惆怅。

他们的忧郁和惆怅,一向都是社会的一道凝重的风景线。

谁叫他们,不,谁叫我们是中年人了呢!……

本命年杂感

今年是我本命年。

最切身的体会，是意识到自己开始和许多中年人经常迷惘地诉说到，或嘴上自我限制得很紧，但内心里却免不了经常联想到的一个字"接火"了。

这个字便是那令人多愁善感的"老"。

"老"也是一个令人意念沮丧心里恓惶的字。一种通身被什么毛茸茸的东西粘住，扯不开甩不掉的感觉。它的征兆，首先总是表现在记忆的衰退方面。

我锁上家门却忘带钥匙的时候越来越多了。仅去年一年内，已七八次了。

以前发生这样的事儿，便往妻的单位打电话。妻单位的电话号码是永远也记不清的。把它抄在小本儿上，而那小本儿自然不可能带在身上。每次得拨"114"询问。于是妻接到电话通告后，骑自行车匆匆往家赶。送交了钥匙，还要再赶回单位上班。再一再二又再三再四，妻的抱怨一次比一次甚，自己的惭愧也就一次比一次大。

于是再发生，就采取较为勇敢的举动，不劳驾妻骑自行车匆匆地赶回来替我开家门了。而冒险从邻家厨房的窗口攀住雨水管道，上爬或下坠到自己家厨房的窗口，捅破纱窗，开了窗子钻入室内。去年一年内，进行了七八次这样的攀爬锻炼。有一次四楼五楼和一楼二楼的邻家也皆无人，是从六楼攀住雨水管道下坠至三楼的，破了我自己的纪录。前年和大前年每年也总是要进行几次这样的攀爬锻炼的。那时身手还算矫健敏捷，轻舒猿臂，探扭狼腰，上爬下坠，头不晕，心不慌。正所谓"艺高人胆大"。自去年起就不行了，就觉身手吃力了。上爬手臂发颤了，攀不大住雨水管道了。下坠双腿发抖了，双脚也蹬不大稳了。人贵有自知之明，于是必得在腰间牢系一条长长的绳索保份儿险了。仅仅一年之差，"老"便由记忆扩散向体魄了，心内的悲凉也便多了几重。

也不只是出家门经常忘带钥匙，办公室的钥匙，丢了配，配了丢的，现有的一把，已是第五代"翻版"了。一个时期内再丢也无妨了，最后一次我配了十把。

信箱的钥匙也丢，丢了便得换一次锁。不好意思再求别人换锁，自己懒得换。干脆不上锁了。童影厂一排信箱柜中，唯一没锁的，小门儿上一个圆锁洞的，便是梁晓声的信箱无疑了。

春节前给《中篇小说选刊》的一位女同志回信，不知怎么，寄去的又是空信封。也不知写给她的信，塞往寄给另外什么人的信封邮走了。所幸非是情书，所幸没有情人。否则，非落得个自行将绯闻传播的下场不可。

最使自己陷入难堪的，乃是其后的一件事儿——因替友人讨公道，致信某官员，历数其官僚主义作风一二三四诸条。同时给那受委屈的人去信，告知我已替他"讨公道"了。且言，倘无答复，定代其向更上一级申诉。结果，两封信相互塞错了信封。

于是数日后友人来长途电话说："晓声，坏了坏了，你怎么把写给某某官员的信寄给了我？"我说："别慌别慌，我再给他写一封信寄给他就是了嘛！"友人说："我能不慌么？你应该寄给我的信中，都写了人家些什么话呀？人家肯定也收到了，不七窍生烟才怪了呢！你给他本人写的信措辞都那么不客气，该寄给我的信里，还不尽是骂人家的话呀？我完了，以后没好果子吃了。你这不是替我'讨公道'，你这等于是害我啊！"

所幸那官员的秘书同日也来了电话询问怎么回事儿，我急反问："那信给领导看了么？"她说："你又不是写给领导的，我怎么能给领导看呢？"我说："撕掉撕掉！塞错信封了。我近日再给领导写一封……"她说："我关心的是，你把本该寄给领导的信寄哪儿去了？如果让不该收到的人收到了，影响多不好呀？"我说："放心放心。那是绝不会的。本该寄给领导的那封信其实没寄出……我……我已经销毁了……"

而此事之后，与几位文学师长同住某招待所观看某电视剧——结束前两日往家中打电话，嘱妻将钥匙留在传达室（不敢随身带着住在招待所，怕丢了）。

有人见我不停地拨，就说兴许你家没人吧？我说不是家里没人，是电话中说——无此号码！这不是咄咄怪事嘛！对方说：

"是够怪的。晓声你不至于连你自己家的电话号码都记不清吧？"我不太有把握地说："我想，也不至于的吧？"最终还是不得不往厂里打电话，请总机值班员查查电话表上我家的电话号码告诉我……总机值班员连说"好好好"——我听出她在那一端强忍着笑。从始至终恰在一旁的林斤澜老，一本正经地说："晓声，你以后不要再叫我老师了。咱俩就算平辈儿，论哥们儿得了。不过我还能记住我家的电话号码，冲这一点，我称你晓声老哥，似乎也称得的。"想想，不知将记错了的家中的电话号码，虔虔诚诚地抄给过多少人呢！天地良心，绝非成心的。

　　三十儿晚上，给朋友们打电话——拨通了冯亦代老师家的电话，却开口给袁鹰老师大拜其年……而拨通了邵燕祥老师家电话，耳听燕祥老师在那一端问找谁——竟一时头脑空白，愣愣的，说不出自己找谁。我想燕祥老师在那一端，必定以为是滋扰电话，静候数秒，也就挂断了。自己赶快看一眼小本儿，心中默念着"邵燕祥，邵燕祥"，继续重拨……

　　初二去看北影厂的老同事，下楼时一手拎垃圾袋儿，一手拎水果袋儿，在楼外抛掉一袋儿，只拎了一袋儿悠悠地往前走。途遇熟人，自然是互道一通儿拜年话儿。对方就盯着我手中的塑料袋儿，嗫嚅地问："晓声你这是……"我说："去看某某同志。没什么带的，带点儿水果……"见对方眼神儿不对，低头自看——哪里是一塑料袋儿水果！分明是一塑料袋儿垃圾！幸亏遇见了熟人，否则真拎将去，被热情地迎入门，大初二的，成什么事了呢！……

初三几位当年要好的知青战友相聚,瞧着其中一位,怎么也想不起人家姓名。人家却握住我手,笑问:"叫不出我姓名了吧?咱们可两个月前还聚过的啊!"我却嘴硬:"怎么会忘了你叫什么呢!""那你说我是谁。""你不是——那个谁吗?你还在……那个单位么?""我是哪个谁?我在哪个单位?""放开我手!你先放开我手嘛!""再过十年八年我也能叫出你是谁呀!""不用过十年八年,现在就叫!叫不出来,我今天就不放开你手!""战友们,战友们,你们看这小子的认真劲儿!你们说我能把他的名字都忘了么?!"众战友相觑而笑,谁都不打算替我解围。那一顿饭,从始至终没心思吃什么。一直在心里暗想——这小子叫什么来着呢?猛地想起来了,举杯猝起,大叫——"×××我和你干这一杯!"众战友面面相觑。心中好生快意,得意扬扬地说:"×××,刚才是成心和你别劲儿呢!你说我怎么能把你的姓名都忘了呢?那也太可笑了吧!"果然可笑。众战友也果然一个个笑得前仰后合——我猛想起的是别人的姓名,张冠李戴了……

记忆力的减退,使自己对自己的记忆首先丧失信心。同事向我借过几盘录像带,我觉得没还我。人家说还了。心想——肯定是自己记错了,那么录像带哪儿去了呢?我也是借的呀!不久同事不好意思地说:"晓声我发现,录像带还在我那儿呐!"——敢情别人也有记忆力欠佳的时候。厂里交我看的一部剧本,记得又转给另一位同事看了,可他说:"没在我这儿啊!"心想——肯定是自己记错了,那么剧本哪儿去了呢?下午作者要来当面听意见的呀！片刻同事不好意思地说："晓声对不起，那剧本儿是在我这儿，刚才找得太粗心……"

夜里失眠，冷不丁地想起——几个月前似乎向传达室的朱师傅借过几十元钱不曾归还。第二天带在身上，一边还钱一边不安地解释："朱师傅，我最近记忆不好，几个月前借您的钱，昨天才想起来……"不料朱师傅说："晓声你早还了！"厂里发了一张春节购物券——同事一再清清楚楚地告诉我，只能在哪家商场用，那商场在什么什么方位……妻去买时，自信地说："我认识！不就是在哪儿哪儿么？"觉得妻说的方位，和同事清清楚楚地告诉我的方位，相距实在太远了！有心纠正妻，可一想——万一自己又记错了呢？于是将一份儿责任感闷在了心里。妻自然是兜了极大极大的一个圈子，跑了很多冤枉路，回到家里，发牢骚说为一张百十来元的购物券，太得不偿失了，搭上了两个半小时！我说："其实，你出门前，我就觉得你说的那地方不对。"妻生气地问："那你怎么不告诉我对的地方？"我苦笑了一下，倍感罪过地回答："事实证明你错了，我才有把握肯定自己当时是对的呀！在没证明你错了之前，我哪儿敢有那么大的把握呢？"

我是我们这一代人中，年龄不算最大也不算最小的一个。我们这一代，普遍地都开始记忆力明显减退了。尽管我们正处在所谓"年富力强"的年龄，我们过早地被"老"字粘上了。我们自己有时不愿承认，但个个心里都明白。我们宁愿这"老"首先是从体魄上开始的，但它却偏偏首先从心智上向我们发起了频频的攻击。是"三年自然灾害"时期营养不良造成的？还是十年"上山下乡"耗损太大造成的？抑或是目前上有老下有小自己责任多多因而都过早地患了"中年疲劳综合征"的结果？

我们这一代聚在一起，比前十年、前几年聚在一起时话都明显地少了，都大有一种欲说还休的意味儿了呢！我是早就欲说还休了。非说不可，三言两语，简明扼要地表达种意思罢了。

却还在孜孜地写作着。有时宁愿自己变成哑巴，只写不说算了。岂非少了项活着的内容么？似乎所剩精力体能，仅够支配极少的甚至是最单纯的生命活动了。

真是欲休还写欲休还写……

不定哪一天，便由欲休还写而欲写还休了。

于是常常徒自感伤起来……

也谈"四十不惑"

女人们,如果——你们的丈夫已接近四十岁,或超过了四十岁,那么——我劝你们,重新认识他们。

这是我对于你们的善意的忠告。

否则,"他"也许不再是你当初认识所自以为永远了解的"那一个"男人了。

四十岁左右的男人,"内容"肯定发生变化。

"四十而不惑",孔子的话。后来几乎成了全体中国男人的"专利"。四十岁左右的男人,大抵都习惯自诩到了"不惑之年"。"不惑"的含义,指向颇多。功名利禄,乃一方面。"不惑"无非是看得淡泊了,想得透彻了。用庄子的话说——"人生天地之间,若白驹之过隙,忽然而已。""不惑",当然并不等于什么追求皆没有了,而是指追求开始趋向所谓"自我完善"的境界,在品行、德行、节操、人格等方面。

不是,绝不是,从来也不是一切的男人,到了四十岁左右,都是到了"不惑之年"。人家孔子的话,那是说的人家自己,原文,或者说原话是——吾十有五而志于学,三十而立,四十而不惑，五十而知天命，六十而耳顺，七十而从心所欲，不逾矩……

吾——非是吾们。

"四十而不惑"，较符合孔子自己人生的阶段特点。人家孔子对自己的分析还是挺实事求是的。

"四十而不惑"，对于一切"三十而立"的男人，起码"而立"之后，权力欲功名欲不再继续膨胀的男人，和虽并未"而立"，但始终恪守靠正当的方式和坚持不懈地努力争取"而立"的男人，也具有较普遍的意义。

《礼记·曲礼上》中是这么概括人生的——"人生十年曰幼，学。二十曰弱，冠。三十曰壮，有室。四十曰强，而仕。五十曰艾，服官政。六十曰耆，指使。七十曰老，而传。八十、九十曰耄……"

这篇古文，对人生阶段的划分（不消强调，是指的男人们的人生），与孔子的话就大相径庭了。孔子说自己"四十而不惑"。后者言"四十而仕"——到了理应当官的年龄了。孔子说自己"五十而知天命"，就是说对于自己的"人生价值"要有自知之明了。后者言"五十而服官政"——到了理应掌握权柄的年龄了。孔子说自己"六十而耳顺"，就是说对于别人的话，善于分析了，凡有道理的善于接受了。后者言"六十而指使"——到了该有资格命令别人的年龄了……

一曰"四十而不惑"。

一曰"四十而仕"。

两种思想，两条人生哲学。

也谈"四十不惑" 305

中国的许许多多的男人们,几千年来,听的是谁,信奉的是什么呢?历史和现实告诉我们,其实听的信奉的并非孔子的话,而是《礼记·曲礼上》——四十岁当官,五十岁掌权,六十岁发号施令,七十岁以上考虑怎样为自己"而传",考虑盖棺论定的问题……

如此看来,对于许多中国男人,"四十而不惑",其实是四十而始"惑"——功名利禄,样样都要获得到,仿佛才不枉当一回男人。"不惑"是假,是口头禅,是让别人相信的。"惑"是真,是内心所想。梦寐以求的,是目标,是目的。

我不知《礼记·曲礼》的著说者何许人。我想,倘他活到今天,倘看了我这篇短文,很可能会和我商榷,甚至展开辩论。

他也许这么反问:孔子"三十而立",四十当然"不惑"。更多的男人"三十有室",刚成家,不过刚有老婆孩子,根本谈不到"立"不"立"的,怎么能做到"四十而不惑"呢?"立"不就是今天所谓"功成名就"么?

细思忖之,可不也有一定的道理么。

中国男人们的人生阶段,就多数人而言,大致是这样的——十七十八清华北大(指希望而言),二十七八电大夜大,三十七八要啥没啥,四十七八等待提拔,五十七八准备回家……

十七八能进入大学"而志于学"的,不过"一小撮"。大多数没这机会,也没这幸运。谁有这机会就是幸运的。"三十而立"之后,还要啥没啥呢。五十七八,差二三年便该退休回家了,短暂的十几年,老百姓话,"一晃"就"晃"过去了,又怎么能达到"不惑"的境界呢?

所以,四十岁左右,差不多成了不论属什么的一切男人们的"本命年",一个"坎儿"。这个"坎儿"迈得顺了,则可能时来运转,一路地"顺"将下去,而"仕",而"服官政",而当这当那而掌握权柄,而发号施令……于是地位有了,房子有了,车子有了,男人的"人生价值"似乎也体现出来了,很对得起老婆孩子了……

绝不能说中国的男人个顶个都是官迷,但说中国的男人到了三十七八四十来岁起码都愿有房子住,工薪高一些,经济状况宽裕些,大概是根据充分的。怎么着才能实现能达到呢?当官几乎又是一条捷径。

非常值得注意的,是那些"而志于学"过,那些被认为或自认为"学而优"的,那些因此被社会所垂青,分配到或自己钻营到了权力场名利场上的男人,他们在三十七八四十来岁"要啥没啥"的年龄,内心会发生大冲击,大动荡,大倾斜,大紊乱,甚至——大恶变。由于"要啥有啥"的现实生生动动富于诱惑富于刺激地摆在他们面前,于是他们有的人真正看透了,不屑于与那些坏思想坏作风同流合污,而另一些人却照样学样,毫不顾惜自己的品行、德行、节操、人格,运用被正派人所不齿的手段——见风使舵,溜须拍马,曲意奉迎,诣权媚势,落井下石,墙倒众人推,拉大旗作虎皮,弃节图利,等等,以求"而仕""而服官政",由被指使而"指使"。

女人们,如果你们的丈夫,不幸被我言中,正是那等学坏样的男人,难道你们还不认为你们应该重新认识他们吗?

也许某些四十来岁的男人会十分愤慨,会觉得我这篇短文近乎诽谤和污蔑,那便随他们愤慨吧,而我绝不是没有根据的。根据是现实生活提供给我的,在我周围,曾与我有过交往的四十来岁的某些男人,他们的人格和心理的嬗变、裂变、蜕变、恶变,往往令我讶然,不得不重新认识他们。于是我同时想到了他们的妻子和某些女人们,常为她们感到可悲和忧虑。

女人们,重新认识你们的丈夫总之是必要的,即不但要考察他们在你们面前的家庭中的表现如何,也要考察他们在别人眼中在家庭以外究竟是怎样的,正在变成怎样的人。在他们学坏样还没到"舐糠及米"的程度时,也许还来得及扯他们一把,使他们不至于像熊舔掌似的,将自己作为男人的更为宝贵的东西都自行舔光了……

人生真相

仅仅为了生存而被自己根本不愿做的事情牢牢粘住一生的人越来越少；每一个人只要努力做好自己必须做的事情，只要自己愿意做的事情不脱离实际，终将有机会满足一下或间接满足一下自己的"愿意"。

人活着就得做事情。

古今中外，无一人活着而居然可以不做什么事情。连婴儿也不例外。吃奶便是婴儿所做的事情，不许他做他便哭闹不休，许他做了他便乖而安静。广论之，连蚊子也要做事：吸血。连蚯蚓也要做事：钻地。

一个人一生所做之事，可以从许多方面来归纳——比如善事恶事，好事坏事，雅事俗事，大事小事……

世上一切人之一生所做的事情，也可用更简单的方式加以区分，那就是无外乎——愿意做的、必须做的、不愿意做的。

古今中外，上下数千年，任何一个曾活过的人们，正活着的人们的一生，皆交叉记录着自己们愿意做的事情、必须做的事情、不愿意做的事情。即将出生的人们的一生，注定了也还是如此这般。

　　细细想来，古今中外，一生仅做自己愿意做的事情，但凡不愿意做的事情可以一概不做的人，极少极少。大约，根本没有过吧？从前的国王皇帝们还要上朝议政呢，那不见得是他们天天都愿意做的事。

　　有些人却一生都在做着自己不愿意做的事情。比如他或她的职业绝不是自己愿意的，但若改变却千难万难，"难于上青天"。不说古代，不论外国，仅在中国，仅在二十几年前，这样一些终生无奈的人比比皆是。

　　而我们大多数人的一生，其实只不过都在整日做着自己必须做的事情。日复一日地，渐渐地，我们对我们那么愿意做、曾特别向往去做的事情漠然了。甚至，再连想也不去想了。仿佛我们的头脑之中对那些曾特别向往去做的事情，从来也没产生过试图一做的欲念似的。即使那些事情做起来并不需要什么望洋兴叹的资格和资本。日复一日地，渐渐地，我们变成了一些生命流程仅仅被必须做的、杂七杂八的事情注入得满满的人。我们只祈祷我们千万别被自己不愿意做的事情粘住了。果而如祈，我们则已谢天谢地，大觉幸运了。甚至会觉得顺顺当当地过了挺好的一生。

　　我想，这乃是所谓人生的真相之一吧？一生仅做自己愿意做的事情，凡不愿意做的事情可以一概不做的人，我们就不必太羡慕了吧！衰老、生病、死亡，这些事任谁都是躲不过的。生病就得住院，住院就得接受治疗。治疗不仅是医生的事情，也是需要病人配合着做的事情。某些治疗的漫长阶段比某些病本身更痛苦。于是人最不愿意做的事情，一下子成了自己必须做的事情。到后来为了生命，最不愿做的事情不但变成了必须做的事情，而且变成了最愿做好的事情。倒是唯恐别人认为自己做得不够好进而不愿意在自己的努力配合之下尽职尽责了。

我们且不说那些一生被自己不愿做的事情牢牢粘住，百般无奈的人了吧！他们也未必注定了全没他们的幸运。比如他们中有人一听做胃镜检查这件事就脸色大变，竟幸运地有一个从未疼过的胃，一生连粒胃药也没吃过。比如他们中有人一听动手术就心惊胆战，竟幸运地一生也没躺上过手术台。比如他们中有人最怕死得艰难，竟幸运地死得很安详，一点儿痛苦也没经受，忽然地就死了，或死在熟睡之中。有的死前还哼着歌洗了人生的最后一次热水澡，且换上了一套新的睡衣……

我们还是了解一下我们自己，亦即这世界上大多数人的人生真相吧！

我们必须做的事情，首先是那些意味着我们人生支点的事情。我们一旦连这些事情也不做，或做得不努力，我们的人生就失去了稳定性，甚而不能延续下去。比如我们每人总得有一份工作，总得有一份收入。于是有单位的人总得天天上班；自由职业者不能太随性，该勤奋之时就得自己要求自己孜孜不倦。这世界上极少数的人之所以是幸运的，幸运就幸运在——必须做的事情恰也同时是自己愿意做的事情。大多数人无此幸运。大多数人有了一份工作有了一份收入就已然不错。在就业机会竞争激烈的时代，纵然非是自己愿意做的事情，也得当成一种低质量的幸运来看待。即使打算摆脱，也无不掂量再三，思前虑后，犹犹豫豫。

因为对于我们大多数人而言，我们整日必须做的事情，往往不仅关乎我们自己的人生，也关乎种种的责任和义务。比如父母对子女的、夫妻双方的、长子长女对弟弟妹妹的，等等。这些责任和义务，使那些我们寻常之人整日必须做的事情具有了超乎愿意不愿意之上的性质。并随之具有了特殊的意义。这一种特殊的意义，纵然不比那些我们愿意做的事情对于我们自己更快乐，也比那些事情显得更重要，更值得。

我们做我们必须做的事情，有时恰恰是为了因而有朝一日可以无忧无虑地做我们愿意做的事情。普遍的规律也大抵如此。一些人勤勤恳恳地做他们必须做的事情，数年如一日，甚至十几年二十几年如一日，人生终于柳暗花明，终于得以有条件去做自己愿意做的事情了。其条件当然首先是自己为自己创造的。这当然得有这样的前提——自己所愿意做的事情，自己一直惦记在心，一直向往着去做，一直并没泯灭了念头……

我们做我们必须做的事情，有时恰恰不是为了因而有朝一日可以无忧无虑地做我们愿意做的事情。我们往往已看得分明，我们愿意做的事情，并不由于我们将我们必须做的事做得多么努力做得多么无可指责而离我们近了；相反，却日复一日地，渐渐地离我们远了，成了注定与我们的人生错过的事情。不管我们一直怎样惦记在心，一直怎样向往着去做。但我们却仍那么努力那么无可指责地做着我们必须做的事情。为了什么呢？为了下一代，为了下一代得以最大程度地做他们和她们愿意做的事；为了他们和她们不再完全被动地与自己的人生眼睁睁错过；为了他们和她们，具有最大的人生能动性，不被那些自己根本不愿意做的事粘住，使自己必须做的事与自己愿意做的事协调地相一致起来。起码部分地相一致起来。起码不重蹈我们自己人生的覆辙，因了整日陷于必须做的事而彻底断送了试图一做自己愿意做的事情的条件和机会。

社会是赖于上一代如此这般的牺牲精神而进步的。

下一代人也是赖于上一代人如此这般的牺牲精神而大受其益的。

有些父母为什么宁肯自己坚持着去干体力难支的繁重劳动，或退休以后也还要无怨无悔地去做一份收入极低微的工作呢？为了子女们能够接受高等教育，从而使子女们的人生顺利地靠近他们愿意做的事情。

"可怜天下父母心"这句话，在这一点上，实在是应该改成"可敬天下父母心"的。而子女们倘竟不能理解此点，则实在是可悲可叹啊。

最令人同情的是这样一些人——他们终于像放下沉重的十字架一样，摆脱了自己必须做甚而不愿意做却做了几乎整整一生的事情；终于有一天长舒一口气自己对自己说——现在，我可要去做我愿意做的事情了。那事情也许只不过是回老家看看，或到某地去旅游，甚或，只不过是坐一次飞机，乘一次海船……而死神却突然来牵他或她的手了……

所以，我对出身贫寒的青年们进一言，倘有了能力，先不必只一件件去做自己愿意做的事情。要想一想，自己怎么就有了这样的能力？完全靠的自己？含辛茹苦的父母做了哪些牺牲？并且要及时地问："爸爸妈妈，你们一生最愿意做的事情是些什么事情？咱们现在就做那样的事情！为了你们心里的那一份长久的期望！……"

我的一位当了经理的青年朋友就这样问过自己的父母，在今年的春节前——而他的父母吞吞吐吐说出来的却是，他们想离开城市重温几天小时候的农村生活。

当儿子的大为诧异：那我带着公司员工去农村玩过几次了，你们怎么不提出来呢？

父母道：我们两个老人，慢慢腾腾的，跟了去还不拖累你玩不快活呀！

当儿子的不禁默想，进而戚然。

春节期间，他坚决地回绝了一切应酬，是陪父母在京郊农村度过的……

我们憧憬的理想社会是这样的：仅仅为了生存而被自己根本不愿做的事情牢牢粘住一生的人越来越少；每一个人只要努力做好自己必须做的事情，只要自己愿意做的事情不脱离实际，终将有机会满足一下或间接满足一下自己的"愿意"。

据我分析，大多数人们愿意做的事情，其实还都是一些不失自知之明的事情。

时代毕竟进步了。

标志之一也是——活得不失自知之明的人越来越多而非越来越少了。

尽管我们大多数人依然还都在做着我们整日必须做的事情，但这些事情随着时代的进步，与我们的人生的关系已变得越来越灵活，越来越宽松，使我们开始有相对自主的时间和精力顾及我们愿意做的事情，不使之成为泡影。重要的倒是，我们自己是否还像从前那么全凭"必须"这一种惯性活着……

我们都知道的，金钱除了不能解决生死问题，除了不能一向成功地收买法律，几乎可以解决、至少可以淡化人面临的许许多多困扰。

我们大多数世人，或更具体地说——百分之九十甚至百分之九十五以上的世人，与金钱到底是一种什么样的关系呢？我的意思是在说，或者是在问，或者仅仅是在想——那种关系果真像我们人类的文化和对自身的认识经验所记录的那样，竟是贪而无足的吗？

我感觉到这样的一种情况，即在我们人类的文化和对自身认识的经验中，教诲我们人类应对金钱持怎样的态度和理念，是由来久矣并且多而又多的；但分析和研究我们与金钱之关系的真相的思想成果，却很少很少。似乎我们人类与金钱的关系，仅仅是由我们应对金钱持怎样的态度来决定的。似乎只要我们接受了某种对金钱的正确的理念，金钱对我们就是无足轻重的东西了，对我们就会完全丧失吸引力了。

在我们人类与金钱的关系中，某种假设正确的理念，真的能起特别重要的作用吗？果而那样，思想岂不简直万能了吗？

在全世界，在人类的古代，金即是钱，即是通用币，即是永恒的财富。百锭之金往往意味着佳食锦衣、唤奴使婢的生活。所有富人的日子一旦受到威胁，首先将金物及价值接近着金的珠宝埋藏起来。所以直到现在，虽然普遍之人的日常生活早已不受金的影响，在谈论钱的时候，却仍习惯于二字合并。

在今天，在中国，"文化"已是一个泡沫化了的词，已是一个被泛淡得失去了"本身义"并被无限"引申义"了的词。不是一切有历史的事物都能顺理成章地构成一种文化。事物仅仅有历史只不过是历史悠久的事物。纵然在那悠久的历史中事物一再地演变过，其演变的过程也不足以自然而然地构成一种文化。

只有我们人类对某一事物积累了一定量的思想认识，并且传承以文字的记载，并且在大文化系统之中占据特殊的意义，某一事物才算是一种文化"化"了的事物。

这是我的个人观点。而即使此观点特别容易引起争议，我们若以此观点来谈论金钱，并且首先从"金钱文化"说起，大约是不会错到哪里去的。

外国和中国的一切古典思想家们，有一位算一位，哪一位不曾谈论过人与金钱的关系呢？可以这么认为，自从金钱开始介入我们人类的生存形态那一天起，人类的头脑便开始产生着对于金钱的思想或曰意识形态了。它们一而再，再而三地呈现在童话、神话、民间文学、士人文学、戏剧以及后来的影视作品和大众传媒里。它们的全部的教诲，一言以蔽之，用教义最浅白的"济公活佛圣训"中的一句话来概括那就是——"死后一文带不去，一旦无常万事休"。

数千年以来,"金钱文化"对人类的这种教诲的初衷几乎不曾丝毫改变过,可谓谆谆复谆谆,用心良苦。只有在现当代的经济学理论成果中,才偶尔涉及我们人类与金钱之关系的真相,却也每几笔带过,点到为止。

那真相我以为便是——其实我们人类之大多数对金钱所持的态度,非但不像"金钱文化"从来渲染的那么一味贪婪,细分析,简直还相当理性,相当朴素,相当有度。

奴隶追求的是自由。

诗人追求的是传世。

科学家追求的是成果。

文艺家追求的是经典。

史学家追求的是真实。

思想家追求的是影响。

政治家追求的是稳定。

……

而小百姓追求的只不过是丰衣足食,无病无灾,无忧无虑的小康生活罢了。倘是工人,无非希望企业兴旺,从而确保自己们的收入养家度日不成问题;倘是农民,无非希望风调雨顺,亩产高一点儿,售出容易点儿;倘是小商小贩,无非希望有个长久的摊位,税种合理,不积货,薄利多销……

如此看来,大多数世人虽然每天都生活在这个由金钱所推转着的世界上,每一个日子都离不开金钱这一种东西,甚而我们的双手每天都至少点数过一次金钱,我们的心里每天都至少盘算过一次金钱,但并不因而都梦想着有朝一日成为富豪或资本家,银行账户上存着千万亿万,于是大过奢侈的生活,于是认为奢侈高贵便是幸福……

真的,细分析,我确确实实地觉得,人类之大多数对金钱所持的态度,从过去到现在甚至包括将来,其实一向是很健康的。

一直不健康的或温和一点儿说不怎么健康的,恰恰是"金钱文化"本身。这一种文化几乎每天干扰我们对这个世界的正常视听、要求和愿望,似乎企图使我们彻底地变成仅此一种文化的受众,从而使其本身变成摇钱树。这一种文化的一个显著的特征就是——当其在表现人的时候几乎永远只有一个角度,无非人和金钱的关系,再加点性和权谋。它的模式是——"那公司那经理那女人,和那一大笔钱"。

我们大多数世人每天受着这一种文化的污染,而我们对金钱的态度却仍相当理性,相当朴素,相当有度。我简直不能不这样赞叹——大多数世人活得真是难能可贵!

再细加分析,具体的一个人,无论男女,无论有一个穷爸爸还是富爸爸,其一生皆大致可分为如下阶段:

童年——以亲情满足为最大满足的阶段。

少年——以自尊满足为最大满足的阶段。

青年——以爱情满足为最大满足的阶段。

中年前期——以事业满足为最大满足的阶段。

中年后期——以金钱满足为最大也许还是最后满足的阶段。

老年前期——以自尊满足为最大满足的阶段。

老年后期——以亲情满足为最大满足的阶段……

大多数人大抵如此，少数人不在其列。

人，尤其男人，在中年后期，往往会与金钱发生撕扯不开的纠缠关系。这乃因为——他在爱情和事业两方面，可能有一方面忽然感到是失败的，甚或两方面都感到是失败的、沮丧的。也许那是一个事实，也许仅仅是他自己误入了什么迷津；还因为中年后期的男人，是家庭责任压力最大的人生阶段，缓解那压力仅靠个人作为已觉力不从心，于是意识里生出对金钱的幻想。我们都知道的，金钱除了不能解决生死问题，除了不能一向成功地收买法律，几乎可以解决至少可以淡化人面临的许许多多困扰。但普遍而言，中年后期的男人已具有与其年龄相一致的理性了。他们对金钱的幻想仅仅是幻想罢了。并且，这幻想折叠在内心里，往往是不说道的。某些男人在中年后期又有事业的新篇章和爱情的新情节，他们便也不会把金钱看得过重。

在经济发达的国家，人们的追求，包括对人生享受的追求，往往呈现着与金钱没有直接关系的现象。"金钱文化"在那些国家里也许照旧地花样翻新，但对人们的意识已经不足以构成深刻的重要的影响。我们留心一下便不难得出这样的结论——那些国家的文化的文艺的和传媒的主流内容往往是关于爱、生、死、家庭伦理和人类道德趋向以及人类大命运的。或者，纯粹是娱乐的。

因为在那些国家里，中产阶级生活已经是不难实现的。

而中产阶级，乃是一个与金钱的关系最自然，最得体，最有

人生真相　319

分寸的阶级。

在经济落后的国家，普遍的人们也反而不太产生对金钱的强烈又痛苦的幻想。因为那接近着是梦想。他们对金钱的愿望被自己限制得很低很低，于是金钱反而最容易成为带给他们满足的东西。

在发展中国家，特别在由经济落后国家向经济振兴国家迅速过渡的国家，其文化随之嬗变的一个显著事实就是——"金钱文化"同步地迅速繁衍和对大文化系统的蚕食，和对人们日常生活的方方面面的几乎无孔不入的侵略式影响。人面对之，要么采取个人式的抵御姿态；要么接受它的冲击它的洗脑，最终变得有点儿像金钱崇拜者了。在这样的国家这样的时代，充斥于文化、文艺和媒体的经常的主要的内容，往往是关于金钱这一种东西的。在这样的国家这样的时代，文化和文艺往往几乎已经丧失掉了向人们讲述一个纯粹的，与金钱不发生瓜葛的爱情故事的能力。因为这样的爱情故事已不合人们的胃口，或曰已不合时宜，被认为浅薄了。于是通俗歌曲异军突起，将文化和文艺丧失了的元素吸收去变成为自身存在的养分。通俗歌曲的受众是青少年，是以对爱情的向往为向往，以对爱情的满足为满足的群体。他们沉湎于通俗歌曲为之编织的爱情帷幔中，就其潜意识而言，往往意味着不愿长大，逃避长大——因为长大后，将不得不面对金钱的左右和困扰。

在这样的国家这样的时代，贫富迅速分化，差距迅速悬殊，人对金钱的基本需求和底线一番番被刷新。相对于有些人，那底线不断地不明智地一次次攀升；相对于另一些人，那底线不断地不得已地一次次跌降。前者往往可能由于不能居住于富人区而混乱了人与金钱的关系；后者则往往可能由于连生存都无法为计而产生了人对金钱的偏狂理解。

归根结底，不是人的错，更不是时代的错，也当然不是金钱的错，而只不过是——在特殊的历史阶段，人和金钱贴紧于同一段社会通道之中了。当同时钻出以后，人和金钱两种本质上不同的东西（姑且也将人叫作东西吧），又会分开来，保持必要的距离，仅在最日常的情况之下发生最日常的"亲密接触"。

那时，大多数人就可以这样诚实又平淡地说了：金钱么？它不是唯一使我万分激动的东西，也不是唯一使我惴惴不安的东西，更不是我人生中唯一重要的东西。我必须有足够花用的金钱，而我的情况正是这样。

归根结底，爱国主义——正是由这一种人对金钱相当理性，相当朴素，相当有度，因而相当良好的感觉来决定的。

哪一个国家使它的人民与金钱的关系如此这般着了，它的人民便几乎无须被教导，自然而然地爱着他们的国了……

人生真相 321

几个春节一段人生

倘你是少年,你肯定已度过了十几个春节;倘你是青年,你肯定已度过了二十几个春节;倘你是中年,你肯定已度过了四五十个春节;倘你是老年,你肯定已度过了六七十个乃至更多次春节……

其实,我想说的是——那么,你究竟能清楚地记得几次春节的情形呢?你能将你度过的每一次春节的欢乐抑或伤感,都记忆犹新地一一道来吗?

我断定你不能。许许多多个春节,哦,我不应该用许许多多这四个字。因为实际上,能度过一百个以上春节的人,真是太少太少了!

我们的记忆竟是这么对不起我们!它使我们忘记我们在每一年最特殊的日子里所体会的那些欢乐,那些因欢乐的不可求而产生的感伤,如同小学生忘记老师的每一次课堂提问一样……

难道春节对于我们每一个人来说,不是每年中最特殊的日子吗?此外,对于我们中国人来说还有什么比春节更特殊的日子呢?生日?——生日是世界性的,不是"中国特色"的。而且,一家人一般不会是同一个生日啊。春节仿佛是家庭的生日。一个人过春节,是没法儿体会全家团聚其乐融融那一种亲情交织的温馨的,也没法儿体会那一种棉花糖般膨化了的生活的甜。

中国人盼望春节,欢庆春节,是因为春节放假时日最长,除了能吃到平时没精力下厨烹做的美食,除了能喝到平时舍不得花钱买的美酒,最主要的,更是在期盼平时难以体会得到的那一种温馨,以及那一种生活中难忘的甜呀!

那温馨,那甜,虽因贫富而有区别,却也因贫富而各得其乐。于是我们理解了为什么杨白劳在大年三十夜仅仅为喜儿买了一截红头绳,喜儿就高兴得跳起来,唱起来……大年三十夜使红头绳仿佛不再是红头绳,而是童话里的一大笔财富似的!

> 人家的姑娘有花儿戴,
> 我爹没钱不能买。
> 扯上二尺红头绳,
> 给我扎起来……

《白毛女》中这段歌,即使今天,那甜中有苦、苦中有甜的欢悦,也是多么地令人怆然啊!

浪迹他乡异地的游子,春节前,但凡能够,谁不匆匆地动身往家里赶?

有家的人们,不管是一个多么穷多么破的家,谁不尽量将家收拾得像个样子?起码,在大年三十儿夜,别的都做不到,也要预先备下点儿柴,将炉火烧得旺一些……

我对小时候过的春节,早已全然没了印象。只记得四五岁时,母亲刚刚生过四弟不久的一个春节,全家围着小炕桌在大年三十儿晚上吃饺子,我一不小心,将满满一碗饺子汤洒在床上了,床上铺的是新换的床单儿。父亲生气之下,举起了巴掌,母亲急说:"大过年的,别打孩子呀!"

父亲的巴掌没落在我头上,我沾了春节的光。

新棉衣被别的孩子扔的鞭炮炸破了,不敢回家,躲在邻居家哭——这是我头脑中保留的一个少年时的春节的记忆。这记忆作为小情节,被用在《年轮》里了。

也还记得上初二时的一个春节——节前哥哥将家中的一对旧木箱拉到黑市上卖了二十元钱。母亲说:"今年春节有这二十元钱,该可以过个像样的春节了。"时逢做店员的邻家大婶儿通告,来了一批猪肉,很便宜,才四角八分一斤。那是在国库里冻了十来年的储备肉,再不卖给百姓,就变质了。所以便宜,所以不要票。我极力动员母亲,将那二十元都买肉。既是我的主张,那么我当然自告奋勇去买。在寒冷的晚上,我走了十几里路,前往那郊区的小店。排了整整一夜,第二天早上买到了大半扇猪肉。用绳子系在身后,背着走回了家。四十来斤大半扇猪肉,去了皮和骨,只不过收拾出二十来斤肉。那猪肉瘦得没法儿形容……

一九六八年春节,大约是初二或初三,既上不了学又找不到工作的我,去老师家里倾诉苦闷。夜晚回家的路上,遇着两个男人架着一个醉汉。他们见我和他们同路，就将那醉汉交付给我了，说只要搀他走过两站路就行了。我犹豫未决之间，他们已拔腿而去。怎么办呢？醉汉软得如一摊泥。我不管他，他躺倒于地，岂不是会冻死吗？我搀他走过两站，又走过两站，直走到郊区的一片破房子前。亏他还认得自家门。我一直将他搀进屋。至今记得，他叫周翔，是汽车修理工，妻子死了，有四个孩子。他一到家就吐了。吐罢清醒了。清醒了的他，对我很是感激，问明我是耽误于"文革"没有着落的学生，发誓说他一定能为我找到份儿工作。以后几天，一直到正月十五，我几乎天天去他家，而他几乎天天不在家。我就替他收拾屋子，照顾儿子，做饭、洗衣，当起用人来。终于我明白，他天天白日不在家，无非是找地方去借酒浇愁。而他借酒浇愁，是因为他自己刚刚失去了工作！……我真傻，竟希望这样的人为我找工作……

半年后，六月，我义无反顾地下乡了。

周翔和那一年的春节，彻底结束了我的少年时代。我一直觉得，是那一年的春节和周翔其人使我开始成熟了，而不是"上山下乡"运动……

兵团生活的六年中，我于春节前探过一次家。和许多知青一样，半夜出火车站，背着几十斤面，一路上急急往家赶，心里则已在想着，如果母亲看见我，和她这个儿子将要交给她的一百多元钱，该多高兴呀——全家又可美美地过一次春节了，虽然远在四川的父亲不能回家有点儿遗憾……

那么，另外五个春节呢？

当然全是在北大荒过的。

可究竟怎么过的呢？努力回忆也回忆不起来了。我曾是班长、教师、团报道员、抬木工。从连队到机关再被贬到另一个连队，命运沉浮，过春节的情形，则没什么不同。无非看一场电影，一场团或连宣传队的演出，吃一顿饺子几样炒菜，蒙头大睡——当知青时，过春节的第一大享受对于我来说，不是别的，是可以足足地补几天觉……

上大学的第一个春节是在上海市虹桥医院的肝炎隔离病房度过的……

第二个第三个春节都没探家，全班只剩我一个学生在校……

在北影工作十年，只记住一个春节——带三四岁的儿子绕到宿舍楼后去放烟花。儿子曾对我说，那是他最温馨的回忆。所以那也是我关于春节的最温馨的回忆之一……

在儿童电影制片厂十余年，头脑中没保留下什么关于春节的特殊印象。只记得头几年的三十儿晚上，和老厂长于蓝同志相约了，带上水果、糖、瓜子、花生之类，去看门卫战士们——当年的他们，都调离了。如今老厂长于蓝已退休，我也不再担任什么职务，好传统也就没继承下来……

怎么的？大半截人生啊！整整五十年啊！五十个春节，头脑中就保留下了一点点支离破碎的记忆吗？是的。真的！就保留下了这么一点点支离破碎的记忆。

虽然是支离破碎的记忆，但除了一九六八年的春节而外，却又似乎每忆起来，都是那么地温馨。一九六八年的春节，我实际上等于初二或初三后就没在自己家，在周翔家当用人来着……

如今我们中国人过春节的内容更丰富了。利用春节假期进行旅游，以至于"游"到国外去，早已不是什么新潮流了。亲朋好友的相互拜年迎来送往，也差不多基本上被电话祝福所代替了。人们越来越希望，能在节假日期间留给自己和家庭更多的"自控时段"，以享受家庭生活的温馨。

改革开放使一部分中国人富了起来，使大部分中国人的生活水平、居住水平明显提高，春节之内容的物质质量也空前提高。吃饺子已不再是春节传统的"经典内容"。如果统计一下定会发现，在城市，春节期间包饺子的人比从前少多了。而在九十年代以前，谁家春节没包饺子，那可能会是因为发生了冲淡节日心情的不幸。而现在是因为——几乎每一个小店平日都有速冻饺子卖，吃饺子像吃方便面一样是寻常事了。尽管有不少"下岗"者，但祥林嫂那种在春节无家可归冻死街头的悲剧，毕竟是少有所闻了……

我们中国人过春节的内容和方式，分明正变化着。在乡村，传统的习俗仍被加以珍惜，不同程度上被保留着。在城市，春节的传统习俗，正受到日新月异的现代生活方式和生活质量的冲击，甚至已经发生了彻底的变化……

依我想来，我们中国人大可不必为春节传统内容的瓦解而感伤，从某种角度看，不妨也认为是生活观念的解放……

只要春节还放一年中最长的节假，春节就永远是我们中国人"总把新桃换旧符"的春节。毕竟，亲情是春节最高质量的标志。

亲情是在我们内心里的，不是写在日历上的。

一个人，只要是中国人，无论他或她多么了不起，多么有作为，一旦到了晚年，一旦陷入对往事的回忆，春节必定会伴着流逝的心情带给自己某些欲说还休的惆怅。因为春节是温馨的，是欢悦的。那惆怅即使绵绵，亦必包含着温馨，包含着欢悦啊！……

哪怕仅仅为了我们以后回忆的滋味是美好的，让我们过好每一次春节吧！

我以为，事实上若我们能对春节保持一份"平平淡淡才是真"的好心情，那么，我们中国人的每一次春节，便都会是人生中难忘的回忆。

小街啊小街

一

其实，此文题并非初衷。我原本要起的，是"小街无语"或"小街断想"之类。然而，落笔现字，却觉意犹未涵。沉思默想，几经斟酌，仍难确定。于是，只有"啊"。

中国许多城市中的许多小街，早已先后在"城改"中名存实亡。城市旧貌换新颜，乃近二十年来的发展成就，造福祉于百姓，其好甚大。对那些简直就是贫民窟的小街的消失，若竟生什么凭吊似的感慨，除了说明文人的矫情，再并不能说明别的什么。

但我还是很有些感慨。若别人认为便是凭吊，我也无言可辩。

有时想来，每个人的一生，可以由多个方面来划分阶段。比如年龄阶段，比如婚前婚后，比如从事这种工作以前从事那种工作以后，等等。

然而我的人生，确切地说，我的城市人生，也可以由三条小街来划分。其一曰安平街；其二曰光仁街；其三曰健安西路。

我的五十七年的生命，除了下乡六年，大学三年，在原北京电影制片厂院内的一幢老旧的筒子楼里住过的十一年——总共二十年，另外三十七年，只不过被三条小街全部占有了去。或换一种说法，被三条小街牢牢地拴住了。或再换一种说法，与三条小街发生着命里注定似的人生关系。

人生竟也是如此简单的一种加法。

我心难免因而怅然。

"啊"，主要是由此而发的。

先说安平街——它是半个多世纪以前的哈尔滨边角地带的一条小街。岁月催人老。我竟讲起半个多世纪以前的事了，且是自己的人生的一部分，不由得不感慨。

在半个多世纪以前，在哈尔滨的那一处边角地带，数条小街曾以"非"字形存在。一条纵向有缓坡的较宽的土路，将分别由安平街、安心街、安宝街、安国街、安顺街、安达街等六条小街排列两旁。我已经记不清那一条土路叫什么路了。更无法确切地说出安平街是它的六小"横"中的哪一"横"。

安平街长约五六百步。街路自然也是土路。在当年的哈尔滨的边角地带，几乎一切的街路全都是土路。安平街宽三十余步。无论与南方某些城市里的小街相比，还是与哈尔滨中心区的某些小街相比，它实在算得上是一条够宽的小街了。这乃因为，居住在那一带的哈尔滨的先民，其实没几户是中国人家。十之八九是"十月革命"之后流亡中国的老俄国的侨民，被红色政权所不容的那样一些老俄国人。苏联的电影《列宁在十月》中，有一段列宁和他的贴身卫士瓦西里的对话是这样的——

> 瓦西里：我们起初想把那些地主富农全都杀掉……
>
> 列宁：唔？……
>
> 瓦西里继续读他的农村老乡写给他的信：但我们又一想，那样做太不人道了。我们革命者是应该讲人道的。所以我们将他们赶跑了……
>
> 列宁：唔？赶到哪里去了？
>
> 瓦西里：我们将他们一直押到边境，赶到别的国家去了……
>
> 列宁：对！这样做很对。这一封信写得很好啊，很有水平啊！……

列宁所称赞的，并不是将自己国家的地主富农赶到别的国家去有多么地对、多么地好，而是竟没有采取一了百了彻底消灭的方式"把那些地主富农全都杀掉"。

而那"别的国家"，主要便是中国。

老俄国的某些贵族们，在"十月革命"之风声鹤唳之前，便有不少逃亡到了哈尔滨。他们从国内带出的金银财宝，足以使他们在当年的哈尔滨继续过着富有的准贵族的生活。在哈尔滨的道里、道外、南岗三大中心市区，他们兴建楼宅，投资商场，依旧活得来劲儿。道里区的所谓"外国头道街"至"十二道街"，亦即现在成为步行街的"中央大街"及两旁的街道上一幢挨一幢的美观的俄式建筑风格的楼房里,所居住的便是他们。至于从老俄国逃亡出来的一些小地主和富农,他们挤不进本国逃亡出来的贵族们在哈尔滨占领了的地盘,便只有在城市边角地带重建家园。我想,有些事,他们肯定是共同出资,比较齐心协力地来做的。否则,当年遗留下来的那些街路,断不会那么宽、那么直、那么平坦。那显然是经过压道机反复碾压过的一些砂土混合而成的街道。路面两旁有排水沟,沟宽约一米,其上铺木板。下雨天,人若怕弄脏了鞋,是可以走在排水沟的木板上的。就像走在人行道上。如果谁穿的是后跟钉了铁钉的皮鞋或靴子,走在其上,木板也会发出声音,挺好听。在两道排水沟的内侧,无一例外地是围在各式各样的窗前的大小花园。俄国人,现在又应该这么称呼他们了——他们对于家宅的窗,是很讲究的。每一扇都具有独特的审美。尤其早晨,当一扇扇美观的护窗板对开以后,仿佛一册册装帧精美的书翻开了。俄国人也是喜欢花的,有些花,比如被哈尔滨人叫作"扫帚梅"的一种其茎能长到一人多高的好看的花,据说就是由他们将花籽带到哈尔滨的。"扫帚梅"开有红、白、粉三色,是一种根本无须侍弄的花。只要哪一年在哪一处地方曾生长出几株,那么来年那地方准会开出一片来。它是一种哈尔滨人特别熟悉也特别喜欢的花。

当年那些俄国人的家都是独门独院的。有的院子大到如同小学校的操场。依我想来,那些俄国人家大约是逃亡出来的地主吧?他们的院子里甚至有马棚,有漂亮的带顶罩的俄式马车和高大的洋马匹。而那些院子较小住宅也较小的人家,则大约是从老俄国逃亡出来的富农。富农之所以是农也富，几乎全靠了比贫农多一些的土地。大抵，他们仅富在农业产品的秋收方面。一旦离开了曾属于他们的土地，他们往往也就不再富了。富农这一概念和富人的概念是很不同的。估计他们当年没能从老俄国带出来多少钱财。老卢布作废了，他们当年确有些钱也都成了废纸。所以他们当年不能在哈尔滨过上食积服蓄而又高枕无忧的日子。他们必须为他们的生活做些事情。然而他们是农民出身的人，没有什么可以赖以挣钱的手艺和技能。于是他们在不甚大的院子里养奶牛、羊，或养兔和鹅。在老俄国爆发"十月革命"的前后，当年中国哈尔滨的那一地带，基本上是他们那样一些逃亡到中国的俄国人的居住地，或曰避难所。哈尔滨的那一地带的人居状态，实际上是一种俄罗斯的乡村情形。

　　哈尔滨在一九四六年就已经解放了。黑龙江省解放之前，一批俄国人又仓皇地继续逃亡到外蒙去了。黑龙江省解放之后，在苏联的要求之下，也有一批被遣送回他们本国去了。那时，才有些中国人家开始定居在那一地带。许许多多带大小院子的俄式房屋由他们的主人贱卖，或由哈尔滨的有关官员监督着进行公开的拍卖。当年买一处独门独院的不十分大却也绝不算小的俄式住房，那价格真是便宜到了今天的中国人难以想象的程度。这是一个千载难逢的好机会。在当年，闯关东的人家，借钱也要买下一处家园了啊。机不可失，失不再来啊。一户人家买不起一处宅院，便几户人家合着将这买下来。原先认识不认识，已经变得不重要。便宜到什么程度才是下决心的前提。更有那富人家，趁机广置房产，租给终究还是买不起住房的穷人家。

及至我两三岁时，也就是一九五一年、一九五二年前后，哈尔滨的那一地带，人家已经变得相当稠密了。从前一户俄国人住的院子，至少已经住着两三户中国人家了。有的房屋多的大院子，甚至住着十一二户人家。街名，也是在那一时期取定的。

两三岁的我开始记事了。我的家住在安平街十三号。那是一个长方形的大院，包括我家在内住着八九户闯关东来到哈尔滨的人家，皆是山东各县的人家。整个院子是由一户人家买下的，邻居们都是租户。我家住着院子最里边的一处小房屋，两间。大间十五六平米，小间十一二平米。还有一个五六平米的护门小屋，哈尔滨人叫"门斗"。虽是俄式房屋，但毕竟相当老旧了。当年我家五口人：父亲，母亲，哥哥，我，和刚出生的三弟。

在我的记忆中，那是我家的一段相对幸福的日子。父亲才三十几岁，身体强壮；哥哥学习很好，特别懂事又特别有礼貌；母亲呢，她是那么勤劳，征得了房东的同意，居然在自家屋后养了两头猪。

安平街上，依然有几户俄国人家住着。安平街上的俄国教堂，每天早晨依然会有大钟敲响。教堂的院子与我家所住的那个院子，仅仅由一道木板障子隔着。两个院子都是安平街上最大的院子。

在我的记忆中，每天早晨大钟敲响以前，先是远近雄鸡的啼鸣，大钟敲响以后，该听到一串串的俄语。或男人的声音，或女人的声音。那几户俄国人家，要趁早遛遛他们养的奶牛或羊。就像如今养宠物狗的人家遛狗那样。他们的牛羊如果不每天走走，大约是会被圈出病来的。他们倒也比较懂得公德，带着撮子和铲子，会将牛羊粪干干净净地铲起来。如果他们不那样，街道组长便会找上门去，严肃地批评他们。街道组长的批评对于中国人家并不是一件值得不安的事，有时不服，与之顶撞的情况是经常发生的。但对于那几户俄国人，街道组长的批评是必须认真对待的事，他们往往显出诚惶诚恐的样子。总之样子肯定是那么一种样子，内心如何则就不得而知了。他们在中国住久了，听和说中国话，都已基本不成问题。套用今天我们中国学生英语考级来比喻，说他们都差不多具备四级汉语的听说水平，大概不算是夸张。

六点到六点半时，如果是夏天，如果那时我醒了，可以听到院子里的大人们在互相打招呼。互相打招呼的男人，大抵又同时在家门前漱口、洗脸。家家户户的门前都有一张简陋的长凳，或者一块被砖石垫高的长木板。它的功用就是专为放脸盆供全家人在外边洗脸的。夏天的晚上，一家人往往也会坐着它把脚都洗了……

七点到七点半之间，院子里和街上便会接连不断地响起自行车清脆的铃声——那是家家户户的男人们上班去了。哈尔滨的这一地带当年没有工厂，男人们都要到别的区域去上班。当年公共交通路线也没有通到这一地带，自行车对于男人们是必不可少的。当年国产的自行车或许还没生产出来，他们骑的皆是二手的外国牌子的自行车，日本造、俄国造或德国造。那是外国人仓皇而去之前卖给中国人的,据说有时便宜到了和一件旧衣服的价格差不多。男人们很在乎他们的车铃响得清脆不,那似乎意味着体现他们阳刚之气的一部分。

父亲们上班去了以后,院子里随之出现的是上学的孩子们的身影。他们在上学之前须将家里的尿盆倒了,那通常是他们的家庭义务。等他们也上学去了,女人们才终于有空从家里走出到院子里。街上的每个院子里自然都会有一处公共厕所。女人们一出家门,往往地,径直便向厕所走去。她们便在那时相互说些话,无非是"上班的打发走了吗?"或"全家都吃过吗?"——倘厕所里有人,两个女人便会在厕所外继续说话。厕所里的人一出来,两个等着的女人之间还会互相礼让一番……

"你先。你家有老人。"

"你先嘛,你家不是活多嘛!"

如今回忆起来,那情形是很好笑的。

而几分钟以后,便有胖胖的俄国"玛达姆"推着小车逐院卖牛奶了。有时,卖牛奶的也会是一个漂亮的俄国姑娘。我们的母亲们,往往会一起逼着漂亮的俄国姑娘唱歌跳舞。都说,否则不买牛奶。那是她们的一乐。俄国姑娘只得唱和舞,而孩子们一听到歌声,便争先恐后地跑出家门围着看。那是我们孩子最初的文娱欣赏。

一个多小时以后,也就是上午九点钟左右,院子里也罢,街上也罢,归于平静。

那一种平静,是今天的城里人所无法想象的,也是今天的城里人所梦想奢望的。尤其街上,不但平静到没有任何声音,也会很长时间不见一个人影。

尽管人口密度已经大大地增加了,但相比于今天的城市,同样范围内的人口,那也还是少得多。

确乎的,当年哈尔滨的那一地带,虽然属于城市的一个地带,但是却更像乡村,所谓都市里的乡村。中国都市里的俄国特征显然的乡村。

如今我一回忆起安平街,似乎还能闻到那一条小街的气息——家家户户临街的窗前那些小花园里各种花粉的气息;从某些人家的木障子后边将丫杈探向街上的榆树的气息;俄国人住的院子里散发出来的料草的气息;牛粪、羊粪那一种潮湿的中药般的气息;还有泥土本身的气息……

如果是在雨后,一切气息混合了,时浓时淡的,细细地嗅闻,竟有点儿甜似的。即使是住在安平街上的一个盲人,仅凭那气息,也会知道自己是走在安平街上的。比之于其他几条安字头的街道,安平街是格外具有气息的一条街。因为一处东正教堂在这一条街上;因为这一条街上临街的花园多,几乎无窗不临花园;还因为这一条街上始终住着几户俄国人,他们也始终养着牛、羊和马……

我在安平街上度过的学龄前的童年时期,乃是我人生中最快乐的时期。家里的生活尽管清贫,但在那个年代,无论大人还是孩子,对生活质量的要求是极低极低的。这样的人类自然是容易快乐的。我的回忆使我至今相信——如果说人类的不快乐有三分之二是由于清贫所致,那么也许有三分之一恰恰是由于对享受式的生活太过奢望而自造自加的烦恼吧?

我上小学以后,安平街几乎可以说是迅速地变成了一条老朽的街。另外几条安字头的街,亦是如此。首先是因为人口密度迅猛增加,这儿那儿,自建的小屋满目皆是了。它们占据了街道,街道变窄了。花园的面积是可以私下里成交卖钱的,所以街两旁的小花园也几乎全都不见了。街道两侧排雨水的水沟,成了众多人家倾倒泔水甚至屎盆尿盆的地方。人口密度迅猛增加了,街上却还没有盖起一处公共厕所。变窄了的街路,每年都向沟里塌土,有些沟就被泥土填满了。一到雨季,街路整段整段地被雨水终日浸泡,变得泥泞不堪了。而那些俄式的房子,斯时存在于中国地面上的岁月,大抵都有四五十年那么长久了。它们又普遍是些铁皮顶板泥土结构的房子,每年都需进行维修的。它们的主人变换成清贫的中国人以后,又大抵是维修不起的……

在我读小学五年级时,最后的几户俄国人也被遣送回国了。教堂归公了。公家也不知该如何利用它的房屋和院子,所以任房屋闲置着,院子荒芜着,教堂钟楼上的钟,就再也没被人敲响过……

我上小学六年级时,安平街上兴建一座铁丝厂。教堂被拆除了。我们那个大院里的人家全都成了动迁户,先后搬走了,最后仅剩我家和隔壁的陈大娘家了。

院子是没有了。

那厂房盖盖停停,三年还没有完工。我家和陈家的房子,被建筑工地的垃圾堆四面包围,连条通向街上的路都没有了。那几年的夏季雨多,工地上到处挖地基坑,变成了一个又一个大水坑。坑里的水无处排流,连我家和陈家的屋里都渗出一尺多深的水来了……

厂方原本是想节省两处房子,不动迁我家和陈家的。陈大娘的丈夫早已去世,只她和两个女儿一个儿子;而我父亲,当年已到四川工作去了。"把我们两家的家院搞成了这样,却还不打算动迁我们,这明明是欺负我们两家没有和他们进行理论的男子呀!"好性情的母亲终于忍无可忍,生气了。生气了的母亲,在一个月里,代表陈大娘家,找了三次市委……

二

光仁街是一条宽仅七步半的小街。是的。宽,仅七步半。而且,是以一个少年的步子来踱量的。倘它不叫"街",叫什么什么胡同,那就不能算窄了。但它明明是叫一条街。我和母亲第一次出现在那条街上时,母亲站在街的中央,左右扭头望望,踟蹰不前地说:"这条街,太窄了。"于是我就默默地迈步来丈量它,之后告诉母亲:"七步半。"我的意思是——七步半呢,不窄了。但我却希望母亲并不那么觉得。我已经陪着母亲看过好几处地方的房子了。显然,铁丝厂的人认为,如果给我们家这样一户动迁户安排了一处说得过去的房子,那他们就太吃亏了,也太让我家占便宜了。所以我们去看过的房子,不是紧挨着肮脏的街头厕所,就是由铁道线边上的一些临时工棚马马虎虎改造的。终于看中了一处房子，母亲又主动让给陈大娘家了。母亲这样做，我和哥哥也都是支持的。陈大娘对于我有如第二位母亲，我愿一辈子含辛茹苦的陈大娘晚年能住上较像样子的房子。然而我早已满腹怨言了。因为帮母亲拿这等大主意的本该是哥哥，可哥哥是中学里的学生干部，没时间，所以母亲只有每次拉上我给她做参谋。可我才是一名小学生，并不能实际地起到参谋的作用。在我看来，每一处住房都是我们全家应该立刻搬去住的，哪怕后窗对着厕所的门，哪怕一天要听无数次载货列车过往的噪声。因为我们的家早已不像是人家了，而更像一处被建筑垃圾包围着的两栖动物的穴。臭水淹了床脚，泡着炉壁，屋里搭着使人不至站在臭水里的踏板，我家的人可不很像水陆两栖的动物嘛！我巴不得能早一天离开那样的穴。

然而母亲终究是一位母亲。肯定的，在她想来，那也许是她为全家选择一处住房的唯一一次机会，而且也将会是她这一辈子的最后一处家。她企图为我们全家人考虑得周到一些是理所当然的。

"儿子你看，那儿更窄了，街两边的人都开了窗可以隔街聊天了！"

母亲对光仁街表达着不中自己意愿的看法。

我反驳道："那又有什么不好？"

母亲又说："咱们从前的安平街多宽啊！"

我光火了，气不打一处来地抢白她："安平街是咱们的吗？它再宽那也是从前！"

母亲瞪我一眼,不理我了,径自慢慢地往前走去,边走边左看右看的。分明的,街两旁低矮的东倒西歪的房屋,给她留下的是极其糟糕的印象。

然而光仁街十三号,却是一个不小的院子。院中的房子倒也齐整,起码不东倒西歪的。外墙都刷了白灰,窗框门框都刷了绿油。那样的房子,在我眼里,简直够得上美观了。

母亲脸上终于露出了满意的表情。

她问我:"你觉得这个院子怎么样?"

我说:"好!"

母亲却说:"也有一点不好。比街面低不少呢!夏天,街上的雨水肯定会往院子里流的。"

我又生气地说:"看都搬来好多家了,别人家都不担心,怎么就你担心!"母亲复瞪我一眼,又不理我了。说那个院子不小,是相对于光仁街而言的。比起我家在安平街住过的那个院子,那还是小多了。院中公有的空地,只有前者的五六分之一。三面是住房,一面是各家各户的煤棚。有两扇对开的院门,门旁是公厕。全院只剩一处空房子了——两间。大间十五平米,小间八九平米,带门斗,前后窗。母亲在空房子里时,一个女人走出家门,主动和母亲打招呼。她家也是安平街上动迁过来的,和母亲认识。她说:"要是看中了,趁早搬过来吧,正好咱们两家成了住一个院子的近邻。"

母亲说:"当家的远在外省,我得和孩子们商议商议。"

我立刻说:"妈,我同意!"

小街啊小街

那女人笑道："真是你妈的好参谋！"

母亲看我一眼，也不由得笑了，还抚摸了我的头一下……

就这样，我家从安平街搬到了光仁街。那时已是九月。穷家易搬。厂方出了一辆卡车，仅一车就搬了个一干二净。我们在新家过的"十一"。里间外间都搭了床，全家六口分两张床睡，我从没睡得那么宽绰。母亲的心情也从没么好过，脸上经常浮现着满足的微笑。"十一"那天，她还有极好的情绪率领她的四儿一女逛了一次动物园。两个月后，冬季来临了。那一年的冬季可真冷啊！正是备战的年份，据说好煤都由国家储存起来了，供给居民冬季取暖的只不过是煤粉。不好烧，炉膛里的火总是半燃半熄的，往往连一顿大楂子粥也不易煮熟。那一个冬季，母亲和我们几个孩子全都被冻感冒过。春节的日子里，轮到了我发高烧。然而那样我也还是在年三十儿那一天晚上将地板刷了一遍。不是刷油，是用刷子蘸肥皂水刷裸纹的地板。终于又住上有地板的房子了，干吗不将它刷得干干净净的呢？发高烧又有什么呢？谁又没发过高烧呢？

尽管我们的新家冻手冻脚的，然而我们有珍藏的旧年画用图钉按在墙上；有母亲巧手剪成的拉花悬在天花板上；所有的门两旁，还贴着哥哥用工整的毛笔字写的对联。初一邻居们相互拜年时，都夸我们的家里最有过春节的气氛。漫长的冬季总算挨过去了，母亲和我们对春天的到来显出异乎寻常的欢喜。五月份，大地一开始变得松软，我便向邻居借了一辆小推车，动员了两个弟弟，每天一放学就这里那里到处去发现黄土堆，挖掘了一小推车

一小推车地往家里推。有时，要去到离家很远的地方。

七月，我小学毕业了。我和两个弟弟脱出了百余块土坯，并且它们都已经晒得干干的了。八月是我小学阶段的最后一次暑假。在这个月份里，我为我家的两间屋子盘成了两铺火炕。炕面和炕墙糊了一层又一层的旧报纸。我是瓦匠的儿子，那些活对我而言并非难事。试烧了几天，烟路通畅。母亲见我们那么能干，一高兴，手就松了，居然舍得拿两块多钱允许我买了一盒油漆。我极为节省地用光了一盒绿色的油漆，于是两铺炕成了绿色的。我在盘火炕时，不小心弄穿了一面墙的墙根。其实也不能怪我不小心，那墙它实在太是一面骗人眼睛的墙了。原来，那院子本是一个加工纸盒的街道小厂。开不下去了，就被铁丝厂收购了去。把全院的房子草草伪装了一番，用以应付动迁的人家。我家的房子是最后一套，干那种活的人们更是应付了事，仅仅用些草绳就马马虎虎编了一面墙，里外抹上泥，人眼又怎么看得穿呢？我怕母亲发现了真相，后悔搬到这个院子里来。趁母亲不在家里的半天，把那堵墙根推倒，用剩下的土坯重砌起来。等母亲回到家里，我已大功告成。

九月，父亲回来探家了。父亲对我们的新家也很满意。新邻居们的关系相处得特别友好，这令父亲对生活产生了满心怀的感激。他说："等我退休了，能在这个院子里养老，岂不是我前世修来的福吗？"他对我盘的两铺火炕，也予以了郑重其事的表扬。他为我家的前后窗都围起了小院子。我家的房子虽然在全院是最小的，却因为是最把头的一套，前后窗前都有理属我家的空地。母亲向街坊要了几种花,而我也挖来一株檞树苗。于是我家前窗外有花,后窗外有树,使邻居们大为羡慕。

我们这一家的小百姓生活,似乎已开始过出了几分诗意。对此我的理解,幸福的生活似乎并非梦想了。

但父亲临走时却大发了一顿脾气——他不同意哥哥考大学,要求哥哥找工作。可哥哥却一心渴望上大学,母亲暗中支持着哥哥。事情还惊动了校方,哥哥的班主任老师陪同一位副校长来到家里,批评了父亲一通。

父亲走的那一天,恰是哥哥大学考试的第一天。

哥哥谎说去找工作,没送父亲。

我代表全家将父亲送到了火车站。

父亲辩解似的对我说:"爸开始老了,实在是没能力供一名大学生了啊!"

列车一开,我看到父亲眼中流下了泪……

我先收到了中学录取通知书;几天后哥哥收到了大学录取通知书;又过几天母亲被选为街道组长。

我家这一户新搬到光仁街上才一年的人家,因为母亲是街道组长,因为出了一名大学生,成了一户颇受尊敬的人家。对于哥哥考上大学,我一点儿都不奇怪。那是我预料之中的事。哥哥之善于学习,正如我之善于脱坯盘火炕。但母亲居然被选成了街道组长,却是我怎么也想不到的事。在短短的一年里,她怎么就赢得了几十户人家的好感呢?我百思不得其解。

那些日子里,母亲脸上经常浮现着微笑。我看得出来,她特有成就感。

对于我来说，我家的幸福生活，到来得是未免太顺利了呀。

那一年的冬季我家温暖如春。

那一年的春节我把家粉刷了一遍，四壁滚上了好看的花样。我把我们小小的温馨的家当成了一个王国。父亲远在外地，哥哥上大学去了。我就是国王。我可以随心所欲地对我们的家施行美化性的改造，母亲只偶尔地"垂帘听政"。倘我不向她伸手要钱，母亲从不反对我的任何主张。

当年秋末，哥哥被大学里护送回来了——他患了精神病。

从此我家的生活不再有丝毫的诗性可言，幸福一去不复返。父亲和母亲，也永远地失和了。我想，他们可能一直到死，都谁也没有真正地原谅了谁——父亲认为母亲支持哥哥考大学是绝对错误的；母亲则认为，哥哥得了精神病，纯粹是由于父亲施加给他的心理压力太大了……

弟弟妹妹们失去了欢乐……

我成了班级里学习成绩最差的学生……

又两年后，我为了替家里挣份钱，无怨无悔地报名下乡去了。依我想来，要治好哥哥的病，前提是得有钱。只有治好了哥哥的病，母亲脸上才会重现微笑；弟弟妹妹们才会重享欢乐；父母才会彼此和解；诗性才会回到我们的生活中来，幸福才会回到我们的生活中来……

我那时当然还不明白，精神病是无法根治的。

我下乡以后，从地理上讲，父亲离我是更遥远了。从心理上讲,我离父亲反倒像是更贴近了。因为我终于也和父亲一样,成了一个能够挣钱养家的人。而这正是我所梦寐以求的事情。

光仁街十三号,它成为我和父亲共同的意识中枢。我和父亲每月各自将钱汇往这个地址。我们的目光,从东北边陲和西区的大山之间,共同关注着光仁街十三号——这个院子里有家啊!

我和父亲相见一面更难了。

父亲从四川回到哈尔滨的光仁街十三号,竟往往需要六天;而我从北大荒回到光仁街十三号,一路顺利,不住店,那也得经历一个白天和一个夜晚。

我和父亲不容易在同一年的同一个月里请下探亲假。我和父亲见上一面特别地难了。

在我下乡的六年多里,光仁街一天比一天破落了。它的姊妹街光义街、光理街、光智街、光信街,也全都一天比一天破落了。因为那些街道,原本就不曾怎么像过街道的样子。新中国成立以前,那儿只不过有一处日本兵营、一处日本军妓馆,旁边是一幢日本军官们住的二层小楼。那么新中国成立以前,中国的老百姓谁敢在那儿安家呢?新中国成立后才逐渐有老百姓建家院,从四面八方迁到那个被城市荒弃的地方。刚解放的老百姓,尽是一穷二白的老百姓。当初自建的家院有多么简陋可想而知。那些后来被文化人起了很文化的街名的街道,当初只不过是一种自然形成的家与家、户与户、屋与屋、院与院的距离而已……

我上大学那一年,途经哈尔滨,在家里住了两天。那两天大雨中雨小雨接连不断,立体的光仁街笼罩在雨中,平面的光仁街浸泡在水里，像一只不知被雨水从哪儿冲过来却又被什么东西挂住了的破鞋子。

不少人家的房屋倒塌了。

我家也塌了一面墙。

我走时，哭了……

"文革"后，两个弟弟一个妹妹成家了；父亲退休了；起先住五六口人的家，东接出几米，西盖出几米，成了四个家庭三代人共同拥有的一个阴暗潮湿的半地上半地下的窝。我自然是经常想家的。然而，一旦批下了探亲假，我又往往会愁眉不展。回到家里，可叫我睡哪儿呢？跟谁睡在一起呢？直到一九九六年，所有那些"光"字头的街道，才由市政府整合了各方面的资金，一举推平了。住在那一带的老百姓们，才终于熬出头了……

三

我现在住在健安西路原中国儿童电影制片厂的宿舍楼里，是一幢一九八四年盖的楼，可以算是一幢旧楼了。

我曾在北京电影制片厂院内的一幢危楼里住了十一年。那原是一幢小办公楼，未经改造便分给了北影的一些员工，家家户户都没厨房，都在走廊里占据一小块地方做饭，共用公厕。我有幸在那一幢楼里分配到一间十三平方米的阴面房间。

儿子小学二年级时，也就是一九八八年十月中旬，我从北影调到童影，于是住进了一九八八年底还很新的单元楼房。其实，我主要是为了能使父母在有生之年享受享受住单元楼房的福气，才毅然决然地从北影调到童影的。

我对童影始终深怀感激。因为童影使我的愿望提前实现了，而且实现得比我的预期更加令我心满意足。事实证明我的决定完全正确——旧家具在新家里刚刚摆放稳没几天，父亲便接到我的信又来北京了。那一年我已虚岁四十。那一年父亲已是七十七岁的老人。那一年健安西路还是一条白天晚上总是寂静悄悄的小街。那一年童影门前的马路上过往车辆还很少；学知口那儿也没有立交桥；元大都土城墙遗址只不过是一道杂草丛生的土岗而已……

那一年的十二月份，父亲在我的新家病逝。作为新中国的第一代建筑工人，他终于在生命的最后五十几天里住上了楼房，尽管每一天都在单元楼房里忍受着癌症的疼痛。但他确确实实感到真是享了福了——一辈子从未享过的福。阳台，室内厕所，管道天然气，私家电话……一切使他觉得恍如置身梦境似的。

他曾对我说："如果我才六十几岁，也没生病，那多好啊！"

我第一次从我父亲的口中听到了一句非常留恋人生的话。

父亲那一句话令我大为愀然……

屈指算来，如今，我在健安路上已生活了十七个年头。

如今，元大都土城墙遗址已建成了海淀区最美的一处公园。虽然我一年三百六十几天里难得有几次去到公园里悠闲地散步，但一想到我是全北京住得离这一处公园最近的人之一，不由得不倍感幸运。隔窗而望，我能清楚地来数公园里一棵老杨树的叶片。十七个年头里，我眼见它一番夏绿秋黄，对它已是十分地熟稳，它就像是一位一天里见好几次面的老朋友。

前年的夏季，有天夜里，那老杨树被雷劈断了一杈小盆头般粗壮的斜枝，仿佛一个人被砍断了一臂，让我看着替它伤心。我以为它受了那么严重的创击，只怕以后活不了多久了。没想到，今夏它那一树肥大的叶片更加油绿。断枝被锯掉后，反而显得树形美观了。

在哈尔滨，路是比街大的一个概念。路，普遍地很长，较宽。而街，只要区别于胡同就算是了。比如光仁街那类街，人们并不会认为它不该叫街。

所以我总觉得，健安西路之谓路，实在是有些名不符实的。当我将它与长安街相比时，尤其觉得它作为"路"，未免太袖珍了。故凡是初来我家的人，我总是会在电话里这么解释："那只不过是一条小街。"

是的，健安西路，只不过是一条小街罢了。严格地说，又只能算是半条小街。因为它的另一端是被院落堵死了的。它的一边，依次是童影的一幢宿舍楼、北影的两幢宿舍楼和总参干休所的两幢宿舍楼，都是八十年代初建成的。而它的另一边，自然便是著名的元大都土城墙遗址了。包括两边的人行道，此路宽约十四五米。

从电影学院和童影（现在是电影频道）门前那一条马路拐入这一条小街，第一个小街的标识是一家饭店。它已易了几次主人。每易一次，改一次名。现在的店名是"咱家小吃"。它旁边是一家规模很小的洗浴中心，但起了一个特雅的名字——"伊丽尔美容美发休闲中心"。既然叫作"伊丽尔",也就只有谢绝男士入内了。我家刚搬到这条小街上住时,"伊丽尔"的原址便是类似的地方了,但那时叫"清水大澡堂",曾是个吸引不少男人光顾的地方。不管叫作什么,我从没进入过。

对我这个人而言,最佳的休闲方式乃是关了电话,卧床看书或美睡一大觉。倘不靠安眠药,后一种享受对我已不可能。然静静地躺在床上,闭目养神,我也很惬意。至于洗澡,除了开会住宾馆时,我一向只习惯于在家里。

在"伊丽尔"的旁边,是"禾谷园",快餐店的一处分店;其旁是一家杂货铺;再旁是影协表演艺术学会办的培训学校;又旁是一家小餐馆;最左边是一家卖麻辣串和烧烤的小铺面……

所有那些商家的招牌首尾相连,组成一列,但总长也不过二十几米。表演艺术培训学校的招牌恰居其中,给人一种"鹤立鸡群""出类拔萃"的印象;也给人一种艺术之神沦落风尘似的印象。在那些招牌的下面和店铺的门前,还有二三处卖水果、卖菜蔬的摊床。

对我而言,它们便是家门口的"商业区"了。我的绝大部分日常生活需求,赖于它们的存在。除了"禾谷园",它们的主人,多是靠小本生意来京谋生计的男女。而表演艺术培训学校的学生们是他们的"上帝"。倘若不然,仅靠我一家所在的小区的居民们的消费指数来支撑的话,大约皆会倒闭的。

而那些表演艺术培训学校的学生们,大抵是每年报考电影学院的落榜生。依我想来,培训学校是他们的临时收容所。他们无不希望经过培训,获得点儿经验,重振信心,来年再参与激烈的竞争。他们中某些男孩和女孩,也还算有几分帅气和姿色。这又使他们仿佛有那么几分准明星似的自我感觉。好像说不定哪一天,一旦时来运转,自己便会是明星无疑了。他们中有些孩子,自然是女孩子,竟是拥有跑车的。那使她们自我感觉更良好了。

每每看见那些孩子们,我便会庸人自扰、一厢情愿地替他们,也替他们的家长倍感忧虑。因为他们的文化水平,想来仅有初中的程度。万一将来当不成明星,长久的人生不知还能转向何业?但我内心里有时是对他们心存感激的。许多青春期的脸庞和身影出现和活动于某一小区,无疑会使某小区"活力在线"——在视线。否则,我经常所见,将十之七八是老年人的寂寞脸庞和蹒跚身影……

我在"禾谷园"常与那些孩子隔案用餐。有时我还会看到他们的父母。那些外省市的父母们望着自己儿女的目光充满爱意和希冀。天下父母之心的仁慈溢于言表,每使我大为感动。感动之余,亦感慨多多。

我还经常在"禾谷园"发现电影频道的领导和员工们。我认识的后者较少,但身居领导层的人士,皆与我稔熟,也可以说皆与我有着友好的关系。

我们相互看见了,总是会端着盘碗往一块儿凑。所谓同类相吸,边吃边聊,话题也总是离不开电影和电视。我从他们口中能获得不少关于电影和电视的最新信息,也常能从他们口中听到真知灼见和新颖观点。那时,我忍不住会说:"等等,再说一遍。"

小街啊小街 351

他们便笑我认真。

如果说某些招牌是该小区的标识的话，那么有一个人物也是该小区的"标识"，便是在我家所住的那幢楼边上修自行车的人。我不知他多大年纪了，也许该有三十五六岁了吧？甚或，年龄还要大些也说不定的。他身材挺高，将近一米八，也挺壮，肩圆背厚的。据我所知，他还单身着。又据我所知，他的父亲是北影的一名老制景木工，早已去世了。他的母亲有没有工作我不清楚，但我听说她身体不怎么好。修自行车的人与母亲相依为命。修自行车是他养活自己和母亲的唯一收入。我曾问过他的收入情况，他说平均下来每月七八百元。又每笑道："还能勉强维持生活。"他的笑，绝非苦笑。他这个人，只要一和人说话，便笑。那么可以说他是一个很爱笑的男人。但我却从没见他苦笑过。他总是一个大男孩般天真而又无邪地笑。无论春夏秋冬，我从没见他穿过一件较像样子的衣服。没人修自行车时，他便安安静静地坐在一块石头上看小报。与对面的摊位相比，他所占的地盘更小。我家搬到健安路不久，他便是那两平方米不到的地盘的主人了。十几年来，他渐渐在我心目中形成了一种佛般的印象。北影厂家属区后门开在健安路上，每有"奔驰""宝马"一类名车驶来驶往。另一些人们的另一种生活，谁想装作浑然不知几乎是不可能的。

然而一切人生状况的巨大反差，似乎从来也没入过他的眼。他一向是那么平静而又友善地看待周边的世相。天真而又无邪地笑对之，似乎便是"淡泊"二字的活的人体字形。是的，他常使我联想到"立地成佛"一词。我每欲得知他头脑里究竟有着怎样一种人生观。他既是一个人,我想,人生观必定也是有的吧?但我从来也没试探地问过他。他极敬我,每次看见我,都主动地微笑着打招呼。我想,他肯定并不知道,我对他所怀有的敬意,远超过他对于我的。他那一种据地数尺,甘事小技,总是笑度日子的心理定力,着实地令我自愧弗如。对于我,健安西路仿佛是一部经书,天天翻开在我面前,天天给我以点点滴滴的人生思索和启发。对于我,那修自行车的人,仿佛是我的一位教父。他经常以他的存在暗示我——人其实无须向人生诉求得太多。理当满足但仍不满足的人,那也许是上苍在折磨他们的欲望……

比起来,我在健安路这一条小街上居住的年头最长久。十八年——只比我的人生的三分之一少一年。它也是我所住过的最像样子的一条小街。我相信,以后它的路面和人行道重铺一次的话,更会是一条闹中取静的体面小街了。那么,我即使在这一条小街上终老一生,也算是上苍眷顾于我了啊!

我想,所谓人生,看得再通透些,似乎也是可以这样来理解的——人在特定时空里的几个阶段的剪辑。对于大多数人,也不过便是三五阶段而已。还是往多了说……